国家社科基金重点项目
"晚清民国旧体诗史"阶段性成果之一

竹枝词三百首

马大勇 赵郁飞 编著

时代文艺出版社
SHIDAI WENYI CHUBANSHE

图书在版编目（CIP）数据

竹枝词三百首 / 马大勇, 赵郁飞编著. -- 长春：
时代文艺出版社, 2023.11
　ISBN 978-7-5387-7077-3

　Ⅰ. ①竹… Ⅱ. ①马… ②赵… Ⅲ. ①竹枝词 – 作品
集 – 中国 Ⅳ. ①I222.8

中国版本图书馆CIP数据核字(2022)第185052号

竹枝词三百首
ZHUZHICI SANBAI SHOU

马大勇　赵郁飞　编著

出 品 人：吴　刚　奉节县文化和旅游发展委员会
选题策划：夔州博物馆　白帝城博物馆
项目策划：潘万山　雷庭军
执行策划：杨智立　傅　寒
责任编辑：余嘉莹
装帧设计：任　奕　刘镇豪
排版制作：任　奕

出版发行：时代文艺出版社
地　　址：长春市福祉大路5788号　龙腾国际大厦A座15层（130118）
电　　话：0431-81629751（总编办）　　0431-81629758（发行部）
官方微博：weibo.com/tlapress
开　　本：710mm×1000mm　1/16
字　　数：248千字
印　　张：22.5
印　　刷：吉林省吉广国际广告股份有限公司
版　　次：2023年11月第1版
印　　次：2023年11月第1次印刷
定　　价：98.00 元

目录

中编 历代竹枝词二百二十首

下编 港澳台及海外竹枝词三十首

功在文史，格兼雅俗：竹枝词综论

清代大诗论家叶燮在《百家唐诗序》中有石破天惊之论："贞元、元和时，韩柳刘钱元白凿险出奇，为古今诗运关键。后人称诗，胸无成识，谓为中唐，不知此'中'也者，乃古今百代之'中'，而非有唐之所独，后此千百年，无不从是以为断。"[1] 这一"古今百代之中"的断语首次揭示出中唐在中国诗歌史上的"轴心"意义，其出发点则是认识到中唐诗人集体性地对诗歌开拓新变所做出的卓绝努力。

中唐诗人在诗歌畛域的开拓方面是有着相当强烈的自觉性的，但作为其中骁将的顾况、刘禹锡、白居易们带着几分欣喜，仿效民歌唱起竹枝曲调的时候，他们一定想不到，自己一时技痒心喜，借着"巴歈"而吹嘘起的一丝微微"变风"，居然会在此后的中国诗歌史上开创出一种新的写作样式，形成百川归海

---

[1] 叶燮：《己畦文集》卷八。

式的巨大规模，从而掀起一波又一波恢宏壮阔的诗海波澜，那就是——竹枝词。

作为一部兼顾源头与"全流域"视角的竹枝词选本，我们有必要在"前言"部分就有关基本问题做出分疏，并提出自己的一些思考。

一 亦诗亦词：竹枝词的起源、属性与体式

关于竹枝词的起源，主要议题有二：一是起源于何时，二是起源于何地。我们以为，作为一种缺乏翔实文字记载的民间歌谣，竹枝词究竟起源于何时已不可考，目前所有的说法总难免猜测臆断之嫌，故除非有突破性的佐证文献出现，此问题不妨可以搁置。我们只需要明确竹枝词中唐以前就已经在民间流行这一事实就足够了。

至于竹枝词起源于楚地还是巴渝，学界一直存在着较大分歧。一个非常明显的事实是，作为民间歌谣的竹枝词可能早就盛于荆楚，刘禹锡也很可能在流贬多年的朗州（今湖南常德）就创作过竹枝词，[1] 但其文本并没有流传下来，产生影响。现在我们耳熟能详的刘氏《竹枝词九首》毫无疑问作于夔州，那么就不能以假说为基础推翻具有明确文献依据且一直居于主流地位的"夔州发源说"。

---

[1] 孙杰、刘雷中等力主刘禹锡在朗州始创竹枝词说，其论证有诸多可信服之处，见其《竹枝词发展史》（上海人民出版社 2014 年版）及《〈常德古今竹枝词选〉序》（湖南人民出版社 2015 年版）。

伴随着起源问题，竹枝词的属性也一直受到广泛关注。大家的基本共识是，竹枝词起初是一种歌舞乐合一的综合文艺样式，孙光宪、皇甫松所作《竹枝词》里的小字"竹枝""女儿"可能是和声，也可能是角色提示用语，[1]但这样的细节并不影响我们做出上面的整体判断。随着竹枝词被诗人们妙手偶得，"拿来"运用于诗歌创作，其歌舞元素即逐步减少以至消失，演变为一种案头化的"徒诗"。这与乐府诗及词体的运行轨迹大体相同，体现出民间文艺向文学殿堂转化的一种必然规律。

争议主要集中在文体学层面：竹枝词到底是诗还是词？如果是诗，它与七绝又有何异同呢？

古今不少学者认为，竹枝词似诗非诗，似词非词。清代乾隆年间的吴澄就说："凡诗有诗体，词有词调。诗贵清新，词贵妩媚。至若竹枝之词，异乎二者。其名曰词，而无寄调。其体七言四句，似诗非诗。其言就事，毋庸点缀。其词通俗，不嫌鄙俚。"[2]那就是说，《竹枝词》不是词，因为它没有词调（即可以附丽的音乐肌体），同时它也不是诗，因为它随意挥洒，通俗鄙俚，与诗的考究雕琢、庄重严肃大异其趣。吴氏的说法是有一定道理的，但完全认同其意见势必要出现一个难题：竹枝词非诗非词非曲，难道我们还要在诗词曲之外另立一个与其并

---

[1]万树《词律》指出："（竹枝词）所用'竹枝''女儿'，乃歌时群相随和之声，犹《采莲曲》之有'举棹''年少'等字"（上海古籍出版社1986年版，第62页）。吴世昌《唐宋词概说》则提出新说："宋人大曲演奏时的领队称为'竹竿子'，大概是从'竹枝'演变而来的。如果如此，则每句前四字由竹枝唱，后三字由女儿接唱，而不是把'竹枝'和'女儿'当作衬字来合唱"（《诗词论丛》，北京出版社2000年版，第3—4页）。

[2]吴澄:《瀛洲竹枝词·述则》，光绪刊本。

行的竹枝词文体吗？那显然既不科学，也不现实。

从实际情况来看，将竹枝词归属为词的还是大有人在。《尊前集》《花间集》《历代诗余》《唐宋名家词选》《唐五代词》《全编五代词》《全明词》《全清词》《唐五代词选集》等词籍都选入了《竹枝》一体，而《乐府雅词》《绝妙词选》《阳春白雪》《绝妙好词》等宋人词总集以及唐圭璋编《全宋词》《全金元词》则将《竹枝》一体排除在词籍之外，可见他们是把竹枝词划入诗歌体裁的。持同样认识的至少还有宋郭茂倩《乐府诗集》、明董文焕《声调四谱图说》、俞陛云《诗境浅说》、吴梅《词学通论》、任中敏《唐声诗》、赵曼初《竹枝系列考》等，其中最微妙的是《全唐诗》编者和《全清词》编者的态度。《全唐诗》把皇甫松、孙光宪带有和声的竹枝词分别收录在卷八百九十一"词三"和卷八百九十七"词九"中，把其余不带和声的竹枝词收录在诗卷中。[1] 程千帆、张宏生主编《全清词》则采取尊重原作者定位的原则，原作者如果将竹枝词收入自己词集，即作词处理，如果未收，则当作诗处理。这种依违权宜之计一方面揭示出竹枝词的身份困境，同时也是一种比较客观平允的选择，它启发我们做出反向性的思考——竹枝词不是非诗非词，而是亦诗亦词。[2]

首先，以竹枝词"无寄调"来否定其词体特质，其理由是不够充分的。竹枝词既然可歌，就一定有调，只不过其声调比

---

[1] 孙杰:《竹枝词发展史》，复旦大学 2012 年博士论文，第 19—21 页。
[2] 刘尚荣在《亦诗亦词话〈竹枝〉》中已经提出此种认识，《乐山师范学院学报》2006 年第 1 期。

较自由，不容易总结出"定声"而已；其次，"诗一大瀛海，容纳万方流"，[1] 以为诗体必然要考究雕琢、庄重严肃，那也过于拘囿。随意挥洒一些，通俗性灵一些，甚至鄙下俚俗一些，谁又能说那不是诗呢？至于万树、任中敏所强调的竹枝词是"拗体绝句"，[2] 这个"拗"字并非"别扭、晦涩"之意，反而正是"平仄亦可不拘"（万树语）的"解放、宽松"之意，所以，竹枝词是一种相对解放、自由的诗词体裁，可拗可范，可松可紧，可庄可媚，可雅可俗，那就大大释放了写作空间，降低了写作门槛。这可能正是竹枝词最大的魅力所在，如果在给它诗词身份归属的同时，还要硬附上一大堆格律的审美的枷锁，把它塞回到死板的笼子里，那显然是迂拙不明智的。

亦诗亦词的大判断有助于我们进一步辨认竹枝词所递接的诗歌传统。刘禹锡说它"含思宛转，有《淇澳》之艳音，昔屈原居沅湘间……乃为作《九歌》……故余亦作《竹枝词》九篇"，就明确将其祖脉上溯到了"风骚"，下面的"后之聆巴歈，知变风之自焉"则暗示着竹枝词正是"兴观群怨"说的衣钵正传。在《竹枝词及其近代转型研究》中，朱易安将竹枝词的传统归纳为诗乐同源的儒家标准、言志乐府等诗学传统、"声诗"渊源、"女儿"传统四个部分，[3] 颇见系统，但似乎还可以补充一点：竹枝词是性灵诗学的一个非常显要的标本，重中之重的一

---

[1] 改吴眉孙《水调歌头》句。
[2] 万树《词律》在孙光宪《竹枝词》后注云："此调竟是七言诗，句中平仄亦可不拘，若唐人拗体绝句者。"任中敏《唐声诗》亦云："竹枝之特点在拗体，去七绝较远。"
[3] 朱易安：《竹枝词及其近代转型研究》，上海古籍出版社 2020 年版。

个组成部分。

这里所谓的"性灵诗学"同样是作为一个传统蜿蜒流变于中国诗歌史程之上的，从钟嵘到白居易，从杨万里到袁宏道，最终在袁枚手中获得总结与大成。根据蒋寅的说法，袁枚的性灵诗学是一种自我表现的诗学、破而不立的解构诗学，"从强调独创性和解构经典开始，袁枚诗学就注定要走向摆脱诗歌的贵族气而赋予其平民化品格的方向……正像心学里有讲'人皆可为圣人'的泰州学派，佛教里有讲'一阐提人皆可成佛'的马祖禅，袁枚的性灵诗学首先充当了诗歌大乘教的角色"。[1]这种"平民化品格""诗歌大乘教"与性灵诗学特别强调的"风趣""风情""天籁""贵真""平浅而意味深长"等信条岂不与竹枝词的主流在实践层面上若合符节吗？袁枚有《遣兴》一绝云："但肯寻诗便有诗，灵犀一点是吾师。夕阳芳草寻常物，解用都为绝妙词。"径直拿来作为竹枝词的理论纲领，岂不是非常妥帖吗？事实上，大家公认为袁枚诗学榜样的白居易、杨万里、袁宏道几位正也是竹枝词的高手，而他自己虽不以竹枝词擅场，作为平生长技之一的七绝则大抵与竹枝词气味相通。更有意思的是，他的嫡孙袁祖志正是秉持着性灵家法，后来成为了竹枝词创作的大家。这里面的种种微妙消息，不是深可玩味吗？[2]

亦诗亦词的自由属性也决定了竹枝词体式的多样性。除了我们最熟悉的七言四句平韵体之外，竹枝词至少还有如下变体：

[1]蒋寅：《清代诗学史（第二卷）：学问与性情》，中国社会科学出版社2019年版，第325页。

[2]林相棠作于光绪三十年（1904）的《佛山竹枝词序》早就指出了这一点："竹枝词一格，描写方言谚语、风土人情，于天趣性灵，兼而有之，洵足别开生面。"《历代竹枝词》，陕西人民出版社2003年版，第3608页。

序号	变体特征	例作	备注
1	七言二句体	皇甫松《竹枝》、陈维崧《竹枝四首·粤东词》	皇甫松《竹枝》："芙蓉并蒂（竹枝）一心连（女儿）。花侵隔子（竹枝）眼望穿（女儿）"。
2	七言四句平仄转韵体	蒋敦复《竹枝》	红衣出水荷花香，花房多宿野鸳鸯。风吹荷花不得语，鸳鸯飞向郎边去。
3	七言五句平韵体	周行己《竹枝歌上姚毅夫》	酒当毒药色当斤，人生行乐如浮云，一杯更尽客已醺。美人不用歌文君，客有相如心不春。
4	七言八句平韵体	曾广钧《梧州柳枝词》、霍勤泽《青门竹枝词》、苏曼殊《捐官竹枝词》、张翼廷《官场及幕友竹枝词》、东武闲冷《官场竹枝词》、佟晶孚《程剧竹枝词》	见本书
5	六言四句平韵体	刘溥《竹枝词》、朱诚泳《竹枝词》、朱俊瀛《六言竹枝词》	朱诚泳《竹枝词》："袅袅万竿秋影，点点二女泪痕。试听鹧鸪声里，满川风雨黄昏"。

序号	变体特征	例作	备注
6	五言四句平仄韵体	贺铸《变竹枝》、宋登春《竹枝词三首》、张凤翼《竹枝词》、屈复《变竹枝词》、袁枚《西湖小竹枝词》、吴中蕃《连三坡竹枝词》、孙士毅《西藏竹枝词》、史香九《台南竹枝词》	见本书
7	长短句体，或曰杂言体	敦诚《东皋竹枝词》、谭宗浚《棹歌》、黄爵滋《杨村竹枝词》、郑知同《田家竹枝词》	敦诚《东皋竹枝词》："东皋中，两岸茹蒲烟树浓。恰如甫里天随子，放鸭归来雨一篷。"谭宗浚《棹歌》："也也由，也也由，天寒水浅更推舟。阿侬生小炎荒住，为过清滩雪满头。"
8	以词调所作竹枝词	林庚白《浣溪沙·沪滨竹枝词》	见本书

以上变体，以五言四句、七言八句者最为常见，本书亦在审视其艺术水准的基础上酌情选入，以期全面反映竹枝词的状貌。

二 竹枝词之别称、边界与"广竹枝"概念提出的可能性

除了繁复多变的体式，竹枝词的别称也是花样翻新，令人

有目不暇接之感。孙杰《竹枝词发展史》第一章第三节分四类汇考了竹枝词名称四十一种，[1] 如下表：

特征	名称	数量
题中明标"竹枝"字样者	竹枝曲、竹枝词、竹枝、竹枝歌、变竹枝、男竹枝歌、女竹枝歌、竹枝宛转词、拟竹枝词、竹枝辞、小竹枝词、演竹枝、短竹枝词、竹枝诗	14
与竹枝词原有区别但在发展过程中与竹枝词渐趋混同者	棹歌、口号、欸乃曲（又名"欸乃歌""欸乃歌词"）、橘枝词、桃叶歌、（采）茶歌	6
名虽不同但实为竹枝词者	桃花流水引（又名"仙家竹枝"）、女儿子、市景词、风土词、下里词、春帖子词、荔枝词、桃枝词、衢歌、渔唱（渔乃）、风俗诗、节物诗、征迹诗、草珠一串	14
吟咏一地风土且有浓厚竹枝风味者	谣、曲、百咏、杂咏、杂诗、杂事诗、纪游	7

朱易安《竹枝词及其近代转型研究》第四章第三节则将竹枝词别名分为六类略举二十种，[2] 如下表：

特征	名称	数量
以木名为题者	橘枝词、桂枝词、桃枝词、荔枝词、榕枝词、枣枝词、蔗枝词、樱枝词	8

---

[1] 孙杰:《竹枝词发展史》，复旦大学 2012 年博士论文，第 34—48 页。
[2] 朱易安:《竹枝词及其近代转型研究》，上海古籍出版社 2020 年版，第 179—188 页。

特征	名称	数量
以职业命题者	圩丁词、秧老歌	2
以具体山川命题者	雅宜山诗、女儿浦歌	2
以歌词散声命名者	欸乃歌	1
"十咏""百咏"一类的诗歌	十咏、百咏、三百吟	3
以具体的人事活动命名者	棹歌、捉花吟、踏灯词、嬉春词	4

　　两位学者的研究已经颇为详尽，但还远远不是全部。从精益求精的角度而言，我们以为上表至少还可以做如下补充与总结：一、以地名为前缀的"歌"应予收入，如明代范景文《北吴歌和王退如使君》、清代陈世和《西樵歌》；二、"欸乃曲"与"渔唱"相结合，还衍生出"渔乃"之名，见清代吴骞《蠡塘渔乃》；三、"杂咏"亦可名"杂兴"或"杂忆"，如宋代苏洞《金陵杂兴》、清代李若虚《西招杂忆》；四、清代佚名撰有《枯杨词》十八首，系讽刺名将杨芳者，"枯杨词"亦可收入；五、晚清华鼎元除有《津门征迹诗》，尚有《津门征献诗》八卷一百二十首，皆七言绝句，"征献诗"亦可收入；六、清代王苣孙有《西陬牧唱词》六十首，"牧唱词"亦可收入；七、上两表还可增加相当重要的一个大类，即"以七绝组诗形式记载某地发生之历史或现实事件者"，最典型的名称为"纪事"或"纪事诗"。如宋代刘子翚《汴京纪事二十首》、清代庄肇奎《伊犁纪事二十首效竹枝体》、清代洪亮吉《伊犁纪事诗四十二首》、

清代陈钧《蕴藻筑坝纪事》九首、清代佚名《乡试纪事诗》二十五首、近现代刘成禺的《洪宪纪事诗》、张伯驹的《续洪宪纪事诗补注》、匡厚生的《长安围城纪事诗百首》等。晚清贝青乔有《咄咄吟》一百二十首，记述鸦片战争中浙东抗英之战中诸"怪现状"，亦为纪事诗之属，可列入此类。

上文的排比补充已经有琐屑罗列之嫌，但我们的目的不仅在于对竹枝词的别名尽量竭泽而渔，更期望藉此思考竹枝词的"边界"问题：到底哪些竹枝词应收而未收？哪些不应收而误收？其标准究竟如何？

目前体量最大的竹枝词总集应推丘良任等编纂的《中华竹枝词全编》，共收录作者四千四百余人，作品近七万首，[1]这个数字比之此前雷梦水等编纂的《中华竹枝词》与王利器等编纂的《历代竹枝词》增加了四万首以上。[2]之所以出现如此突破性的进展，固然是由于加强了文献搜讨，更主要的则是调整了对竹枝词的认识，将更多"同体异称"的诗歌尽可能收录进来的缘故。[3]

如此处理或会引起"收诗范围的争议和操作上难以把握的问题"，[4]但《全编》前言有云，"如果我们囿于诗的标题决定取舍，就会把大量泛咏风土的名非竹枝、实为竹枝的诗作摈弃

[1]潘超，丘良任，孙忠铨主编：《中华竹枝词全编》，北京出版社2007年版。
[2]《中华竹枝词》共收录作品两万一千六百余首，北京古籍出版社1996年出版；《历代竹枝词》共收录作品两万五千余首，陕西人民出版社2003年出版。
[3]徐恭时在《上海洋场竹枝词序》中提出竹枝词的"同体别称"现象，顾炳权编《上海洋场竹枝词》，上海书店出版社1996年版，第2页。
[4]朱易安：《竹枝词及其近代转型研究》，上海古籍出版社2020年版，第188页。

在外，对读者、研究者来说岂不构成了缺憾"，[1]这个意见总体上是受到认可与欢迎的。那么，我们就不妨以前辈学者辛勤拓出的实践成果为基础，试着给出竹枝词的标准，或曰边界：

第一，竹枝词的收录时间上限为中唐时期，以顾况明标"竹枝词"之题为最早，故杜甫《夔州歌》十首虽被后人异口同声指为"竹枝体"，[2]但也只能作为竹枝词的先声看待。

第二，竹枝词以七绝联章组诗为形式上的最主要特点，同时也涵纳诸多变体。

第三，竹枝词的基本定位是文人对于民歌的仿作，纯粹的七绝体民间歌谣不应阑入收录范围。如《水浒传》中记载的两首"酒歌"，"赤日炎炎似火烧，野田禾苗半枯焦。农夫心内如汤煮，公子王孙把扇摇""九里山前古战场，牧童拾得旧刀枪。顺风吹动乌江水，恰似虞姬别霸王"，皆极佳，然而只能割爱。

第四，竹枝词的内容主要是"泛咏风土"。[3]这里所谓"泛咏"首先指向的是诗歌吟咏题材的宽泛性，它可以咏物，可以怀人，可以览古，可以纪闻，但必然是在"风土"背景下杂糅攒集在一起，而不单纯以某一题材为标的。在这一点上，我们可以把竹枝词与诸多"咏 × 若干首""怀人若干首""览古若干首"等七绝联章组诗区别开来。同样作为中唐文人改造旧曲而

---

[1] 潘超、丘良任、孙忠铨主编：《中华竹枝词全编》，北京出版社 2007 年版，第 4 页。

[2] 翁方纲云："杜公虽无竹枝，而《夔州歌》之类，即其开端。"杨伦云："十首亦竹枝体。"金启华云："十首皆竹枝词体，自是老境。"其第五、第六首，既已特别为任半塘指出与刘禹锡《竹枝》相近，又被王慎之、王子今认为"其格调确实近于竹枝"，参见孙杰《竹枝词发展史》，复旦大学 2012 年博士论文，第 50 页。

[3] 王士禛语，见《花草蒙拾》："《竹枝》泛咏风土。咏本意者，止见田艺蘅'白玉阑干护竹枝'四首耳，卓珂月以为正格，要亦不必。"

形成的《杨柳枝》因为主要吟咏杨柳或抒述别情，主题过于单纯集中，故一般不被视为竹枝词。[1]

第五，"泛咏"同时甚至更加强调的是竹枝词作者的"他者"视角及作品的"外指性"特征，也就是说，作者更多扮演的是观察员、记录员的角色，以"零度写作"的倾向速写外部世界，自我抒情的元素退居其次，这样就可以把大量"内指性"，也即以自我记录、自我抒情为主的绝句与竹枝词区分开来。所以华鼎元的《津门征献诗》应视为竹枝词，而袁枚的《姑苏纪事》《端州纪事》、龚自珍的《己亥杂诗》不应视为竹枝词。《中华竹枝词全编》收录的苏曼殊《本事诗》十首，全为日本女子百助而作，书写一己情事，[2]亦不当视为竹枝词。

第六，竹枝词在流变过程中逐步衍化出的另一项主要内容是记讽时事，这是"泛咏风土"的延伸扩展，同样具有"他者"视角、"外指性"特征及零度写作倾向。正是在此意义上，我们将刘子翚《汴京纪事》、曾极《金陵百咏》、贝青乔《咄咄吟》等划入竹枝词行列。

第七，因为强调"泛咏风土"，地名标识必然成为竹枝词的最醒目特征，因而标题虽不带有"竹枝"字样，但采用七绝形式、带有地名标识的诗作可以被视作竹枝词。如"×地口号/杂咏/杂兴/杂忆/牧唱""×地诗/歌/曲"等，故《中华竹枝词全编》未收入易顺鼎《天桥曲》应视为遗漏。

---

[1]将"杨柳枝"或"柳枝"明确另标为"竹枝"的则可视为竹枝词，如本书所选郑文焯《苏台柳枝》即另标为"吴宫竹枝"。

[2]《中华竹枝词全编》第七册，第571页。

第八，作为竹枝词的主要内容之一，记讽时事的七绝组诗如张衡《巡查煮赈，触目惨伤，漫成口号》、佚名《枯杨词》等虽不具有地名标识，亦应视为竹枝词。

第九，以职业、劳动方式、时序为标识的七绝组诗如圩丁词、秧老歌、春帖子词、踏灯词、嬉春词、辞年诗[1]等因为与"风土"密切相关，因而可视为竹枝词。

通过以上辨析不难看出，竹枝词的名称可以相当活络，外在形式亦具有一定的弹性，这是学界的共识，争议主要还是集中在竹枝词两大内容/功能——泛咏风土，记讽时事——的划定。那么若干问题又随之而来：第一，可不可以继续扩大竹枝词的收录范围？比如说，从白居易的名作《忆江南三首》开始，词史上流传着大量以"××好"为起句的"望江南/忆江南"之作，其实质与竹枝词无异。《杜注扬州竹枝词六种》中就收录了黄录奇的《望江南百调》，华鼎元的《梓里联珠集》收得津门竹枝词五种，其中也有樊文卿全用"望江南"词牌书写的《津门小令》，我们可否准此先例，将诸多类似的《望江南》也"兼并"到竹枝词里来？第二，朱熹的《武夷九曲棹歌》、曾极的《金陵百咏》、苏洞的《金陵杂兴》等在宋代都不被视为竹枝词，那么我们可不可以根据竹枝词概念的重新界定，以今律昔，"追认"其为竹枝词？第三，诸如王友亮《金陵杂咏》、林苏门《邗江三百吟》，从标题而言应该包含在竹枝词中，可是其诗集中虽然不少七言绝句（林著以七言绝句为主），同时还杂用了五古、

---

[1] 李伯元有《辞年诗》七绝组诗十三首，见《中华竹枝词全编》第二册，北京出版社2007年版，第613页。

七古、五排、五律、七律等多种诗体，它们可不可以被当成竹枝词的变体而收录进来？

这样一些问题其实都可以归结到一个问题：竹枝词的名实之辨。叶晔的《竹枝词的名、实问题与中国风土诗歌演进》堪称目前为止该领域最具学理性的一篇文章，该文把竹枝词发展的过程细分为三个阶段：第一阶段述怀风调，即采风型竹枝词，可谓"竹枝即风土"；第二阶段纪风土、谈故事，即纪风型竹枝词，棹歌归流，杂咏渗入其中，转谓"风土即竹枝"；第三阶段是纪风土、谈故事的升级版，考证详明，搜罗闳富，以致动辄百咏，迹近怀古，地名百咏、地方纪事诗等亦渗入其中，变谓"泛风土皆竹枝"，今人常说的"竹枝体"至此定型。[1]

如此概括可谓要言不烦，切中肯綮，文中所运用和提出的分层、守界、知识考古诸原则也极富启发意义，[2]但竹枝词边界的问题并没有完全得到解决。我们似乎还可以在此基础上继续提问：执竹枝词之标题"循名责实"，尽量收缩其收录范围是不是一种最理想的处理方式？[3]有没有可能"遵实归名"，提出一个"广竹枝"概念，将这些泛咏风土、记讽时事的诗作统摄起来，以便于更进一步的文献工作与理论研究呢？

需要特别辨析两点：首先，不能简单将竹枝词视为风土诗

---

[1] 叶晔：《竹枝词的名、实问题与中国风土诗歌演进》，《中国社会科学》2014年第11期。

[2] 分层、守界原则系张剑所倡导，见其《家族文学研究的分层与守界原则》，《华南师范大学学报》2011年第3期。

[3] 叶文指出："在本质上，因为竹枝词占了风土诗歌的大宗，便用'实在定义'偷换概念，将其他风土诗体类强行划入竹枝词的范畴，是一种似是而非的拓宽文体边界的行为，属于对竹枝词概念的过度阐释。现有的文献成果中，像《历代竹枝词》《江苏竹枝词集》这样严格界定、宁少勿滥的编选态度，显得尤为可贵。"

而忽视其记讽时事的重要功能。作为"泛咏风土"的广义延伸，早在李涉"渡头少年应官去，月落西陵望不还"的诗句中，竹枝词记讽时事的一面就已隐约逗露其端倪，经由范成大的"东屯平田秔米软，不到贫人饭甑中"、汪元量的"生怕渡官搜着税，巴东转柁向巴西"等作品的过渡，至明代杨一清、沈明臣、袁宏道、王象春、杨德周等诗人手里已经表现得相当浓郁和鲜明。到了明清之际的方文《都下竹枝词》二十首，记讽时事的内容已经压倒性超过了泛咏风土，几乎成为与传统竹枝词"异质"的一种诗歌了。至于屈复的《变竹枝》六十三首与董伟业的《扬州竹枝词》九十九首，同样毫不含糊地将笔触更多放在"时事"而非"风土"上面。郑板桥为董词作序，赞其"挟荆轲之匕首，血濡缕而皆亡；燃温峤之灵犀，怪无微而不烛。遭尤惹谤，割舌奚辞；识曲怜才，焚香恨晚。盖广陵风俗之变，愈出愈奇；而董子调侃之文，如铭如偈也"云云，很明显是冲着他那种不谐于俗的"乖张"去的。这是竹枝词后起的但难以掩蔽的大光彩，在此后的嘉道年间以至晚清民国逐渐蔚为大观，骎骎然与"泛咏风土"一类呈分庭抗礼之势。臧谷《续扬州竹枝词》中"关心时事日萧条……床头吹冷一枝箫"的诗句更几乎可以看作是竹枝词向"记讽时事"偏倾的一种宣言。所以，单从风土诗歌的角度来认知竹枝词概念是并不全面的。

其次，竹枝词作为一种强势文体对周边弱势文体进行侵蚀已经是一个不可改变的事实，[1] 这一事实不是到今人手里才形成的，而是历来诗人们有意"附丽""追认"的结果。朱彝尊《鸳鸯湖棹歌序》明白声称"以其多言舟楫之事，聊比《竹枝》《浪淘沙》之调"；[2] 秦琦说自己"作《惠山杂咏》……以其多儿女之事，故以竹枝名焉"；[3] 石德芬《迭克杂咏》又名《边俗竹枝词》，自序云，"杂咏亦竹枝词也，不言竹枝者，边俗与内地不同，不须假借也"；[4] 前文提到的《杜注扬州竹枝词六种》中收录《望江南百调》、《梓里联珠集》收樊文卿《津门小令》也是"附丽""追认"的典型现象。这样的例子零散看似乎是"单例逆推"，[5] 汇合而言之则具有相当之普遍性。那么我们就可以看到，至少在占据竹枝词创作总量百分之九十以上的清代民国，棹歌、杂咏、百咏、纪事诗等各种体类，乃至《浣溪沙》《望江南》等词调都在或多或少向竹枝词靠拢并被吸纳统合，这一显豁的趋势和事实应该得到正视与尊重。

如果以上辨析大体不错，那就说明，"竹枝词"应该被视为一个动态的"滚雪球"式的概念，既然它在发展过程中不断

---

[1] 叶文指出："边界略宽的乡党掌故，时而越过竹枝词本应严守的文体功能的边界，将更多的地方性知识纳入竹枝词的书写范围，进而将与这些知识相关的其他诗歌体类也纳入了竹枝词的文体范围……这是强势文体侵蚀其周边弱势文体的一种典型表现。本来与地方吟咏相关却无涉风土传统的，如地域杂诗、杂咏及地名百咏、八景诗等，都在一定程度上被牵入其中。"

[2] 朱彝尊：《鸳鸯湖棹歌》，《曝书亭集》卷九。

[3] 潘超，丘良任、孙忠铨主编：《中华竹枝词全编》第三册，北京出版社2007年版，第788页。

[4] 雷梦水、潘超等编：《中华竹枝词》，北京古籍出版社1997年版，第3486页。

[5] 叶文云："现今的竹枝词研究中，不乏这样的'单例逆推'情况，这种'以后证前'的推演思维，很容易造成一类文体的研究误区，即用后世的文体观念去看待前代的文体生存状态。"

吸附了更多的诗歌营养，逐渐上升为一个包含诸多体类的上位概念，那么，我们在坚持分层、守界、知识考古诸原则的同时，还应该"辨体从严，收录从宽"，站到今人的文体立场上去，重新界定符合文学史事实的"竹枝词"内涵与外延，而不必削足适履式地进行"减肥手术"，让它重回到"巴歈""变风"的蕞尔小国的狭窄封地上去。

所以我们觉得，应该提出一个"广竹枝"概念，其直接目的在于认可竹枝词历史发展进程中的文体扩张现象，并在包容现有诸多别称、变体的基础上继续适度扩大竹枝词的收录范围。这里所谓"适度"，主要应该考虑的是竹枝词以七言绝句为主的体式与韵味。一方面，在"追认"清代之前诗歌作品时主要认定那些符合竹枝词特征的七绝联章组诗；另一方面，在整合清代以后诗歌作品时，则可以将类似《金陵杂咏》《邗江三百吟》的诗集中符合已有竹枝词体式的作品抽离出来，收入竹枝词的研究范围。此类诗集中的五律、五古、七古、排律等诗体因为不在"变体"之列，故应予以排除。至于以"××好"作为地名标识的《望江南》，因为此词调的字数、韵味与七绝较为接近，[1] 其中一部分又被收入竹枝词集，有先例可循，如果可以将其纳入竹枝词文献中予以整体观照和研究的话，那么竹枝词在数量和质量层面将又会增加一个沉甸甸的砝码。

---

[1]《望江南》二十七字，句式为三五七七五，其三五二句可看作七言之拉伸，煞拍五言句可看作对"拉伸"的"找平"。

三 竹枝词的发展轨迹及其在晚清民国的新变

自中唐迄今，竹枝词已经走过了一千二三百年的发展历程，其运行轨迹之繁复变幻实非寥寥数语能说清楚。一般论述竹枝词之发展皆取"历代"视角，以孙杰《竹枝词发展史》为典型代表；上文所引叶晔文章采用文体演进为主的综合视角，所论最称新颖精切。我们觉得，缕述竹枝词轨迹还可以取"节点／坐标"的方式，首先进行点状定位，再将其联结成一条较清晰的发展曲线。

竹枝词发展的第一个坐标显然要划在刘禹锡身上。虽然在他之前杜甫已有《夔州歌》十首、《漫兴》九首等颇具"竹枝味"的七绝联章组诗，[1] 顾况也有明标"竹枝词"题目的作品，但满怀创作激情与理论自觉，创作出脍炙人口的典范作品，并在当时后世引发巨大影响的还是要推这位一代"诗豪"。黄庭坚《跋刘梦得竹枝歌》云："刘梦得竹枝九章，词意高妙，元和间诚可以独步。道风俗而不俚，追古昔而不愧，比之杜子美《夔州歌》，所谓同工而异曲也。昔东坡尝闻余咏第一篇，叹曰此奔轶绝尘，不可追也。"[2] 以苏轼、黄庭坚那样的水平与眼光，而对这一组竹枝词赞叹如此，那就足以确认刘禹锡"竹枝开山"的地位。

引发竹枝词成为一种"现象级"创作的诗人要推杨维桢。

---

[1] 李东阳《麓堂诗话》："杜子美《漫兴》诸绝句有古竹枝意"，王嗣奭《杜臆》："兴之所到，率然而成，故云《漫兴》，亦竹枝乐府之变体也。"
[2] 黄庭坚：《豫章黄先生文集》卷二十六。

他不仅锐敏地发现了竹枝词在歌咏风土、寄寓情怀等方面的巨大潜力，而且运用自己的广阔人脉与崇高人望，创造性地发起了"竹枝词社"与竹枝词唱和活动。[1] 现在看起来，收录一百二十余人、一百八十余首作品的《西湖竹枝集》并称不上多么庞大，然而它代表的乃是盟主登高一呼、诗坛云随景从的急骤升温与高度认同，同时更把竹枝词的歌咏中心从偏处西南的"巴渝"挪移到了中国诗歌的核心地带——江浙地区，从而直接带来了明清两代竹枝词创作呈"指数级"增长的盛况。

第三个节点是朱彝尊的《鸳鸯湖棹歌》，他最大的贡献在于将此前形于耳目的"采风型"写作转化为重视文献知识的"纪风型"写作。这一转变不仅促使"棹歌"向竹枝词迅速全面地"归流"，更为重要的意义还在于，由此开始的知识型写作进一步提升了竹枝词的"雅化"品位，推动其进入更高阶的诗歌殿堂。诚如叶晔所言：

> 朱彝尊在中国风土诗史中的地位，远非首倡"以棹歌咏风土"那么简单，他更重要的承启作用在于，不仅用遗闻胜说打破了棹歌专言身桱的抒情传统，而且还用一句"聊比《竹枝》《浪淘沙》之调"的轻描淡写之语，将文学纪实的力量注入到竹枝词的创作潮流之中……朱彝尊作为诗坛领袖的影响力毋庸置疑……整个诗坛对朱彝尊开拓棹歌境界的认同感越来

---

[1] 竹枝词社见陈谞哲《铁雅诗派研究》之考证，参见本书正文。

越强……那么，清代竹枝词的发展顺应时代的风气、容纳实录式的写法，从诗人式的采风向学人式的纪风过渡，是理所当然的事了。[1]

然而，由朱彝尊推宕起的这一波竹枝词写作热潮到晚清也已经开始陈陈相因，活力衰减，棹歌也好，百咏也好，那种连篇累牍的"数典征实"肯定要与诗歌的抒情本质渐行渐远，从而使读者产生越来越强烈的阅读疲惫；但恰恰是这种难乎为继的苗头出现之际，原来一直边缘化的"记讽时事"功能随着"晚清"的到来异军突起，为竹枝词的可持续发展注入了巨大的能量。

从历史维度上看，晚清一向号为衰世，那就意味着内忧外患夹击之下中央集权控制力的大幅下降，从而为包括诗词在内的舆论场提供了相对宽阔的生长空间。贝青乔在道光二十一年（1841）参奕经浙东军幕，其一百二十首《咄咄吟》大抵是指斥清军武备懈弛、军心涣散之作，假设"天魔群舞骇心魂，儿戏从来笑棘门。漫说狄家铜面具，良宵飞骑夺昆仑""瘾到材官定若僧，当前一任泰山崩。铅丸如雨烟如墨，尸卧穹庐吸一灯"一类作品是出自文字狱频密爆发的乾隆"盛世"，我们不难想象会引起多么严重的后果。再如同治五年（1866），左宗棠于闽浙总督任上卷入的"竹枝词案"。虽然惊动了朝廷，委大员专案调查，结果不过是"其编造竹枝词之人，仍着严拿究办，以儆

[1] 叶晔：《竹枝词的名、实问题与中国风土诗歌演进》，《中国社会科学》2014年第11期。

刁顽",[1]官样文章，不了了之。这种轻描淡写在雍正、乾隆时期也是难以置信的。至于甲午战争后，御史安维峻上书指斥朝政，被流放张家口军台效力，然而"人多荣之。访问者萃于门，饯送者塞于道，或赠以言，或资以赆，车马饮食，众皆为供应。抵戍所，都统以下皆敬以客礼，聘主讲抡才书院",[2]乌里雅苏台参赞大臣志锐甚至刻"陇上铁汉"印章一枚相赠。在这样"圣王不作，诸侯放恣，处士横议"[3]的情形下，竹枝词记讽时事的功能必然要占有越来越大的戏份，成为大家喜闻乐见、"喜读乐创"的诗坛"新宠"。

从文化维度上看，"晚清"还意味着新兴蓝色海洋文明与中华文明的碰撞，其中一朵重要的火花就是现代报刊的创设。据《中国近代报刊名录》的统计，自 1815 年至 1911 年，在中国及海外出版的中文报刊已经多达 1753 种。[4]这些报刊寿命有长有短，影响有小有大，共同点则是为"处士"们的"横议"提供了更加便捷直接的平台，在一定程度上掌握了皇权、官权以外的"第三极"：舆论权。

这一时期的报刊为了吸引目标读者群中最为重要的文人群体，大多辟有诗词专栏，"1917 年之前，旧体诗在近代报刊中几乎是无刊不登的内容"。[5]即以报刊业巨头《申报》为例，在

---

[1] 郭则沄：《知寒轩谈荟甲集》卷一。
[2] 赵尔巽：《清史稿》，中华书局 2020 年版，8373 页。
[3]《孟子·滕文公下》。
[4] 史和等编：《中国近代报刊名录》，福建人民出版社 1991 年版。
[5] 花宏艳：《申报刊载旧体诗研究：1872—1949》，凤凰出版社 2018 年版，第 7 页。

其出刊的七十七年间，共刊登旧体诗接近两万首，[1] 在这其中，竹枝词扮演着一个相当出彩的角色。从 1872 年 5 月 18 日刊登海上逐臭夫的《沪北竹枝词》与忏情生的《续沪北竹枝词》开始，到 1881 年，《申报》上发表的竹枝词就已经超过两千首，其中尤以记录书写十里洋场的声色犬马为主要内容。从火轮船、铁路、自来水、自行车、电话、电报、显微镜、氢气球、地球仪等西洋器物，到西餐、跑马场、舞会、弹子房、圣诞节等西洋生活方式……这些现代文明信息伴随着运载《申报》的车船、以易懂易记的形式迅速风靡大江南北，为广大中国人重新思考世界、国家、文明、公民等重量级命题提供了相当丰腴的土壤，真可谓"既是诗歌，又是新闻""不是新闻，胜似新闻"。袁祖志有诗云："聊斋志异简斋诗，信口吟哦午倦时。底本近来多一种，汇抄申报竹枝词。"那绝不是他的个人行为，而是具有很大覆盖面与普遍性的。

从《申报》掀起的这一波竹枝词浪潮，其记写反映时事之宽泛快捷甚至超过了新闻稿件。不必说对诸多社会热点事件如影随形般地映射，即以题材而论，晚清民国竹枝词贡献出的新题目就已经远远超出了此前所有竹枝词的总和。诸如《闺中竹枝词》《复辟竹枝词》《银幕竹枝词》《女学生竹枝词》《流线型学生竹枝词》《燕大竹枝词》《办款竹枝词》《乡绅竹枝词》《学界竹枝词》《官场竹枝词》《十不见竹枝词》《燕京老妓竹枝词》《办团黑幕竹枝词》《都会女人竹枝词》《北京富人竹枝词》《北

---

[1] 同上，第 7 页。

京贫社会竹枝词》《狱中竹枝词》《天使岛拘留营竹枝词》《郫城反日罢市竹枝词》《长沙抢米风潮竹枝词》《党务训练班竹枝词》……怪怪奇奇的名目，不一而足，甚至还有完全现代口语化的《到乡间去的委员竹枝体》。单看这些题目，就恍如看到了一幅晚清民国社会的全景式风情画，里面有青春、艳冶、温暖、时尚，也有枯槁、黑暗、残酷、猥琐……裹挟着腥风与香气，扑面而来。

"记时事"的新闻性只是竹枝词的特质之一，之所以与近代报刊结下奇缘，同时还因为它所特有的"打油味"，分拆开来说至少应该包括白话气息、诙谐意味、辛辣口吻。白话容易懂，诙谐惹人笑，辛辣解闷气，这正符合广大读者对报刊的阅读期待。在上文论述"广竹枝"概念的时候，我们已经隐约触及到了这层意思，之所以放在这里"挑明"，那是因为在晚清乃至民国时期，作为弱势文体的"打油诗"明显受到强势的竹枝词侵蚀和收编的缘故。

我们确实看到，迨至清帝逊位、民国启元，竹枝词更是与报刊伴生共荣，同步发展，而其"讽"的一面——也即"打油味"——也在日益增强。载于《余兴》1914年第4期的《新竹枝词》取唐诗名作加以改造翻写，举凡逊清遗老、民主画皮、新贵投机、国势倾危……都在笔底一一呈现，别具一种匕首投枪的杂文味质地。日后鲁迅仿写《黄鹤楼诗》吊大学生，或者在此能寻得一些渊源。[11]再如《游戏杂志》1915 年刊登的《羊城竹枝词·报馆》叹息"噤口寒蝉君莫笑，畏他鹰犬太纷纷"，一语道破民初乱世中动辄得咎的新闻生态；《快活》杂志 1922 年刊登的《乡绅竹枝词》里的乡绅"早航送到新闻纸，先撕些儿揩烟筒""十二圈完归去也，四人轿子二人抬"，其粗鄙悠闲令人哭笑不得；《启明女学校校友会杂志》1923 年刊登的《民国竹枝词》里"十万银钱娶一姨"的将军与《法治周报》1934 年刊登的《北京富人竹枝词》里"扑克一场钱百万，输赢犹说未曾分"的将军可谓相映成趣，而一旦与《北京苦社会竹枝词》里"奔驰二足追车畔，瘦臂交叉说请安"的饥寒穷人映照激射，又令人感慨不置。至于今霞所撰、载于《人民时代》1947 年第 4 期的《关西竹枝词》有云，"儒坑书焚祸事平，祖龙高卧阿房宫。谁知思想已同一，翻有夥颐撞丧钟"，对国民党当局的思想控制政策予以冷峻的抨击，更是闪耀出了难得的批判锋芒。这一类或漫画或杂文式的竹枝词甚至在某些报刊上（如《师亮随刊》《余兴》《游戏杂志》等）对传统样式的竹枝词形成了碾压之势，几乎成为绝对的主流，那是在相当程度上达到了刘师亮自挽联所云"伤时有谐稿，讽世有随刊，借碧血作供献同胞，大呼寰宇人皆醒"的理想与目标的。从你侬我侬、男欢女爱，到泛咏风土、记写时事，最终居然走上了"铁肩道义，辣手文章"的强力介入社会批评的道路，竹枝词划出的这条发展曲线

---

[1] 鲁迅诗云："阔人已骑文化去，此地空余文化城。文化一去不复返，古城千载冷清清。专车队队前门站，晦气重重大学生。日薄榆关何处抗，烟花场上没人惊。"

无疑是出人意料而又意味深长的。

四　竹枝词的文学本位与多学科价值辐射

亦诗亦词，并包容吸纳了棹歌、杂咏、百咏、纪事诗、打油诗等体类的竹枝词首先是一个文学概念，在文体学、诗歌史、诗歌题材研究方面都具有很大的生长空间，这一点毋庸争议。值得注意的是，竹枝词作为一种主要采记各地区（国家）风土的诗歌体裁，它与新兴的文学地理学学科之间存在着极大的密合性。依据曾大兴的说法，文学地理学的研究对象"简而言之，就是一句话：文学与地理环境的关系；具体言之，就是三句话：文学要素的地理分布、组合与变迁，文学要素及其整体形态的地域特点与地域差异，文学与地理环境的相互关系"。这里所谓"文学要素包括文学家、文学作品和文学接受者，地理环境则包括自然环境和人文环境"。文学地理学的中心任务之一，就是要研究地理环境"通过文学家这个中介，对文学作品的体裁、形式、语言、主题、题材、人物、原型、意象、景观等构成的影响"。[1] 从这样的表述来看，竹枝词完全有理由成为文学地理学一个非常理想的研究对象，然而从目前出现的相关成果来看，运用文学地理学的原理、方法针对竹枝词所开展的研究还不够集中，在数量和质量上都不够理想。那么，这也是一个亟待开拓与深化的研究方向。

---

[1] 曾大兴、李仲凡：《文学地理学的学科建设——曾大兴教授访谈录》，《学术研究》2013 年第 8 期。

竹枝词研究的起点和落点都是文学，然而当我们跨出"文学舒适区"的时候，在诸多学科领域也都能看到它闪现出的夺目光彩。

比如说与地理学存在较大交集的方志学。[1] 自从朱彝尊的《鸳鸯湖棹歌》开启了风土诗歌的知识性写作之门以后，竹枝词的方志化倾向就变得愈加浓烈，很多人都把竹枝词当成方志的重要补充，甚至当成方志本体来进行经营，这在规模较大的组诗中表现得尤其明显。秦荣光撰《上海县竹枝词》五百三十首，自序云："今所咏者，事实次第悉本同治《上海县志》，即缀本文附注各诗后，借省寻检。"[2] 王芑孙在《西陬牧唱词》小序中也明白声称自己读《西域图志》，"删取原文，少加融贯，件系成诗"，[3] 写成竹枝词六十首，而将《西域图志》中有关文字剪裁后长注于每首诗下。萧雄的《西疆杂述诗》一百五十首更是如此。他中年往投新疆，效力军幕，积功升至直隶州知州。晚年旅居长沙，专意于《西疆杂述诗》的写作。从现存文本来看，其耗费的心力主要不体现在诗歌上，而是体现在具有方志性质的长篇注文之中。如《新疆四界》出注文六百余字，《出塞》其一出注文一千一百余字，《出塞》其二注文更多到了令人咋舌的一千八百余字，一首七绝短短的二十八字与其相比简直可以忽

---

[1] 方志学这一学科名词由梁启超创立，以方志编纂及其关联的种种事物和形态为对象进行研究。一般认为方志属历史学范围，但近年很多人提出应把方志学独立出来，成为一个与历史学、地理学并列的综合性学科。参见张世民《也谈历史学与方志学的几个问题》，《中国地方志》2021 年第 5 期。

[2] 雷梦水、潘超等编：《中华竹枝词》，北京古籍出版社 1997 年版，第 835 页。

[3] 同上，第 3765 页。

略不计。沈兆禔《吉林纪事诗》二百零六首，注释应该不少于六七万言，这对于编纂基础相对贫乏的吉林省地方志来说，无疑是一笔可观的财富。

不仅注释綦详，很多大型竹枝词组诗本身就在向地方志的体例靠拢。《吉林纪事诗》分为四卷十类，卷一为发祥、巡幸、天文、舆地、岁时五类，卷二与卷三为职官，卷四为人物、金石、物产、杂俎四类，这是写一省之事，看起来似乎还没有多么烦冗。在地理冲要、人文翁郁的江南地区，很多方志化的竹枝词就简直细致到了"令人发指"的程度。比如倪绳中《南汇县竹枝词》多达三百四十六首，分为疆域、岁时、户口田赋、漕赋、地丁灶课、芦课、屯田、学宫学校、古迹、杂事等数十类，甚至有"浦东沿港横港自南而北""浦东纵港自西而东"这样的专题标目，恐怕一般的地方志都不至于如此琐碎。民国时秦锡田著《周浦塘棹歌》，仅一村一镇之地，也有诗二百四十二首咏之，且分源流、水利、津梁、政令、风俗、时令、物产、塘口掌故、陈行掌故、桥头掌故等多个部分，俨然是一部巨细靡遗的《周浦塘志》或《陈行村志》。

重视方志功能到如此程度必然会导致诗歌品质被严重稀释，我们读这一类竹枝词，大抵感觉其史味浓郁而诗味淡薄，无非押韵之地方志耳。如《上海县竹枝词》有云，"东西门两大街长，直贯城中三里强。中有太平街一段，虹桥东至县桥旁"，其味已同嚼蜡；而《南汇县竹枝词》的"户口田赋"部分更有"诗"云，"同治元年册报呈，四十八万七千名。十三年分报又续，六十六万八千名"，这就连起码的诗歌规范都顾不上了。

　　把两者的关系反过来说，则海量的地方志也是竹枝词非常重要的文献来源。以《中华竹枝词全编》为例，第二卷中自孙永清至沈祥龙的上百首《章练塘竹枝词》就出自《练塘小志》；第三卷中车成熙的《三十六湖棹歌》来自《三续高邮州志》，李国宋《广陵竹枝词》来自《江都县志》，陈维崧《双溪竹枝十首》来自嘉庆《宜兴县志》，姜恭寿《白蒲竹枝词》出自同治《如皋县续志》，周永年、周永言、徐白三组《吴江竹枝词》出自《吴江县志》；第四卷中刘佳《中秋竹枝词》出自《江山县志》，王显承《原乡竹枝词》出自《孝丰县志》，李邺嗣《鄞东竹枝词》、万斯同《鄞西竹枝词》同出自《鄞县志》；第五卷中吴清俊《柳湖棹歌》，出自《淮阳县志》……此类情况应该有上百例甚至更多。由此而言，竹枝词与方志学的关系也是密切而多维的，值得进一步掘潜探研。

　　再由方志学说到史学，竹枝词在社会史、经济史、交通史、人口史、民族史、饮食史、服饰史等领域可提供的多方面价值更是不容忽视。以交通史为例，王子今曾著有《论郑善夫〈竹枝词二首〉兼及明代浙闽交通》之文，[1] 王振忠则举杨载彤《大理赴乡试竹枝词》、张得中的大本《北京水路歌》为例。在《大理赴乡试竹枝词》的描摹中，可以清楚地勾勒出从大理到云南的路程，经过赵州、红岩、云南县、普溯堡、沙桥驿、吕河、禄丰、老雅关和碧鸡关等地一路到昆明，远较《一统路程图记》中记述的具体、生动。《北京水路歌》记载了从宁波赴北京沿途

　　[1]《浙江社会科学》2004 年第 2 期。

"所经之处三十六……共经水闸七十二，约程三千七百里"，可谓明代南北交通的一宗详尽可靠的个案。[1]

同样甚至更具有代表性的是志锐的《廓轩竹枝词》，又名《张家口至乌里雅苏台竹枝词》。甲午（1894）十月二十九日，慈禧以"干预朝政"为名将珍妃、瑾妃"降为贵人"，志锐因为与二妃的堂兄妹关系，由礼部侍郎降授乌里雅苏台参赞大臣。志锐闻命就道，只身率二三僮仆，度天山，横绝漠，每到一台站，必有小诗纪之，成竹枝词百余首。其中写六十四台者计六十四首，写风俗者计二十一首，另有"杂咏"十五首。这些驻军台站大抵早已不存，然而从志锐笔下则能勾画出一条清晰细腻的行旅路线，足以供研究交通史者取资。

再以民族史为例。书写贵州少数民族的竹枝词作品中成就最高者要推乾隆年间舒位的《黔苗竹枝词》与余上泗的《蛮峒竹枝词》，《蛮峒竹枝词》一百首，共涉及族称五十个；《黔苗竹枝词》五十二首，共涉及族称四十一个。他们以不同的角度和笔触对贵州少数民族进行了全景式的勾描，《蛮峒竹枝词》中更出现了"黑脚苗""郎慈苗""鸦鹊苗""车寨苗"等数种在乾隆《贵州通志》中没有记载的族称，足补史乘之阙。[2]两组诗韵味大多甚佳，而那些附在诗后的注文更是提供了少数民族生活的宝贵信息。比如余上泗在"白面纤腰窈窕娘"一首下注云："白仲家女子，纤身雪肉。每岁孟春，择地为场，以大木空其中，

[1] 王振忠：《竹枝词与地域文化研究——评王利器、王慎之、王子今辑〈历代竹枝词〉》，《历史地理》第二十一辑，上海人民出版社2006年版，第404、405页。

[2] 蒋立松，程紫嫣：《"异俗"与"纪风"：清代西南民族竹枝词的叙事特征》，《广西民族师范学院学报》2020年第3期。

曰把槽。男女持竹片以击，曰打乐。所私者谓之外郎。出嫁后，婚家以苗布遗外郎，自是断往来。"舒位在"浅草春开跳月场"一首下注云："每岁孟春，会男女于平野，曰跳月，地曰月场。各为歌唱，合意则以槟榔投赠，遂为夫妇。而婚后成三日，妇即别求他男以合，非生子不能归也。"作为深受礼教浸染的汉族文人，他们当然不能认同这些奇风异俗，但也没有疾言厉色地指责批评，而是理性地予以观察记录，留存下了珍贵的民族史料，这就已经是很难得的了。

对于竹枝词还可以有诸多角度的理解和研究，比如竹枝词中保存了极为丰富的民俗资料与方言、少数民族语言、外国语等语料，多年以来，从民俗学、语言学角度开展的有关研究工作已经取得了一定的成果，[1]但总体来说还是处于发轫起步阶段，还有大片"可耕田"供有心于竹枝词研究者驰骋作育。

五　竹枝词文献的现有阙漏与上升空间

文献建设显然是竹枝词研究的重中之重，多年来，以《中华竹枝词》《历代竹枝词》《中华竹枝词全编》三部总集为代表，学界投入极大精力进行了卓有成效的竹枝词文献整理工作，其发心可佩，功绩可赞，然而由于文献数量庞大、工作时间跨度长、成于众手等诸多原因，这几部总集也或多或少存在一些瑕

---

[1] 可参见郝鑫淼《近十年民俗学视角下的竹枝词研究综述》（《江苏工程职业技术学院学报》2022年第1期）及近年多篇从方言词汇或民俗词汇角度研究竹枝词的学位论文。

疵。王振忠在《竹枝词与地域文化研究——评王利器、王慎之、王子今辑〈历代竹枝词〉》一文中就指出《历代竹枝词》有重复收录、收录未得善本的问题，《中华竹枝词》有地区误植、地区应明确而未明确的问题，虽只蜻蜓点水，亦颇精审。[1]《中华竹枝词全编》作为目前规模最大的竹枝词总集，其"瑜不掩瑕"的情况自然会更多一些。鉴于《全编》是本书的最主要文献来源，我们在心怀感佩的同时，也将发现的一部分阙漏分为六类整理出来，[2]公诸同好，以期有益于未来更加全面精准的竹枝词文献工作。为免烦琐，不一一注出原书册数页码，盖该书后附索引，查阅甚便故也。

第一类，辨体有误。如苏曼殊《捐官竹枝词》乃七首七律，非十四首七绝。再如东武闲冷《官场竹枝词》乃十首七律，非二十首七绝。再如赵翼《咏火判官》应为一首七律，非两首七绝构成之组诗，故不应收入。

再如苏轼、苏辙两首《竹枝歌》，苏轼在《序》中已明确自称"一篇九章"，其体裁应为七言古诗，并非各自独立的竹枝词九首，应以不收为上。

再如石德芬《颐和园词》，乃梅村体七言歌行，不应拆分若干章而收入。

再如边响禧《贾歌姬竹枝词》为咏叹贾歌姬唱竹枝词之七言古诗，不应收入。

再如苏廷魁《漱珠桥酒肆听明五竹枝歌》，为"听歌"之歌

---

[1]《历史地理》第二十一辑，上海人民出版社2006年版。
[2]本节所罗列只是部分阙漏，全面校正当另俟专文。

行，非竹枝词，不应收入。

第二类，系地有误。如刘凤诰《塞上杂诗》不应编入内蒙古卷，盖其人卷入科场案，被遣发黑龙江，诗中有"乐浪""海东俊鹘"等字样，所写乃东北地区，故应编入黑龙江卷。

再如郭竹书《塞上杂诗》虽不详作者事迹，以诗中有"鞑靼"字样，亦不应编入内蒙古卷，而应编入黑龙江卷。

再如王士熙《竹枝词十首》有"云州""陇云"字样，所写为山西、甘肃一带景象，故不应编入辽宁卷。

再如许箕《西村杂咏》二首选自《梅里诗辑》，地在浙江嘉兴，许氏浙江海盐人，故不应编入江苏卷，而应编入浙江卷。

再如吴之振《竹枝词》中有"鸳湖"字样，吴氏为浙江石门人，故不应编入江苏卷，而应编入浙江卷。

再如沈近思《戏和拙园竹枝词》，诗中有"木棉""荔枝""蛮妇""生瑶""熟瑶"等字样，故不应编入江苏卷，而应编入广西卷。

再如永福《吴兴竹枝》与戴锜《吴兴竹枝词》，吴兴为浙江湖州古称，故不应编入江苏卷，而应编入浙江卷。

再如齐翀《吴村竹枝词》，齐氏乃江西婺源人，而婺源有"吴村"地名，故不应编入江苏卷，而应编入江西卷。

再如王景仁《澄江竹枝词》诗中有"卤鹅"字样，此潮汕地区著名美食，王氏为广东澄海人，此"澄江"或为澄海别称，故不应编入江苏卷，而应编入广东卷。

再如刘希正《五日竹枝词》中有"宛转南溪胜若耶"句，不应据"若耶"编入浙江，刘氏为四川新繁人，故应编入四川卷。

再如屠绍理《西溪放棹竹枝词》中有"杭人""留下""凤凰山""南漳湖"等字样，可见所写为杭州西溪，故不应编入福建卷，而应编入浙江卷。

第三类，作者署名有误。此类下又分两种情况，一种是将编者或引者误署为作者。如署名"李伯元"之《捐班杂咏》《乡试纪事诗》，李氏所著《南亭四话》明言"友人钞示""某士作"，非其自作，故应署"佚名"。[1]

另一种是对作者字号或其他情况考辨不足而导致署名错误。如《燕京十六夜曲》署名"何仲默"，"仲默"乃明代"前七子"之一何景明字，应改正并附小传。

再如《寒食竹枝词》署名"葛微奇"，误，应为"葛徵奇"。

再如《虞山竹枝词》署名"陆桴亭"，应改为"陆世仪"，"桴亭"乃其号。

再如《上海歌》署名"邰子湘"，误，此人乃邵长蘅，字子湘。

再如《湖水竹枝词》署名"（民国）孙荪友"，出处为《秋水集》，此人疑为严绳孙，字荪友，明末清初人。

再如《京师竹枝词》署名"紫幢主人"，此乃清宗室、王士禛弟子文昭之号，应改正并附小传。

再如《相见坡蛮歌》署名"田绗霞"，称其"字雯"，误，

---

[1] 邬国平以为《南亭四话》非李伯元作品，见其《诙谐诗话与〈庄谐诗话〉——兼论〈南亭四话〉非李伯元作品》（《江苏师范大学学报》2018年第6期），然此别是一事。

应为"田雯，字纶霞"。

再如《西湖竹枝词》署名"王豸来"，误，应改为"王豸末"并附小传。

再如《龙江纪事百廿咏》署名"张翰泉"，小传称其"字光藻"，误，应为"张光藻，字翰泉"。

再如《白沙洲竹枝词》署名"周孝昌"，据出处《思益堂诗钞》可知此人为周寿昌，应改正并附小传。[1]

再如《西湖竹枝词》署名"陆次山"，此人名矶，次山其字，应改正并附小传。

再如《东华尘梦》署名"补梅翁"，此人乃周庆云，号灵峰补梅翁，应改正并附小传。

再如《湾城竹枝词》作者署名"忏广"，实则"广"乃"厂"字之别写或误写，"忏厂"即"忏庵／盦"，为廖恩焘之号，近现代文人游历并记写湾城（古巴哈瓦那）者似惟此一人，应改正并附小传。[2]

再如《沈阳百咏》署名"太素生"，此人为缪润绂，应改正并附小传。

再如《小游船诗》署名"补芸辛"，误。据顾一平《辛汉清与小游船诗》，[3]作者应为辛汉清，字补芸，应改正并附小传。

再如《成都十二市》署名"秦恭人"，误，"恭人"为古代命妇封号，高于宜人而低于令人，故应署"秦氏"。

---

[1]此处系地亦有误，"白沙洲"应指作者故乡长沙之白沙洲，不应编入江苏卷。

[2]此误《中华竹枝词》《历代竹枝词》同之。

[3]《扬州文化研究论丛》，2009年第2期。

再如《广陵竹枝词十首》署"佚名"，编者注"转录自石涛山水扇面"，据顾一平《清代画家石涛〈广陵竹枝辞〉考辨》，作者应为石涛。

再如《香江竹枝词》署名"陈述叙"，此乃"陈述叔"之误，此人为陈洵，应改正并附小传。

第四类，作者小传缺少关键信息，或关键信息错误，或完全阙漏。如周履靖小传缺生卒年，应补"（1549—1640）"之信息。

再如蒋仁锡小传仅"析津（今北京市大兴区）人，著有《绿杨红杏轩集》"一句，至少应补"字静山，康熙四十八年（1709）进士，官至礼部主事"等信息。

再如王友亮小传仅"字东田，江西婺源县人，著有《双佩斋诗集》"一句，至少应补"（1742—1797），字景南，号东田，又号蓴亭，江西婺源人。乾隆五十六年（1791）进士，官至通政司副使"等信息。

再如万贡珍小传称其别号"香巢甫"，误，应为"字香巢"；又称其"生平不详"，至少应补"道光前后在世。著有《祝英台近山房词》《祝英台近山房诗钞》《粉香缘》传奇"等信息。

再如潘遵祁小传缺生卒年，应补入"1808—1892"之信息。

再如窦镇小传仅有"字叔英，江苏无锡人，著有《小绿天庵诗草》一句"，至少还应补入"（1847—1928），以增贡生任江浦县教谕"等信息。

至于狄平子、冯文询、樊彬、王锡纶、赵克宜、言忠贞、边中宝、徐翙凤、顾杲、邬鹤征、沈自晋、黄孝平、徐继畲、林之夏、柯万源等至少上百家诗人小传均作"生平不详"，其实皆可考。

第五类，作品不应收而收。如苏曼殊《本事诗》不应收，前文已有辩说。

再如高启《扇上竹枝》、姚华《写梅兰既成，复补竹枝》，徐渭《竹枝词》皆言作画之事，非竹枝词，不应收。

再如郑成功《复台湾》、于成龙《官箴词》、童祖恺《监中口占俚句》、沈堡《农家雪》、谢士炎《就义词》、胡福田《狱中吟》、张恨生《外交失败感赋》等，皆非竹枝词，不应收。

再如潘飞声《歌场》等绝句亦不应收，盖"歌场"非组诗之总题，以下"词家四咏""龙女行雨图""所思""游石岐"等乃各自独立成篇之诗题，非竹枝词也。

再如张问陶《长江三峡杂咏》，非作者原有标题，系编者杂攒其多首诗歌而后为之标目，故不应收。

第六类，作品应收而未收。由于《全编》编者尽量拓宽收录范围，这一类中只有极少数较常见之作应收而未收，如易顺鼎《天桥曲》等，绝大多数还是囿于当年的文献条件未能收入的。作为"全"字号总集来说，当然是一种不小的遗憾，但也给未来的竹枝词文献工作留出了较大的上升空间。

根据《全编》编者之一顾炳权的估计，全国范围内的竹枝词专书在千种上下，总数超过十万首，[1]这个数字应该是以1949年为时间下限的，我们觉得并不夸张。那就是说，如果

[1] 见王振忠《竹枝词与地域文化研究——评王利器、王慎之、王子今辑〈历代竹枝词〉》。

以《全编》作为基数，则至少还有三万首的总量可以增补。王振忠在《竹枝词与地域文化研究》一文中已经提到《历代竹枝词》中福建竹枝词收集较少，与八闽文化风土状况不匹配（我们读《全编》也有同感），并提供了他所知道的数种竹枝词集：福建省图书馆特藏部收藏的佚名所辑《闽竹枝词》（民国年间抄本），1962 年福州乡土史家郑丽生所辑《福州竹枝词》（春聲斋写本），郑丽生《福州风土诗》（1963 年春聲斋抄本）。作为徽州研究专家，王振忠还提到了几种相关的竹枝词：徽州歙县芳坑江氏茶商文书资料中的《茶庄竹枝词》（清代徽州茶商江耀华著），哈佛燕京图书馆收藏的《典业须知录》中的《典当竹枝词》，清牛应之《雨窗消意录甲部》卷三《续文章游戏》中的《幕友竹枝词》，以为"这些对于'无徽不成镇，无绍不成衙'的研究都提供了重要的史料，值得我们费心收集、整理和研究"，诚然如是。

应该特别补说的是，在搜集文献资料过程中，我们惊喜地得到了傅寒先生赴日本购得的《日本竹枝词集》与《鸭东四时杂词》。这部《日本竹枝词集》由竹东散史编辑，线装一函三册，出版于昭和十四年（1939），共收日本汉诗人所作竹枝词四十二种，[1] 总数应该在两千首上下。《鸭东四时杂词》虽收录于《日本竹枝词集》，但这一册文政九年（1826）精写刻本不仅字体娟秀流美，更在每首下附有作者自注及绫州山人增注，对于理解

---

[1] 全书目录为三十八种，其中《江南竹枝》署名为"祇园南海等"，内收五位作者所作各一种。又：竹东散史，王振忠《日本人的竹枝词》（《寻根》2000 年第 1 期）作"竹东散人"，微误。

作品本身及作者的知识背景均有着极大助益。这些作品虽不属于"中华竹枝词"之畴，却是竹枝词走向世界、在东亚文化圈产生巨大影响的力证，因而我们也在有限篇幅中选录两首，厕之三百数中，以期引起学界与读者更多的关注与研究。

在蒐讨文献的过程中，我们还越来越清晰地意识到，近年来国内各大图书馆积极建设的各种数字化报刊数据库为包括竹枝词文献整理在内的学术工作提供了极大的便利。比如说，我们这一次就比较充分地利用了上海图书馆开发的"民国期刊全文数据库（1911—1949）"，保守估算，在数据库中可以搜索到的竹枝词数量应该在8000—10000首左右，其中的相当一部分为各种总集所未收。我们据此也至少选录了十几首来自该数据库的民国时期竹枝词，从而对这部容量仅有三百首的选本构成了很明显的艺术品质与新颖程度的提升。类似的数据库还有不少，比如"晚清期刊全文数据库（1833—1910）""中国近代中文期刊全文数据库""字林洋行中英文报纸全文数据库""小报（1897—1949）""新闻报（1893—1949）""民国日报（1916—1947）"等，我们完全有理由相信，这些数据库将是未来从事竹枝词文献增补工作的有力一翼。

六

关于本书的编选工作，我们也需要在前言末尾部分略作几句凡例式的交代：

第一，出于对夔州"竹枝发源地"的认定与尊敬，我们特选五十首"夔州与三峡竹枝词",厘为上编；出于展现竹枝词时间维度的需要，我们将唐代袁郊以迄民国今霞之作二百二十首，名之为"历代竹枝词"，厘为中编；出于展现竹枝词空间维度的需要，我们将清代彭廷选以迄现代王礼锡所写港澳台竹枝词十首、清初尤侗之《外国竹枝词》以迄民国龚庸《珉尼拉竹枝词》十八首及日本诗人所作竹枝词二首，计三十首，名之为"港澳台及海外竹枝词"，厘为下编；

第二，竹枝词佳篇琳琅，三百首之容量或不足全面反映之，故有些篇章我们置于"点评"中予以提挈。如此则本书名为"三百首"，实际选入者应数倍之；

第三，点评文字有话则长至千字，无话则短至数字，不强求篇幅之均匀；

第四，诗人小传尽量从简，名气较小之诗人则稍详；

第五，所选诗主要取艺术标准，同时也关注到时间、空间、思想、反映社会现实等维度的平衡；

第六，本书以作者生卒年先后排序，并标注作者所属朝代，朝代顺位在生卒年之后，故会出现叶小鸾生卒年在后但属于明代，钱谦益等生年在前但属于清代的情况，晚清邓方情况亦同；作者生卒年不详者，视其仕履、交游情况约略安插；作者生平不可考者，则根据作品刊刻或发表时间约略安插。

马大勇　赵郁飞

壬寅立秋前五日

上编

夔州及三峡竹枝词五十首

竹 枝 词[1]

[唐] 顾况

顾况（约 727—约 816），字逋翁，号华阳真逸，苏州海盐（今浙江海盐）人。[1]至德二年（757）进士，历任秘书郎、著作郎，贞元五年（789）被贬饶州司户参军，后数年退隐茅山。有《华阳集》。

帝子苍梧不复归[2]，洞庭叶下荆云飞[3]。
巴人夜唱竹枝后[4]，肠断晓猿声渐稀[5]。

注释：

①竹枝词：又作"竹枝曲"。

②帝子苍梧：谓虞舜去世，葬于苍梧山，二妃娥皇女英自沉于湘水，为湘水之神。

③荆云：又作"楚云"。

④"巴人"句：巴人，即巴渝之人，其地在今四川东部，古为巴国，秦置巴郡，隋唐时改渝州，故称巴渝。《竹枝》起于巴渝，后流播楚地，顾况诗云"楚人齐唱竹枝歌"，刘禹锡诗云"楚人歌《竹枝》"，皆可证。

---

[1] 顾况生卒年、籍贯异说较多，此据王启兴、张虹《顾况诗注》前言，上海古籍出版社 1994 年版。

⑤ "肠断"句:《世说新语·黜免》:"桓公入蜀,至三峡中,部伍中有得猿子者,其母缘岸哀号,行百余里不去,遂跳上船,至便即绝。破视其腹中,肠寸寸断。"

点评:

王启兴、张虹《顾况诗注》(上海古籍出版社1994年版)疑此诗为顾氏早年宦游江南时作,然其中尽多巴楚之音,江南之说,未可必也。此为诗史上第一首标为"竹枝词"之作,其后汪洋江河,皆从此涓涓细流出,所谓"滥觞"是也。

巴 女 谣

[唐] 于鹄

于鹄(约743—约816),[1]籍贯不详,代宗大历、德宗建中年间久居长安,应举不第,后隐居汉阳。贞元中历佐山南东道、荆南节度使幕。

> 巴女骑牛唱竹枝,藕丝菱叶傍江时。
> 不愁日暮还家错,记得芭蕉出槿篱①。

注释:

①槿篱:以木槿围成的篱笆。按:于鹄颇喜此意象,如

---

[1] 于鹄生卒年异说较多,此据徐礼节《中唐诗人于鹄里贯与生平事迹辨补》,《巢湖学院学报》2013年第5期。

《买山吟》："买得幽山属汉阳，槿篱疏处种桃榔。"《寻李逸人旧居》："茅屋长黄菌，槿篱生白花。"

点评：

竹枝词自顾况发轫，至刘、白突起，于鹄或为其间一隐秘的连接者。本篇虽未用"竹枝词"之名，其题材、风调、色泽、声口，乃无一不与竹枝吻合，则于氏亦当为竹枝"开山"之一，不可不察。

竹枝词四首·选二

[唐] 白居易

白居易（772—846），字乐天，号香山居士，河南新郑（今郑州市）人，贞元十六年（800）进士，官至太子少傅、刑部尚书。有《白氏长庆集》。

其一

瞿塘峡口水烟低^①，白帝城头月向西。

唱到竹枝声咽处，寒猿暗鸟一时啼^②。

注释：

①水烟：一作"冷烟"，水上的烟霭。

②暗鸟：归宿之鸟。陈叔宝《晚宴文思殿诗》："萤光息复

起，暗鸟去翻归。"暗鸟"一作"晴鸟"，意境未佳，不可取。

点评：

"唱到竹枝声咽处"，足见音声凄婉为竹枝演唱之主要特征。白氏此组诗其四云："江畔谁人唱竹枝，前声断咽后声迟"，亦可证之。

其二

竹枝苦怨怨何人，夜静山空歇又闻。

蛮儿巴女齐声唱，愁杀江楼病使君。

点评：

组诗作于元和十四年（819），时乐天由江州司马改任忠州（今四川忠县）刺史，是明升而暗贬也，故"病"大抵乃心病，与"江州司马青衫湿"同一恶趣。

竹枝词九首·选七

［唐］刘禹锡

刘禹锡（772—842），字梦得，河南洛阳人，贞元九年（793）进士，官至检校礼部尚书。有《刘宾客集》。

其一

白帝城头春草生，白盐山下蜀江清①。
南人上来歌一曲，北人莫上动乡情。

注释:

①白盐山：据简锦松《亲身实见：杜甫诗与现地学》（台湾中山大学出版社2018年版）考证，唐代白盐山与今之白盐山所指不同。唐时立于白帝山上，背对大江，左为赤甲山，右为白盐山。南宋后则以大江为中轴线，将赤甲、白盐之名称分配于瞿塘峡两侧。

点评:

刘禹锡共有《竹枝词》十一首，其中九首为一组，有引言云："四方之歌，异音而同乐。岁正月，余来建平，里中儿联歌竹枝，吹短笛，击鼓以赴节。歌者扬袂睢舞，以曲多为贤。聆其音，中黄钟之羽，卒章激讦如吴声，虽伧儜不可分，而含思宛转，有《淇澳》之艳音。昔屈原居沅湘间，其民迎神，词多鄙陋，乃为作《九歌》，到于今荆楚歌舞之，故余亦作《竹枝》九篇，俾善歌者飏之，附于末。后之聆巴歈，知变风之自焉。"可见刘氏之《竹枝》本是取屈子《九歌》遗意而作，然时移世异，不得不变幽深之楚讴为朗畅之巴歈。而此种朗畅天籁，正与刘氏之豪宕凿合，故不觉连歌多章，遂开千古盛况。

其二

山桃红花满上头，蜀江春水拍山流^①。
花红易衰似郎意，水流无限似侬愁。

注释：

①拍山流：一作"拍江流"，应以"山"为是。

点评：

虽含患得患失之情，然色泽明艳热烈，自有一种奔放之致，非"诗豪"之笔不能办。

其三

江上朱楼新雨晴，瀼西春水縠文生^①。
桥东桥西好杨柳，人来人去唱歌行。

注释：

①瀼西：谓夔州奉节（今重庆奉节县）草堂河西岸地，杜甫居夔州时曾迁居于此，有《瀼西寒望》诗，后亦称夔州为瀼西。按：据雷庭军先生赐告，瀼西在唐代指草堂河西，南宋以后为梅溪河西。縠（hú）文：即縠纹，比喻水波细纹。縠，绉纱类丝织品。

点评：

轻快喜悦，笔势亦如春水縠纹，自然而生。"行于不得不行，止于不得不止"，此之谓也。

其四

日出三竿春雾消，江头蜀客驻兰桡^①。
凭寄狂夫书一纸^②，家住成都万里桥^③。

注释：

①兰桡（ráo）：船桨的美称。桡，船桨。屈原《九歌·湘君》："薜荔柏兮蕙绸，荪桡兮兰旌。"

②狂夫：女子对丈夫的称呼。《诗·齐风·东方未明》："折柳樊圃，狂夫瞿瞿。"

③万里桥：当年重要的行船码头，成都商船多始发于此。范成大《吴船录》："蜀人入吴者，皆自此登舟。其西则万里桥。诸葛孔明送费祎使吴，曰：'万里之行，始于此。'后因以名桥。杜子美诗曰：'门泊东吴万里船'，此桥正为吴人设。"故址在今成都南门锦江上。

点评：

地名有自然诗意者，如"姑苏""寒山寺""万里桥"是也，可谓天然凑泊。周容《春酒堂诗话》载："有伧父谓余曰：'南人诗好，亦生得地方便宜耳。如'姑苏城外寒山寺'，有何心力，竟指为绝唱？若效之云'通州城外金龙庙'，便揶揄之矣。'余为之大笑，然亦可以悟诗中一境。"此"父"虽"伧"，所言实含至理。

其六

城西门前滟滪堆^①，年年波浪不能摧。
懊恼人心不如石，少时东去复西来。

注释：

①滟（yàn）滪（yù）堆：瞿塘峡口江中的巨石，亦作"犹豫堆""英武石"，今已炸毁。

点评：

西谚有云"世间唯太阳与人心不可直视"，是已。故以诗豪之豪，亦难免于"人心"感喟不已。

其七

瞿塘嘈嘈十二滩^①，人言道路古来难^②。
长恨人心不如水，等闲平地起波澜^③。

注释：

①嘈嘈：流水下滩发出的嘈杂声。十二滩，并非确数，言险滩之多。

②人言：一作"此中"。

③等闲：无端，平白。

点评：

刘禹锡因参与永贞革新，屡遭遣逐，所谓"二十三年弃置身"是也。此首与上首感慨人心无端，波澜平地，自有其人生折光在焉。

其九

山上层层桃李花，云间烟火是人家。
银钏金钗来负水①，长刀短笠去烧畲②。

注释：

①银钏金钗：代指年轻妇女。
②长刀短笠：代指青年男子。烧畲（shē）：烧荒种地。

点评：

人间烟火，热气蒸腾。方回《瀛奎律髓》有云："刘梦得诗格高……且是句句分晓，不吃气力，别无暗昧关锁。"竹枝词组诗之最佳评语也。

竹枝词二首·其一

［唐］刘禹锡

杨柳青青江水平，闻郎江上唱歌声。
东边日出西边雨，道是无情却有情①。

注释：

①却有情：一作"还有情"。

点评：

《唐贤三昧集》与《诗境浅说》皆称其双关语妙绝千古，是已。以"晴"指"情"之谐音法，六朝民歌以来常用，若《子夜歌》"桐树生门前，出入见梧子""雾露隐芙蓉，见莲不分明"，梦得师其故辙而别开新天，宜乎为千古绝唱也。

竹枝词四首·选二

[唐]李涉

李涉（约806年前后在世），号清溪子，河南洛阳人。历任太子通事舍人、峡州司仓参军、国子博士等。

其一

荆门滩急水潺潺①，两岸猿啼烟满山。
渡头少年应官去②，月落西陵望不还③。

注释：

①荆门：山名，在今湖北宜都西北。

②少年：一作"年少"。应官：支应官府赋税、徭役等。韩愈《顺宗实录》："人穷至坏屋卖瓦木、贷麦苗以应官。"

③西陵：西陵峡，西起秭归县香溪口，东至宜昌市南津关，为三峡最险处。

点评：

少年应官而去，杳无归期，故其音"悲婉"（明桂天祥《批点唐诗正声》语）。李涉名不高，然饶有诗才，此亦其平生佳作。

其四

十二峰头月欲低，空舲滩上子规啼①。
孤舟一夜东归客，泣向东风忆建溪②。

注释：

①空舲滩：三峡中有名的险滩，水深流急，礁石密布，古代船只过滩，多要将船上货物卸下，"必空舲而后得过"，故名。民谚有"青滩泄滩不算滩，空舲才是鬼门关"之说。

②建溪：古称东溪，属闽江支流。

点评：

大有李太白、王龙标风神，而凄凉过之，时为之也。

竹枝词二首·其二

［五代］孙光宪

孙光宪（约895—968），字孟文，号葆光子，陵州贵平（今四川省仁寿县）人，后唐时累官至御史中丞，入宋任黄州刺史。有《北梦琐言》等。

乱绳千结_{竹枝}绊人深_{女儿}①，越罗万丈_{竹枝}表长寻_{女儿}②。
杨柳在身_{竹枝}垂意绪_{女儿}③，藕花落尽_{竹枝}见莲心_{女儿}。

注释：

①绊：牵绊，纠缠。

②越罗：越地产的丝织品。表：表达，象征，有释"表"为"外衣"者，不通。

③在身：或释为"自身、本身"，不通。此应为"随身、身边"之意，暗用"折杨柳"典故，表思念之情。

点评：

孙光宪集中有两《竹枝》，其一云："门前春水（竹枝）白蘋花（女儿），岸上无人（竹枝）小艇斜（女儿）。商女经过（竹枝）江欲暮（女儿），散抛残食（竹枝）饲神鸦（女儿）。"《古今词统》称其"偶然小事，写得幽诞"，亦甚佳，然似不及本篇民歌味浓。二诗皆标注"竹枝""女儿"之和声，即白居易所谓"前声断咽后声迟"也。

竹枝词二首·其二

[宋]黄庭坚

黄庭坚（1045—1105），字鲁直，号山谷道人，晚号涪翁，洪州分宁（今江西省修水县）人，治平四年（1067）进士，官至北京国子监教授，责贬涪州别驾。徽宗即位，迁太平州知州，旋被除名编管宜州（今广西宜山），死于贬所。有《豫章黄先生文集》。

浮云一百八盘萦①，落日四十八渡明②。
鬼门关外莫言远③，四海一家皆弟兄。

注释：

①一百八盘：陆游《入蜀记》："二十四日早抵巫山县……隔江南陵山极高大，有路如线，盘屈至绝顶，谓之一百八盘。"黄庭坚《新喻道中寄元明用觞字韵》："一百八盘携手上，至今犹梦绕羊肠。"

②四十八渡：黄庭坚《书萍乡县厅》："略江陵，上夔岭，过一百八盘，涉四十八渡"。一作"四十九渡"。

③鬼门关：即石门关，在今湖北省巴东县境内，两山相

夹如蜀门户。陆游《入蜀记》谓其"仅通一人行，天下之至险也"。黄庭坚《定风波·次高左藏使君韵》："及至重阳天也霁，催醉，鬼门关外蜀江前。"

点评：

绍圣二年（1095），黄庭坚被贬黔州，道间作《竹枝词》二篇，其一曰："撑崖拄谷蝮蛇愁，入箐攀天猿掉头。鬼门关外莫言远，五十三驿是皇州。"颇有江西派瘦硬意致。本篇为第二首，取其较平易也。

岳珂《桯史》记山谷作此二诗后夜宿于驿，梦李白相见于山间，诵三首《竹枝词》，山谷因记之，其诗亦佳，附录于此："一声望帝花片飞，万里明妃雪打围。马上胡儿那解听，琵琶应道不如归。""竹竿坡面蛇倒退，摩围山腰胡孙愁。杜鹃无血可续泪，何日金鸡赦九州。""命轻人鲊瓮头船，日瘦鬼门关外天。北人堕泪南人笑，青壁无梯闻杜鹃。"[1]李白云云，实无可稽，山谷之心声也。

竹枝词二首·其二

［宋］黄庭坚

塞上柳枝且莫歌，夔州竹枝奈愁何。
虚心相待莫相误，岁寒望君一来过。

---

[1] 此首或以为苏轼作，字句稍异，应不确。

点评:

"虚心"二字自"竹枝"而来,其意拳拳,笔致亦颇拗峭。此《竹枝词二首》有注曰:"绍圣二年公在夔州,故诗中皆有夔中竹枝语。"其一云:"三峡猿声泪欲流,夔州竹枝解人愁。渠侬自有回天力,不学垂杨绕指柔。"

夔州竹枝歌九首·选四

[宋] 范成大

范成大(1126—1193),字致能,晚号石湖居士,平江府吴县(今江苏苏州)人。绍兴二十四年(1154)进士,累官至参知政事,晚年退居石湖。有《石湖集》《揽辔录》等。

其一

五月五日岚气开,南门竞船争看来①。
云安酒浓麴米贱②,家家扶得醉人回。

注释:

①南门:宋代夔州城五大城门之一,清代改称"依斗门"至今,源自杜甫诗句"每依北斗望京华"。

②云安:今四川云阳县,毗邻奉节,宋属夔州路。麴(qū)米:"麴米春"的简称,此酒醇浓,易使人醉。杜甫《拨闷》:"闻道云安麴米春,才倾一盏即醺人。"黄庭坚《和答孙不愚见

赠》:"诗比淮南似小山,酒名麹米出云安。"

点评:

石湖最为世所称者,厥为《四时田园杂兴》六十首,实亦竹枝词之类,但未明标尔,《夔州竹枝歌》显然同一机杼,但规模较小,或为追踪刘梦得氏起见。

本篇奠定九首之基调,"家家扶得醉人回",最是太平景象,与"忍泪失声询使者,几时真有六军来"(范成大《州桥》)之父老真不同天地也。

其三

新城果园连瀼西①,枇杷压枝杏子肥,
半青半黄朝出卖,日午买盐沽酒归。

注释:

①新城:北宋景德二年(1005),夔州路奉节县治迁至西瀼水之西,新城较旧城扩大数倍。

点评:

有云诗写官府压榨,果农被迫卖半青半黄之果以谋生计者,似误。半青半黄,实为留出"蹲熟"之时间差也。本篇亦风情画,别无深意,然笔致极工。

其五

白头老媪簪红花，黑头女娘三髻丫①。

背上儿眠上山去，采桑已闲当采茶。

注释：

①三髻丫：古代发式之一，三角髻。

点评：

刘禹锡竹枝词中有"银钏金钗来负水"句，此又云"采桑已闲当采茶"，可见瞿塘女子之勤恳劳作。

其六

百衲畬山青间红①，粟茎成穗豆成丛。

东屯平田秔米软②，不到贫人饭甑中③。

注释：

①"百衲"句：谓烧去草木后的山田青红相间，如百衲衣般色彩缤纷。杜甫《秋日夔府咏怀奉寄郑监李宾客一百韵》："煮井为盐速，烧畬度地偏。"《戏作俳谐体遣闷》诗之二："瓦卜传神语，畬田费火耕。"皆记烧畬种田事。有解"百衲"为"贫人"者，误。

②东屯：《困学纪闻》云，东屯乃公孙述留屯之所，距白帝城五里。东屯之田可百顷，稻米为蜀第一。杜甫《夔州歌十

绝句》其六："东屯稻畦一百顷，北有涧水通青苗。"邓深《游东屯》："一川通稳水，百顷著平田"。秔（jīng）米：即粳米。"秔"同"粳"。

③甑（zèng）：蒸食用具。

点评：

范氏组诗九首，惟此最为用意，"东屯"二句与"四海无闲田，农夫犹饿死""遍身罗绮者，不是养蚕人"同一机杼。

竹枝歌八首·其二

[宋] 孙嵩

孙嵩（1238—1292），字元京，休宁（今属安徽）人，以荐入太学，宋亡隐居海宁山中，自号艮山。有《艮山集》。

行尽三巴三曲流，一滩自有一生愁。
明朝已过夷陵岸①，更宿江陵渔笛洲②。

注释：

①夷陵：今湖北省宜昌市夷陵区。周初为夔国地，楚成王三十八年（前634）楚灭夔，乃归于楚。"水至此而夷，山至此而陵"，故名"夷陵"。

②江陵：今湖北省荆州市，其前身为楚国国都郢，自汉朝

起，长期作为荆州治所，故以江陵专称之。

点评：

"一滩自有一生愁"，斩截语，极写出江滩险恶，心事苍茫。

伯生约赋竹枝词，因再用韵四首①·其一

[元] 袁桷

袁桷（1266—1327），字伯长，号清容居士，庆元鄞县（今浙江宁波鄞州区）人，大德元年（1297）被荐翰林国史院检阅官，官至侍讲学士。有《清容居士集》等。

君家竹叶江水清，我家竹枝三峡声。
三峡随水江上去，回首望乡终眼明。

注释：

①伯生：元诗四大家之一虞集（1272—1348）字。

点评：

乡愁浓郁而笔致轻快。元代乃竹枝词发展期，而摹写夔州三峡者不多，袁氏此作应亦揣摩之词，然颇可贵。

竹 枝 歌

［明］刘基

刘基（1311—1375），字伯温，浙江青田人，元末进士，明初官至弘文馆学士，封诚意伯。有《诚意伯文集》。

> 阳台云雨漫荒唐①，巫峡啼猿枉断肠。
> 莫向苍梧山下去②，九嶷愁色满潇湘。

注释：

①阳台云雨：指男女间的情爱欢会，典出宋玉《高唐赋》："昔者先王尝游高唐，怠而昼寝，梦见一妇人曰：'妾巫山之女也，为高唐之客。闻君游高唐，愿荐枕席。'王因幸之。去而辞曰：'妾在巫山之阳，高丘之阻。旦为朝云，暮为行雨。朝朝暮暮，阳台之下。'"

②苍梧山：即九嶷山，在湖南省永州市境内。《山海经·海内经》云："南方苍梧之丘，苍梧之渊，其中有九嶷山，舜之所葬"。

点评：

刘基一代名臣，多豪宕深邃之作，生际乱世，亦不少幽恨。本篇愁色弥满，即此种心绪之折映。其"阳台""巫峡""苍梧""九嶷""潇湘"之类，皆非实景，借古意象而已。

竹枝歌六首·其四

[明] 高启

高启（1336—1373），字季迪，号青丘子，长洲（江苏苏州）人。洪武初与修《元史》，授翰林院国史编修，擢为户部侍郎，不受而归。太祖衔之，借为苏州知府魏观撰上梁文事杀之。有《高太史大全集》。

踯躅花红鹎鶡飞①，黄牛庙下见郎稀②。
大艑摊钱卖盐去③，短钗簪叶负薪归。

注释：

①踯躅花：杜鹃花的别名。鹎鶡（bēi jiá）：鸟名。似鸠，身黑尾长而有冠。春分始见，凌晨先鸡而鸣，俗称催明鸟。

②黄牛庙：位于宜昌三斗坪镇，相传诸葛亮主持修建。宋欧阳修改名"黄陵庙"，主祀禹王。

③艑（biàn）：大船。

点评：

巨贾势派豪奢，穷民挣扎求活，不言自明。高启号为明诗之冠，又曾被赵翼《瓯北诗话》列入古今十大诗人行列，其竹枝词亦措语不凡，脱出前人窠臼。

竹 枝 词

[明] 张楷

张楷（1399—1460），字式之，浙江慈溪人，永乐二十二年（1424）进士，官至都察院右佥都御史。有《蒲东崔张珠玉诗》。

浮云日日蜀山头，石濑年年蜀水流^①。
家住瞿塘三峡下，惯经风浪不知愁。

注释：

①石濑：水为石激形成的急流。

点评：

豪迈，临水歌之，风浪当亦为之鼓舞。

巴人竹枝歌四首·其二

[明] 王廷相

王廷相（1474—1544），字子衡，号浚川，河南仪封（今河南兰考）人。弘治十五年（1502）进士，官至南京兵部尚书，后受严嵩迫害罢官。有《王氏家藏集》等。

郎在荆州妾在家，年年江上望归槎①。
荼蘼种得高如妾，纵有春风枉却花。

注释：

①归槎：归船。槎，木筏。

点评：

自怜自爱，何限风情。其第五首亦佳："郎在瞿塘侬自愁，坐憎风水打船头。江灵若解渠侬意，郎若来时水不流。"后二句情致甚殷，故发愿甚奇。

竹 枝 词

[明]何景明

何景明（1483—1521），字仲默，号大复山人，河南信阳人。弘治十五年（1502）进士，官至陕西提学副使。有《大复集》。

十二峰头秋草荒，冷烟寒月过瞿塘。
青枫江上孤舟客，不听猿声亦断肠。

点评：

何大复为"前七子"翘楚，诗主盛唐之音，本篇则衰飒近乎中晚，更显真挚。

蜀中竹枝词九首·选三

[明] 杨慎

杨慎（1488—1559），字用修，号升庵，四川新都人，正德六年（1511）进士第一名及第，授翰林院修撰。嘉靖三年（1524）因"大礼议"事件被杖责罢官，谪戍云南永昌卫，终逝于戍所。有《升庵集》等。

其三

江头秋色换春风，江上枫林青又红。

下水上风来往惯，一年长在马船中^①。

注释：

①马船：大船，官船。李东阳《马船行》："南京马船大如屋，一舸能容三百斛。"

点评：

杨慎远戍云南，如韩愈谪潮州，东坡流海南，滇地文风，因而启变。其三十余年中，时或来往故乡戍所之间，"一年长在马船中"，似豪实悲。

其四

最高峰顶有人家，冬种蔓菁春采茶①。

长笑江头来往客，冷风寒雨宿天涯。

注释：

①蔓菁：俗称大头菜，又叫诸葛菜，传诸葛亮屯垦川中，曾广种蔓菁，以利军中食蔬。

点评：

杨慎称明代才子第一，而亦一"冷风寒雨宿天涯"之"江头来往客"也，诗中大有身世之感。

其九

无义滩头风浪收①，黄云开处见黄牛②。

白波一道青峰里，听尽猿声是峡州③。

注释：

①无义滩：在黄牛庙之下。陆游《入蜀记》："晚次黄牛庙……其下即无义滩，乱石塞中流，望之可畏。"

②黄牛：谓黄牛峡，位于西陵峡中段。

③峡州：又作硖州，治夷陵县，因扼三峡之口得名。明洪武九年（1376）改为夷陵州，即今宜昌。

点评:

杨慎《竹枝词》九首写蜀中风景,笔致甚妙,若"夔州府城白帝西,家家楼阁层层梯。冬雪下来不到地,春水生时与树齐"(其一),"日照峰头紫雾开,雪消江面绿波来。鱼腹浦边晒网去,麝香山上打柴回"(其二)等,亦一时之选。之所以取本篇,盖不徒以其黄云白波,青峰猿啼,信笔写来如画,更因"听尽猿声"之难掩酸楚,中有沉郁心绪也。

竹枝词十二首·选三

［明］王叔承

王叔承(1537—1601),初名光允,以字行,吴江(今苏州市吴江区)人。有《芙蓉阁遗稿》等。

其一

月出江头半掩门,待郎不至又黄昏。
夜深忽听巴渝曲①,起剔残灯酒尚温。

注释:

①巴渝曲:巴渝地区的歌曲,意同竹枝词。

点评:

赵师秀《约客》名句云:"有约不来过夜半,闲敲棋子落灯花。"乃待友不至也，故笔致洒脱。本篇乃"待郎不至"，故云"起剔残灯酒尚温"，极失落，又极温厚。

其八

生年十五棹能开，那怕瞿唐滟滪堆。

郎今晒网桃花渡，奴把鲜鱼换酒来。

点评：

鲜鱼换酒，以待郎来，何等殷勤！摹写船女心事，莫妙于此。

其十

白盐生井火生畲①，女子行商男作家。

橦布红衫来换米，满头都插杜鹃花②。

注释：

①畲：刀耕火种的田地。

②橦：木棉科树木，花絮可以织布。橦布为巴蜀特产，王维《送梓州李使君》："汉女输橦布，巴人讼芋田。"

点评：

情景自刘禹锡、范成大之作脱化而出，添加"满头"二字，便有百尺竿头之妙。

竹枝词三首·其一

［明］沈朝焕

沈朝焕（1562—1616），字伯含，浙江仁和（今属杭州）人，万历二十年（1592）进士，官至福建参政。有《泊如斋全集》。

杜宇声声叫晓烟，拍歌齐唱看花天。
瀼西万树新杨柳，不系郎心只系船。

点评：

怨郎花心，偏恨杨柳，所谓"婉而多讽""无理而妙"也。

竹枝词二首·其二

［明］何白

何白（1562—1628），字无咎，浙江乐清人，布衣。有《汲古堂集》等。

后园隙地种胡麻①，鹧鸪飞上紫荆花。
白酒黄鸡侬自有，锦城虽乐不如家②。

注释：

①隙地：空地。《左传·哀公十二年》："宋郑之间有隙地焉。"

②"锦城"句：化用李白《蜀道难》："锦城虽云乐，不如早还家。"

点评：

何白游幕为生，北至榆林，西穷武当，故于"家"多感慨焉。诗甚轻扬有味。

夔州竹枝词

［明］贺复征

贺复征，生卒年不详，字仲来，江苏丹阳人，天启间恩贡生。征修《熹宗实录》，编有《文章辨体汇选》。

亭亭落日万峰前，寂寂长江带远天。
几夜东风过白帝，月明犹自上茶船。

点评：

饶具画意，"几夜"二字最显空灵。

竹枝词二首·其一

[朝鲜]成氏

成氏，生卒年及事迹均不详，明朝官员至朝鲜，抄录其诗携回。《御选明诗》卷十五次其诗于朝鲜许筠（1569—1618）后，姑置于此。

空舲滩口雨初晴，巫峡苍苍烟霭平。

长恨郎心似潮水，早时才退暮时生。

点评：

成氏存诗三首，其二较有名："瀼东瀼西春水长，郎舟已去向瞿塘。巴江峡里啼猿苦，不到三声已断肠。"诗颇清浅可爱，钟惺《名媛诗归》、沈德潜《明诗别裁集》等皆选入之，大半取其"国际影响"，小半亦取其当行本色。

夔府竹枝词四首·其四

[明]曹学佺

曹学佺（1574—1646），字能始，号石仓居士，福建侯官（今福建福州市）人，万历二十三年（1595）进士，官至广西布政副使，隆武朝任礼部尚书。清军入闽，自缢殉难。有《石仓诗文集》等。

沿江坎上即田畴，满店烧春酒气浮^①。
峨眉五月雪消水，刚让农家割麦秋。

注释：

①烧春：酒名。李肇《唐国史补》："酒则有郢州之富水……剑南之烧春。"

点评：

麦秋时节，峨眉雪消，对写绝妙。曹氏乃明清之际诗坛名家，思致奇峭，竹枝词亦不肯为庸熟语。

竹枝词十首·选二

[清] 王夫之

王夫之（1619—1692），字而农，号薑斋，湖南衡阳人，明崇祯十五年（1642）举人，南明永历时任行人司行人，旋归居衡阳石船山，学者称船山先生。有《船山遗书》。

其一

嫩鹤鹑斗不相降，野鸳鸯飞不作双。

昔年挑冰上雪岭，今年贩水下长江。

点评：

若即若离，若无关，若相关，薑斋诗多诡谲刻折，竹枝词亦复如是。

其三

巫山不高瞿塘高，铁错不牢火杖牢①。

妾意似水水滴冻，郎心如月月生毛②。

注释：

①铁错：大铁锅，防守城门时可煮沸水油以杀伤敌军。《墨子·备城门》："沙五十步一积，灶置铁错焉，与沙同处。"清代毕沅改"错"为"鐯"，其义同。文天祥《铁错》："武夫伤铁错，达士笑全昏。"火杖：以竹子、麻绳结成的纤绳。《天工开物·卷四·舟车》："自夷陵入峡，挽纤者以巨竹破为四片或六片，麻绳约接，名曰火杖。"

②月生毛：即月晕。民谚以为出现月晕预示将有暴雨。

点评：

铁错至刚，火杖柔韧，可分别象征男子女子。此句即取眼前景，已可见出郎心不定，妾意萧凉，奇崛较上篇犹有过之。

竹枝词三首·其一

[清] 毛奇龄

毛奇龄（1623—1716），字大可，学者称西河先生，浙江萧山（今属杭州）人，明诸生，康熙时荐举博学鸿词科，授检讨，充明史馆纂修官。寻假归，不复出。有《西河合集》。

十二峰前竹枝十二滩女儿，嘈嘈急水竹枝渡来难女儿。
瞿塘看似竹枝桃花马女儿，只少装成竹枝八宝鞍女儿。

点评：

以瞿塘恶浪为桃花马，奇语，亦弄舟人豪语也。

竹 枝 词

[清] 董榕

董榕（1711—1760），字念青，号恒岩。直隶丰润县（今属河北）人。雍正十三年（1735）拔贡，官至九江知府、分巡吉南赣宁道。有《涊阳集》《芝龛记传奇》等。

瞿塘女子好春游，踏碛犹知忆武侯①。

八阵图前寻小石②，摇摇和凤系钗头。

注释:

①踏碛（qì）：旧时人日（农历正月初七日）到郊野溪滨宴乐，谓之踏碛。王象之《舆地纪胜》："夔州路大宁监：岁在人日，郡守宴于溪滨，人从守出游，簪花歌舞，团聚而饮，日暮乃归，谓之踏碛。"陆游《踏碛》："鬼门关外逢人日，踏碛千家万家出。"

②八阵图：《晋书》载："诸葛亮造八阵图于鱼复平沙之上，垒石为八行，行相去二丈"，遗址在夔州西南永安宫前。陆游《入蜀记》："八阵碛，孔明之遗迹，碎石行列如引绳。每岁江涨，碛上水数十丈，比退，阵石如故"。

点评:

女子钗头多有凤形饰物，故词牌有"钗头凤"之嘉名。本篇增出将八阵图前小石系上钗头之细节，凤石摇曳，意趣新益，非夔州不能有此诗也。又："凤"，有版本作"风"，误。

夔州竹枝词四首·其四

[清]谷际岐

谷际岐（1740—1815），字凤来，号西阿，云南弥渡人。乾隆四十年（1775）进士，官至监察御史。有《西阿诗钞》。

估客风波去不还^①，空船小妇损红颜^②。

郎心冷似峡门月，妾意牢如铁锁关^③。

注释：

①估客：即行商。《世说新语·文学》："闻江渚间估客船上有咏诗声。"

②"空船"句：用杜甫《草阁》"泛舟惭小妇，飘泊损红颜"句意。小妇，年轻妇女。

③铁锁关：位于夔门北岸草堂河入口处的石盘上，为宋代末年所置，曾有拦江铁链七条，总长九百余米。

点评：

即取现成"铁锁关"与"峡门月"作对，亦可谓天然凑泊。

采舟人语演竹枝词·其一

[清] 何人鹤

何人鹤，生卒年不详，乾嘉时人，字鸣九，四川绵州（今绵阳市）人，诸生，以报父仇杀人入狱，出狱后浪游天下。有《台山诗集》。

巴峡千峰走怒涛，新滩石出利如刀。

弄篙的要行家手，未是行家休弄篙。

点评：

作者自注云："不是行家手，休弄竹篙头。"盖所演"采舟人语"也。船家亦知外行不可插手之理，然古往今来，弄篙玩火之假行家又何其多也！

川船竹枝十首·其五

[清] 龚维翰

龚维翰，生卒年及生平不详，《中华竹枝词》次其于余焕文（1825—1892）与洪锡爵（同治贡生）间，约为同光时人。有《墨园吟稿》。

凌晨水映月如钩，打桨推桡客路愁。
一十六支飞燕子，号声吼破蜀江秋。

点评：

写船工号子者不多，三四句尤跃动灵妙，一"吼"字非号子不能当。组诗其七亦佳："蜀道愁过百八滩，滩滩险处觉心寒。骇人最是三峡石，乱掷金钱乱打宽。"作者自注云："赏酒钱曰打宽，多者谓之大宽，少者谓之小宽。"此种行话最见本色，亦最见趣味。

三峡竹枝词·其二

[近现代] 易顺鼎

易顺鼎（1858—1920），字实甫，晚号哭庵，龙阳（今湖南汉寿）人，光绪元年（1875）举人，在清官至道员，袁世凯称帝后任印铸局长。有《琴志楼编年诗集》等。

峡山遮月月难来，溪水踏歌歌莫哀。
郎似西陵峡中月，一生相见不多回。

点评：

易顺鼎诗名之大，近人罕见。王森然《评传》称为"天才卓荦，横绝一世"，钱基博撰《现代中国文学史》云："顺鼎（诗）则变动不居，学大小谢、学杜、学元白、学皮陆、学李贺卢仝，无所不学，无所不似，而风流自赏，以学晚唐温李者为最佳"。此组竹枝词九首，在其不过小焉者也，然思致亦巧，迥出凡手之上。

下里词送杨使君入蜀^①·其三

[近现代] 赵熙

赵熙（1867—1948），字尧生，号香宋，四川荣县人，光绪十八年（1892）进士，官至监察御史，清亡后家居不出。有

《香宋诗钞》等。

缥缈巫山十二峰②，晴峰奇秀雨峰浓。

美人峰更熏香立③，如此巫山愁杀侬。

注释:

①下里词:"下里"即故乡、乡里，又由"下里巴人"兼有
"巴人"土俗之意，"下里词"也即"四川竹枝词"。送杨使君
入蜀:"杨使君"谓著名诗人杨增荦（1860—1933），宣统二年
（1910）授四川补用知府，故称使君。

②巫山十二峰:巫山十二峰坐落于长江巫峡两岸，江北六
峰为登龙、圣泉、朝云、神女、松峦、集仙，江南六峰为飞凤、
翠屏、聚鹤、净坛、起云、上升。

③美人峰:神女峰之别称。

点评:

赵熙才大手敏，因而汪辟疆《光宣诗坛点将录》取"日
不移影，连打梁山十五员大将"意，点其为"天捷星没羽箭张
清"。杨增荦赴任四川，赵熙即写下吟咏家乡风物之组诗六十首
为之送行，[1]其中颇有佳作，如"青羊一带野人家，稚女茅檐
学煮茶。笼竹绿于诸葛庙，海棠红艳放翁花""九天开出一成
都，华屋笙箫溢四隅。半壁由来天府重，独怜刘禅是人奴"等

---

[1]郑逸梅《艺林散叶》称所作百首，并云"状物抒情，各臻其妙，京蜀报章，
争相转载"。

皆是。

本篇歌咏巫山十二峰，个中又专提出神女峰为施笔墨，情韵丰美。"如此巫山愁杀侬"即"桓子野每闻清歌，辄唤奈何"之意，真可谓"一往有深情"也。

夔门杂咏八首·其七

[近现代] 燕翼

燕翼，生卒年及生平不详，《三峡竹枝词》次其序于蔡锷（1882—1916）之前，可大约知其年辈。

春梦一场感喟多，红灯书字照江波。
此身已误瞿塘贾^①，更唱南朝玉树歌^②。

注释：

①"此身"句：李益《江南曲》："嫁得瞿塘贾，朝朝误妾期。"

②南朝玉树歌：谓南朝陈后主所作《玉树后庭花》，历来被视为亡国之音。

点评：

作者生平不详，自诗意而言，似心怀逊清、橐笔江湖一寒士文人耳，而笔调矫健，固非俗手。

蜀游百绝句·其一

[现代] 黄炎培

黄炎培（1878—1965），字任之，江苏省川沙县（今上海市浦东区）人。早留学日本，返国后创立中华职教社，发起成立中国民主政治同盟与中国民主建国会。1949 年后历任政务院副总理兼轻工业部部长、全国政协副主席等职。有《黄炎培考察教育日记》等。

由来入蜀上天难，到此乾坤放眼宽。
三峡波平容一苇，云程硬比水程安①。

注释：

①云程：云中之路。元好问《普照范炼师写真》："向日神仙看地行，只今烟驾想云程。"此指航空飞行。

点评：

《蜀游百绝句》作于民国二十五年（1936），本篇作者自注云，"蜀语多用'硬'字，试仿用之"，此一"仿"甚妙。

中编

历代竹枝词二百二十首

竹 枝 词

〔唐〕袁郊

袁郊，生卒年不详，字之仪，蔡州朗山（今河南确山）人，咸通（860—874）时为祠部郎中，昭宗朝（888—904）为翰林学士。有传奇小说集《甘泽谣》。

三生石上旧精魂，赏月吟风不要论。

惭愧情人远相访，此身虽异性长存。

点评：

袁郊《甘泽谣》虽仅九篇，在唐代传奇乃至中国小说史上地位却颇高，《聂隐娘》《红线》两篇尤为翘楚。此诗即见于《圆观》一篇，大意谓：大历末年，洛阳惠林寺僧圆观与谏议李源为莫逆之交，偕游三峡，见妇女数人汲水，圆观泣下曰："其中孕妇姓王者，是某托身之所，今既见矣，即命有所归，释氏所谓'循环'也。更后十二年中秋月夜，杭州天竺寺外，与公相见之期。"后十二年中秋，李源至天竺寺，忽闻葛洪川畔有牧童歌《竹枝词》者，至寺前，乃圆观也。其歌曰"三生石上旧精魂"云云，又歌曰："身前身后事茫茫，欲话因缘恐断肠。吴越山川游已遍，却回烟棹上瞿塘"。二诗皆甚佳，"三生石"后常被用为前因宿缘之典实。如唐诗僧齐己《荆渚感怀寄僧达禅弟》诗之三："自抛南岳三生石，长傍西山数片云。"其后则渐转为爱情典故，经《红楼梦》"西方灵河岸上三生石畔，有绛珠草一株"云云之渲染，尤深入人心。此诗属"寄生"小说之作，故作者应署袁氏之名。

题哥罗驿竹枝词·选一

[宋] 黄大临[1]

黄大临，生卒年不详，字元明，洪州分宁（今江西修水）人。绍圣（1094—1098）间为萍乡令。

风黑马嘶驴瘦岭①，日黄人度鬼门关。
黔南此去无多远，想在夕阳猿啸间。

注释：

①驴瘦岭：应为"瘦驴岭"，为合平仄对仗而改。岭在今湖北恩施市西。据《明一统志·施州卫》，瘦驴岭"在卫城西七里，岭高路险"。

点评：

大临为黄庭坚兄，庭坚为治平四年（1067）进士，故次其序于贺铸、李复之上。此诗陡峭硬弯，全似庭坚手笔，此之谓

---

[1] 此诗又作黄庭坚诗，又作其弟黄叔达诗，字句有所不同，此据《全宋诗》。

"家法"也。

变竹枝·选一

[宋]贺铸

贺铸（1052—1125），字方回，号庆湖遗老，卫州（今河南省卫辉市）人，以太祖孝惠后五世族孙入仕，官至承议郎。有《庆湖遗老集》《东山词》。

南浦下鱼筒，孤篷信晚风①。

但闻竹枝曲，不见沧浪翁②。

注释：

①"孤篷"句：晚风每日吹拂孤篷，如有约守信，故曰"信晚风"。

②沧浪翁：屈原《渔父》："渔父莞尔而笑，鼓枻而去，歌曰：'沧浪之水清兮，可以濯吾缨；沧浪之水浊兮，可以浊吾足。'遂去，不复与言。"

点评：

贺铸《变竹枝》九首，皆五言，或平韵或仄韵，曰"变"，盖指由七言正体转为五言变体也。组诗九首，格式近似，大抵兴发怀古怅惘之思尔。如其一"但闻歌竹枝，不见迎桃叶"，其三"但闻竹枝歌,不见骑鲸客",其四"但闻竹枝曲,不见莫愁来",其八"但闻竹枝曲,不见胡床公",其九"但闻歌竹枝,不见题鹦鹉",皆声调哀凉。本篇则在寂寥中见高洁旷远风致,而"信"字字法奇绝,故稍胜其他。

竹枝歌十首·选一

[宋] 李复

李复(1052—1128),字履中,长安(今陕西西安)人,元丰二年(1079)进士,官至河东转运副使,死于靖康之难。有《潏水集》。

短衫穿袖上马轻,空手常喜烟尘行。

论功何须问弓剑,自有主将知姓名。

点评:

勇士小像,写来侠气纵横。置之宋代武功孱弱背景下,尤多意味。

汴京纪事二十首·选一

[宋] 刘子翚

刘子翚（1101—1147），字彦冲，号屏山，建州崇安（今属福建）人，以荫入仕，官至兴化军通判，以疾辞归武夷山，专事讲学，朱熹尝从其学。有《屏山集》。

空嗟覆鼎误前朝①，骨朽人间骂未销。

夜月池台王傅宅，春风杨柳太师桥②。

注释：

①覆鼎：出于《易经》里《鼎》卦的爻辞，指误事失职的大臣。

②"夜月"二句：分别指徽宗朝官封太傅、楚国公的王黼与官封太师、鲁国公的蔡京，皆为时所称"六贼"中人。《宋史》载，二人皆被赐第城西，王黼"徙居之日，导以教坊乐，供张什器，悉取于官，宠倾一时"。蔡京府第称西园，自梁门街沿汴河呈南北方向延伸，且有人工开凿的景龙江与宫城相连，其上石桥被称作"蔡太师桥"。

点评：

刘子翚生当北南宋之交，耳闻目击宋室"覆鼎"偏安，激愤难言，遂有《汴京纪事》二十首之作，其中若"梁园歌舞足风流，美酒如刀解断愁。忆得少年多乐事，夜深灯火上樊楼""帝城王气杂妖氛，胡虏何知屡易君。犹有太平遗老在，时时洒泪向南云""辇毂繁华事可伤，师师重老过湖湘。缕衣檀板无颜色，一曲当时动帝王"等，或忆繁华，或怜遗老，或哀佳人，皆极可读，宋诗代不数见之极品也。本篇首句按断佞臣之罪，故二句愤极大骂，而三四句忽转入"夜月池台""春风杨柳"之旖旎场景为之耀射，百炼钢顿化为绕指柔，笔妙如斯，真有鬼神莫测之致。

刘氏《汴京纪事》二十首，向无人作竹枝词看待，诸种总集亦不收，然而诗中"纪事"一体，倘具备以下三条件：一、以七绝形式为组诗；二、以地名为标记；三、内容具外指性，非抒述一己悲欢，固为公认之竹枝词典型体式。清代大量符合该条件之纪事诗均被收入有关总集，依此逆推，则《汴京纪事》亦应按同一标准对待，故本书选入，为竹枝三百添一异采。

竹枝歌七首·选一

[宋] 杨万里

杨万里（1127—1206），字廷秀，号诚斋，吉州吉水（今江西省吉水县）人。绍兴二十四年（1154）进士，官至焕章阁学士，出为江东转运副使，辞官归里，虽屡加官职不出。有《诚斋集》。

月子弯弯照几州^①，几家欢乐几家愁。

愁杀人来关月事，得休休处且休休。

注释：

①几州：一作"九州"。

点评：

组诗前有《序》云："晚发丹阳馆下，五更至丹阳县。舟人及牵夫终夕有声，盖讴吟啸谑，以相其劳者。其辞亦略可辨，有云：'张哥哥，李哥哥，大家着力齐一拖。'又云：'一休休，二休休，月子弯弯照几州。'其声凄婉，一唱众和。因隐括之为《竹枝歌》云。"读此可知此乃吴音。诚斋于宋代诗坛最可追配刘禹锡，撷取俗歌，略为点染，便成妙谛，亦一代诗豪也。

武夷九曲棹歌^①·选一

[宋] 朱熹

朱熹（1130—1200），字元晦，号晦庵，江南东路徽州府婺源县（今江西婺源）人，绍兴十八年（1148）进士，官至焕章阁待制兼侍讲。有《四书集注》《诗集传》等。

四曲东西两石岩^②，岩花垂露碧氍毹^③。

金鸡叫罢无人见④，月满空山水满潭⑤。

注释：

①武夷九曲：九曲溪发源于武夷山脉主峰黄岗山西南，过星村而九曲十八弯，至武夷宫前汇入崇阳溪。

②"四曲"句：谓四曲处的大藏峰和仙钓台。

③氎氋（lán sān）：亦作"鬞鬖"，毛羽散垂或花瓣纷披貌。韩维《孔先生以仙长老山水略录见约同游，作诗答之》："仰窥阴洞看悬乳，白龙垂须正鬞鬖。"

④金鸡：谓大藏峰之金鸡洞，传说洞中金鸡每日飞至三仰峰顶报晓。

⑤水满潭：谓大藏峰下卧龙潭。

点评：

《武夷九曲棹歌》，有文献解作歌行，误，更有称为七言排律者，尤可笑。其题又曰："淳熙甲辰仲春，精舍闲居，戏作武夷棹歌十首，呈诸同游，相与一笑。"可见必为十绝句之组诗。宋人擅绝句者，朱熹必居其一，此十首亦多佳什，所以取本篇，盖为"金鸡叫罢无人见，月满空山水满潭"二句大有禅意也。

金陵百咏 · 三十六陂

[宋] 曾极

曾极（约 1168—1227），[1]字景建，号云巢，临川（今江西抚州）人，布衣，与戴复古、刘克庄等唱和，为江湖诗人。有《春陵小雅》，已佚。

渺然三十六陂春①，石黛潮生岁岁新②。

杨柳杏花浑好在，吟边只欠跨驴人③。

注释：

①三十六陂：地名，在今江苏省扬州市，诗文中常用来指湖泊多。姜夔《念奴娇》："三十六陂人未到，水佩风裳无数。"

②石黛：此指石头上的青黑色纹路。杜甫《阆水歌》："嘉陵江色何所似，石黛碧玉相因依。"

③跨驴人：此谓王安石。王定国《清虚杂著》："王荆公致仕后居钟山下，出即乘驴。若率卒在前，听率卒；在后，则听驴。"作者诗前自注云："王介甫有《西太乙宫》诗云：'杨柳鸣蜩绿暗，荷花落日红酣。三十六陂春水，白头想见江南。'"可知其意。

---

[1]曾极生卒年据程章灿、成林点校导读《金陵百咏 金陵杂兴 金陵杂咏 金陵百咏（外一种）》，南京出版社 2012 年版。

点评：

曾极身在江湖而心存魏阙，于国运民瘼特多关心，其《寄陈正已》句"九十日春晴景少，一千年事乱时多"，触怒宰相史弥远而被谪春陵，卒于贬所，命运略同乎乃师朱熹，实南宋寒士之典型代表。《金陵百咏》多借怀思古迹以感慨南宋时事，如《古龙屏风》（宣和旧物，高宗携之渡江，后坏烂，宫官惜之，剪裁背成屏风，立殿上）："乘云游雾过江东，绘事当年笑叶公。可恨横空千丈势，剪裁今入小屏风。"如《清凉寺》（即李王殿）："秋月春花迹未陈，衮龙曾绕梦中身。夷门金鼓从天落，惊起床头鼻鼾人。"如《东晋》："断简残编迹可寻，诸贤兴复不关心。未应全罪王夷甫，一任神州自陆沉。"皆词旨悲壮。本篇怀想诗人风流，犹属温柔敦厚者也。

金陵杂兴·选一

[宋] 苏泂

苏泂（1170—1240后），字召叟，山阴（今浙江绍兴）人，游幕为生，曾从陆游学诗，与辛弃疾、刘过、赵师秀、姜夔等多有唱和。有《泠然斋集》。

五马浮江一马龙①，亡吴兵满建康宫②。
瓜分鼎峙从来事，犹说金陵王气浓③。

注释:

①"五马"句:谓西晋末司马氏五王琅琊王司马睿、西阳王司马羕、南顿王司马宗、汝南王司马佑、彭城王司马纮南渡长江,后琅琊王建立东晋,故云"五马渡江去,一马变为龙"。

②"亡吴"句:三国吴都城建康(今南京),为西晋所灭。

③"犹说"句:相传南京有王气,楚威王埋金以镇之,故曰金陵,又云秦始皇为改名秣陵,亦患王气也。

点评:

"王濬楼船下益州,金陵王气黯然收。千寻铁锁沉江底,一片降幡出石头。"仅数十年,西晋即蹈东吴覆辙,轮到东晋偏安此一隅了!历史之循环确乎令人悚然。时人称苏氏诗"访怀古迹暨感时书事之作,多与曾景建同其悲愤"(吴继曾《金陵杂兴跋》)。《杂兴》二百首中如"龙光寺里只孤僧,玄武湖如掌样平。更上鸡笼山上望,一间茅屋晋诸陵""青溪阁上看青春,一度春风一度新。堪笑南朝江令老,北朝依旧作词臣""白石酆姜病更贫,几年白下往来频。歌词剪就能哀怨,未必刘郎是后身",皆耐讽诵。

竹 枝 曲

[宋]陈允平

陈允平(约1218—约1297),字君衡,号西麓,四明鄞县

（今浙江宁波鄞州区）人，屡试不第，入元以"人才"被征，南归后隐居以终。有《西麓诗稿》《日湖渔唱》等。

峨眉山头月如眉，画眉夫婿归不归。
十日学得眉似月，眉成又是月圆时。

点评：

自"峨眉"之"眉"字生发，"眉""月"往复交映，最得民歌之神，亦诚文人之妙笔也。

女 竹 枝 歌

[宋] 陈杰

陈杰（？—1315后），字寿父，丰城（今属江西）人，淳祐十年（1250）进士，累官朝议大夫，宋亡隐居。有《自堂存稿》。

南园一株雨前茶，阿婆手种黄玉芽。
今年团圞且同摘①，明年大姊阿谁家②。

注释：

①团圞（luán）：团聚。

②阿谁：犹言谁、何人。《乐府诗集·十五从军征》："道逢

乡里人，家中有阿谁。"

点评：

陈杰另有《男竹枝歌》曰："东园一株千叶茶，阿翁手栽红锦花。今年团圞且同看，明年大哥天一涯。"二者相似，而本篇情韵微妙胜之。

竹枝歌十首·选一

[宋] 汪元量

汪元量（1241—1317 后），字大有，号水云，钱塘（今浙江杭州）人。宋末以善琴供奉内廷，临安陷落后北迁大都，后获准南归，终老湖山之间。有《水云集》《湖山类稿》。

白头渔父白头妻，网得鱼多夜不归。
生怕渡官搜着税①，巴东转柂向巴西②。

注释：

①渡官：即监渡官，一般由武官使臣担任，负责人船安全、检查禁物、搜查奸细、征收津渡税等，位低而事繁。
②柂：即"舵"。

点评：

汪水云《湖州歌》《越州歌》《醉歌》联章巨制，群推"诗史"，本篇虽小焉者也，而聚焦于白头渔父转舵避税之场景，仍多诗史精神。

戏作东门竹枝词·选一

[元] 胡助

胡助（1278—1355），字履信，号纯白老人，婺州东阳（今浙江东阳）人，官至太常博士。有《纯白斋类稿》。

病卒携筐拾堕薪，东门稍僻少车尘。
久从叫佛楼边住①，惯见深眸高鼻人。

注释：

①叫佛楼：元初郑思肖《心史》载："回回事佛，创叫佛楼，甚高峻。""叫佛楼"即清真寺宣礼塔。

点评：

大有蒙元气息，足为时代写照。措语亦颇新异，足为元诗体格之典范。

上京即事杂咏①·选一

［元］萨都剌

萨都剌（约1280—约1348），[1]字天锡，别号直斋，西域答失蛮氏，[2]雁门（今山西代县）人，泰定四年（1327）进士，官至福建闽海道廉访司知事。有《萨天锡诗集》《雁门集》。

紫塞风高弓力强②，王孙走马猎沙场。

呼鹰腰箭归来晚，马上倒悬双白狼。

注释：

①上京：即元上都，遗址位于今内蒙古自治区锡林郭勒盟。1256年刘秉忠奉忽必烈之命选址建城，名为开平府，1264年诏令开平府为上都。

②紫塞：崔豹《古今注·都邑》："秦筑长城，土色皆紫，汉塞亦然，故称紫塞焉。"此泛指塞北地区。

点评：

孔武矫捷，不啻诗体之"射狼英雄传"。萨氏为元代诗词魁杰，本篇仅可觇其雄健白描一面而已。

---

[1]萨都剌生卒年多有异说，此据段海蓉、陈垣之说。
[2]答失蛮在元代指信奉伊斯兰教或有伊斯兰教家庭背景的人。

湖州竹枝词

〔元〕张雨

张雨（1283—1350），字伯雨，号句曲外史，钱塘（今浙江杭州）人。年二十余为道士，师从赵孟𫖯、虞集学书诗，六十岁时还俗。有《句曲外史集》。

临湖门外是侬家，郎若闲时来吃茶。
黄土筑墙茅盖屋，门前一树紫荆花。

点评：

本篇版本较多，作者亦多有异说，有谓虞集者（见《聊斋志异》"王桂庵"一篇吕湛恩注，袁世硕主编《中国古代文学作品选》袭之），亦有谓郑板桥者，陶宗仪《辍耕录》则将首句改为"盘塘江上是侬家"，把著作权归于一位"水仙神"，男主角改为元代才子揭傒斯：

揭曼硕先生未达时，多游湖湘间。一日，舟泊江涘，夜二鼓，揽衣露坐，仰视明月如昼。忽中流一棹，渐近舟侧，中有素妆女子，敛衽而起，容仪甚清雅……因与谈论，皆世外恍惚事……迨晓，恋恋不忍去，临别，谓先生曰："君大富贵人也，亦宜自重。"

因留诗云云。明日，舟阻风，上岸沽酒，问其地，即
盘塘镇。行数步，见一水仙祠，墙垣皆黄土，中庭紫
荆芬然。及登殿，所设像与夜中女子无异。

以上或二手资料，或小说家言，皆不可靠。《四库全书》本
《句曲外史集补遗》载有此诗，应以张雨作为是。张雨年少即遁
入道流，操弄诗笔，乃秀丽如此，亦不可思议事。本篇构思或
得力李太白《陌上赠美人》："骏马骄行踏落花，垂鞭直拂五云
车。美人一笑褰珠箔，遥指红楼是妾家。"而风情过之，故为后
人多所袭用，足称竹枝词第一大"创作范式"。如清代彭孙遹
《岭南竹枝词》："妾家溪口小回塘，茅屋藤扉蛎粉墙。记取榕阴
最深处，闲时来过吃槟榔。"又如董俞《镜湖竹枝词》："镜湖西
岸是妾家，门外齐栽白藕花。郎来恰值花开候，玉指亲擎日铸
茶。"又如方贞观《西湖袁四娘竹枝词》："灵隐东边是妾家，松
阴数里杂榴花。郎行若到渴时节，小弟欢郎他卖茶。"又如陶文
彬《西湖竹枝词》："十景塘边是妾家，小楼斜对木兰花。西邻
阿妹声相似，莫误敲门去吃茶。"又如李调元《竹枝十六首在广
东作》其二："槿花篱外竹横桥，日日溪边荡小桡。借问侬家住
何处，蛎墙深处认红蕉。"又如郑琛《南台杂诗》其六云："水
盘沉李共浮瓜，劝客殷勤坐吃茶。他日来时须记取，石桥南畔
第三家。"又如戴文俊《瓯江竹枝词》："家家门外赤栏桥，一水
遥通路几条。郎若来时休错认，儿家新种美人蕉。"又如柯万源
《斜塘竹枝词》："小小庄团是妾家，郎家浜里舣舟斜。瓦瓶汲得
波心水，郎若闲时来吃茶。"又如刘玉山《羊城竹枝词》："妾家

住近六榕寺，十丈妆楼青粉墙。郎隔重城望不到，夜来花塔一灯光。"又如李于潢《汴宋竹枝词》："鹁儿市过即侬家，巷口东西问狭邪。杨柳侵门珠箔卷，隔墙先见小桃花。"又如黄燮清《长水竹枝词》："红楼蠡壳小窗斜，望海城边住姜家。特地为郎消渴病，秋风新试桂花茶。"又如现代张采庵《紫坭竹枝词》："郎住村南妾隔塘，盈盈一水判张黄。来时休误花基路，认取凌霄遍女墙。"又如现代蛰蚕《慈溪湖上竹枝词》："溪桥转角是侬家，矮矮泥墙向北遮。忙过清明又谷雨，郎来正好吃芽茶。"皆学之而有自家风神。蒋敦复《柳梢青》："问讯年华，十三四五，碧玉初瓜。小小房栊，低低帘幕，薄薄窗纱。　无人知是儿家，郎空了、闲来吃茶。一座旗亭，一湾流水，一树桃花。"亦从中变化出之而稍泯痕迹，若孙猴子化为庙、尾巴立作旗杆云。至于方于彬《江楼竹枝词》，"回澜寺外是儿家，蛎粉围墙绿树遮。记取桐阴最深处，闲时来坐吃枇杷"，则全从彭诗偷改而来，可不论矣。

另值一说，《源氏物语》中有《古今和歌集》一首云："妾在三轮山下住，茅庵一室常独处。君若恋我请光临，记取门前有杉树。"其意与本篇酷似。《源氏物语》一般以为成书于十一世纪初，较张雨此诗早二百余年，二者或暗合耶？此极可玩味者。

西湖竹枝歌 · 选一

[元] 杨维桢[1]

杨维桢（1296—1370），字廉夫，号铁崖、东维子等，绍兴路诸暨州（今浙江诸暨市）人。泰定四年（1327）进士，官至江西儒学提举，元末避乱隐居。有《东维子文集》《铁崖古乐府》等。

劝郎莫上南高峰，劝侬莫上北高峰①。
南高峰云北高雨，云雨相催愁杀侬。

注释：

①高峰、北高峰：西湖十景"双峰插云"的两山之巅。南高峰高 257.2 米，在烟霞洞、水乐洞旁。北高峰高 314 米，在灵隐寺后。

点评：

元至正初年（1340 左右），杨维桢作《西湖竹枝词》九首，其后广征唱和，于至正八年（1348）汇编为《西湖竹枝集》，收录自己及另外一百二十一家诗人共一百九十四首作品，是为史

---

[1] 桢，亦作"桢"。

上首个竹枝词专集，意义非同小可。唱和者中既有如释文信、释良震、释元朴等僧人，又有曹妙清、张妙静等女性诗人，更有萨都剌、别里沙、不花帖术儿、掌机沙、燕不花、同同等色目与蒙古诗人，论者指出："西湖竹枝酬唱在当时所扮演的，实际上是一场各民族诗人同题集咏的大型创作活动，而杨维桢作为铁崖乐府诗派领袖的地位也即因此而得以确立。"（王辉斌《杨维桢与元末西湖竹枝酬唱》）。

本篇为九首之四，又一版本作"劝郎休上南高峰，劝我休上北高峰。南高峰云北高雨，云雨相随恼杀侬"。虽为艳歌，而笔意天然，略无扭捏妆饰气，足以"洗一时尊俎粉黛之习"（杨维桢自序）。

另：故宫博物院藏明朝戴进《南屏雅集图》中所收杨维桢至正十三年（1353）所作序云："十年前住湖山，与灵璧山人张雨、南园吏隐甘立、苕溪渔者郯韶为竹枝词社，度腔者康四氏也。倡和之集，流布书肆。"据此则可考见，至正二年（1242），维桢与张雨、郯韶、甘立四人在杭州创立竹枝词社，以尊体补缺、反拨靡俗为初衷，活跃十年上下。至正十年（1350）张雨等人相继凋谢，诗社乃趋于衰亡。维桢尝有诗，极尽感慨："六约先生开草堂，草堂浑似百花庄。道人吹笛龙泳水，仙客弹琴鹤近床。杯光潋潋湖水碧，炉烟细细郁金香。十年词社已零落，莫遣竹枝歌四娘。"此竹枝词史之重量级事件，罕有道之者，故应附此略说。[1]

---

[1]此段参考陈谙哲《铁雅诗派研究》，吉林大学2022年博士论文。

和西湖竹枝词

[元] 张渥

张渥（？—约 1356 前），字叔厚，钱塘（今杭州）人，布衣。

长簪高髻画双鸦^①，多在湖船少在家。
黄衣少年不相识，白日敲门来索茶。

注释：

①双鸦：指少女双髻。苏轼《杂诗》之二："昔日双鸦照浅眉，如今婀娜绿云垂。"

点评：

本篇作者又作明代朱同，首句又作"茜红裙子缕金纱"。据顾嗣立《元诗选》，似以张渥为是。张雨《湖州竹枝词》乃船女示好男子，本篇则"君子好逑"矣，二诗正可对看，有"花面交相映"之趣。

竹枝词四首·选一

[元]姚文奂

姚文奂，约1350年前后在世，字子章，号娄东生，昆山人，尝为浙东帅府幕僚。有《野航亭稿》。

家住西湖第四桥，自从丱角学吹箫^①。
年来愁得两鬓雪，吹尽春风那得消。

注释：

①丱（guàn）角：旧时儿童常将头发束成两角形，称"丱角"，引申指童年或少年时期。方干《孙氏林亭》："丱角相知成白首，而今欢笑莫咨嗟。"

点评：

箫声幽妙，吹不去年来愁苦，写来无限苍凉。

西湖竹枝词

[元]曹妙清

曹妙清，女，生卒年不详，字比玉，钱塘（今杭州）人。

有《弦歌集》，不传。

美人绝似董娇娆^①，家住南山第一桥。

不肯随人过湖去，月明夜夜自吹箫。

注释：

①董娇娆：女子名，疑是东汉时著名歌妓。宋子侯作有《董娇娆》诗，载于《玉台新咏》，《乐府诗集》收入《杂曲歌辞》。唐人诗中多作为美女典故用。

点评：

史称曹妙清"善鼓琴、书法，事母孝谨，三十不嫁"，杨维祯评云："观其所赋竹枝词，可识其人焉。"是已，此诗正贵在有品。其时尚有薛兰英、薛蕙英姊妹之《苏台竹枝词》，极得杨铁崖之称赏，然似不及妙清之作。

镜湖竹枝[1] · 选一

[明] 宋濂

宋濂（1310—1381），字景濂，浦江（今属浙江）人，明初官至翰林学士承旨、知制诰。洪武十年（1377）辞官还乡，后

---

[1] 诗题《中华竹枝词全编》又作《越歌》，北京出版社 2007 年版，第四卷第809 页。

因长孙宋慎牵连胡惟庸案而被流放茂州，途中病逝。有《宋学士全集》。

恋郎思郎非一朝，好似并州花剪刀。
一股在南一股北，几时裁得合欢袍。

点评：

宋濂极得朱元璋爱重，尝誉为"开国文臣之首"，晚景则令人唏嘘矣。帝王心术，翻覆波澜，岂常人可测者？宋濂以一代文宗身份，为文雍容正大，小诗则活泼灵秀，自剪刀两股设想，极尽巧思。

竹枝歌·选一

[明]袁凯

袁凯（约1310—约1404），字景文，号海叟，松江府华亭县（今上海）人。洪武三年（1370）授监察御史，后为朱元璋所不满，遂佯狂免职，终以寿终。有《海叟集》。

江花红白最堪怜，莫惜看花费酒钱。
他时白发三千丈，纵使频来不少年。

点评：

袁凯以《白燕诗》得名，按其造诣，殊不在高启之下，而较胜杨基、张羽、徐贲诸子。至于佯狂以脱暴君屠刀，尤可称一世之智者（袁凯事迹详可参马大勇《诗词课》，辽宁人民出版社 2020 年版）。本篇亦及时行乐之意，然点化太白名句，自有一种悲怆，正所谓"以乐景写哀，一倍增其哀乐"也。又：丁宜福《申江棹歌》其一写袁凯甚佳，诗云："鳗鱼东海去无归，脱却朝衫换草衣。白燕庵头吹暮笛，杨花如雪作团飞。"首句盖谓袁凯佯狂辞官后，朱元璋有"东海走却大鳗鱼"之衔恨语。

江边竹枝词八首·选一

［明］王逢

王逢（1319—1388），字原吉，号席帽山人，常州府江阴（今江苏江阴）人，明初以文学录用，不起。有《梧溪诗集》。

北望大江南望城，席帽马鞍屏障横①。
侬是小山渔泊户，水口风门过一生。

注释：

①席帽马鞍：作者自注"并山名"。席帽山有多处，据诗意，此盖指位于安徽广德者。马鞍山，亦位于安徽广德，为广德县最高山脉。

点评：

诗已甚佳，而其坚卧不起，隐遁甚深，"侬是"二句亦不啻为冷然傲然之自白也。身当乱世，固宜如是。

东吴棹歌·选一

[明] 汪广洋

汪广洋（？—1379），字朝宗，高邮（今属江苏）人，元末进士，明洪武四年（1371）任右丞相，十二年（1379）因受胡惟庸毒死刘基案牵连被赐死。有《凤池吟稿》。

艇子抢风过太湖①，水云行尽是东吴。
阿谁坐理青丝网，遮得松江巨口鲈②。

注释：

①艇子抢风：庾阐《扬都赋》："艇子抢风，榜人逆浪。"抢风：逆风，顶风。

②松江巨口鲈：苏轼《后赤壁赋》："巨口细鳞，状似松江之鲈"。

点评：

汪氏明初重臣，不以诗名，本篇则一气贯通，爽利之甚，足见功力。

分题得震泽竹枝词送中书李舍人·选一

[明]史鉴

史鉴（1434—1496），字明古，号西村，吴江（今苏州市吴江区）人，隐居不仕，声名仅次于沈周。有《西村集》。

燕子来时雁北飞，留郎不住别郎悲。
小麦空头难见面，春蚕作茧自缠丝。

点评：

"小麦空头难见面"一句最饶新意，前人未曾道也。

茶陵竹枝词·选一

[明]李东阳

李东阳（1447—1516），字宾之，号西涯，湖广长沙府茶陵州（今湖南茶陵）人，天顺八年（1464）进士，官至文渊阁大学士。有《怀麓堂集》等。

溪南溪北树萦回，洞口桃花几度开。
枫子鬼来天作雨①，云阳仙去水鸣雷②。

注释:

① "枫子"句：任昉《述异记》："南中有枫子鬼，枫木之老者为人形，亦呼为灵枫。"李时珍《本草纲目》引孙炎《尔雅正义》："枫子鬼乃櫔木上寄生枝，高三四尺，天旱以泥涂之，即雨也。"司空曙《送流人》："山村枫子鬼，江庙石郎神。"

② "云阳"句：茶陵县境内最高峰名云阳山，其紫薇峰传为太上老君肉身成仙处，五雷池则传为赤松子以五雷法锁神龙处。

点评:

湘地巫风甚盛，即作竹枝词，亦多楚骚遗韵。李诗可谓得此气矣。

录民谣·选一

[明] 杨一清

杨一清（1454—1530），字应宁，号石淙，云南安宁州（今云南安宁县）人，成化八年（1472）进士，官至武英殿大学士。有《石淙类稿》等。

贫妇抛梭夜不眠，何曾一缕自身穿。
卖来要了科差去①，恰勾门前勾摄钱②。

注释:

①科差:赋税和差役。

②恰勾:恰够。勾摄钱:衙役催讨的赋税钱。勾摄,处理公务,拘捕、传拿。

点评:

杨氏曰"录民谣",实即自作之竹枝也。组诗十三首,皆民间疾苦之声,若"从今容易莫伸冤,囹圄风光日似年。一字入门淹数月,不知费却几多钱"(其五)、"老翁扶病自耕锄,借问当年子有无。只为公租私债急,两儿今已作人奴"(其十二)、"朝廷恩泽大于天,使者光明秋月圆。何事相闻不相及,前头知隔几山川"(其十三)与本篇,尤令人动容。此杨氏所以为一代名臣也,不知贤于后世逢君之恶者几何。

题农务女红之图·田家乐竹枝词

[明]邝璠

邝璠(1458—1522),字廷瑞,山东任丘(今属河北)人,弘治六年(1493)进士,官至瑞州太守。有《便民图纂》。

今岁收成分外多,更兼官府没差科。
大家吃得醺醺醉,老瓦盆边拍手歌。

点评：

"老瓦盆边拍手歌"，其乐真使人羡，而重心全在"没差科"
一句。《水浒传》第十四回"吴学究说三阮撞筹"一节中阮小
二道："我虽然不打得大鱼，也省了若干科差。"金圣叹夹批云，
"十五字抵一篇《捕蛇者说》"，正可与本篇映照。后清人周馥
《湖乡杂咏》云："南湖菱叶密如毡，小艇收菱白露天。生事无
多官事少，催科不上采菱船。"其意略似。

采樵歌效竹枝体·选一

[明] 顾璘

顾璘（1476—1545），字华玉，长洲（今苏州市）人，弘治
九年（1496）进士，官至南京刑部尚书。有《浮湘集》。

近林萧条无可薪，远山猛虎啮生人。
寄言城市游盘子①，何地生涯不苦辛。

注释：

①游盘：亦作"游槃"，犹游乐。潘岳《西征赋》："厌紫极
之闲敞，甘微行以游盘。"

点评：

苦辛之言，字字酸楚，何堪使诸游盘子闻之！

后乐园杂咏^① · 选一

［明］陆深

陆深（1477—1544），字子渊，号俨山，南直隶松江府上海县（今上海市）人。弘治十八年（1505）进士，官至詹事府詹事。有《俨山集》。

水云烟月市桥西，菱角荷钱已满溪。
读罢黄庭三百首^②，人间茅屋午时鸡。

注释：

①后乐园：陆深住宅名，今陆家嘴地区即因其故宅祖茔得名。

②黄庭：即《黄庭经》，又名《老子黄庭经》，是道教养生修仙专著。

点评：

今人无不知陆家嘴，知其因陆深得名者则不多。当年之菱角荷钱、黄庭茅屋，今已霓虹烂漫、光焰千丈矣，读此真有沧海桑田之感。

西湖竹枝词·选一

[明] 沈明臣

沈明臣（1518—1596），字嘉则，鄞县（今浙江宁波鄞州区）人。有《丰对楼诗选》等。

一家活计靠湖船，年少郎君惯使钱。
官府禁湖游不得，空船抛在六桥边。

点评：

无端禁湖，断人生计，甚矣官府之可憎可畏也。小诗走笔速写，剪影生动。

竹枝词二首·选一

[明] 徐渭

徐渭（1521—1593），字文长，号青藤老人，浙江山阴（今绍兴）人，曾入浙闽总督胡宗宪幕，助平倭寇。胡被下狱后，徐渭多次自杀未遂，并因杀继妻论死，被好友救免，贫病交加而去世。有《徐渭集》。

风前烛焰片时红，马首西时马尾东。

两只鸳鸯睡不醒，一只相思愁杀侬。

点评：

袁宏道盛赞徐渭为诗"如嗔如笑，如水鸣峡，如种出土，如寡妇之夜哭，羁人之寒起。虽其体格时有卑者，然匠心独出，有王者气，非彼巾帼而事人者所敢望也"，本篇忽西忽东，似通非通，笔意甚奇，能副袁中郎赞语。

两山竹枝歌·选一

[明] 王世贞

王世贞（1526—1590），字元美，号弇州山人，太仓（今属江苏）人，嘉靖二十六年（1547）进士，累官至南京刑部尚书。有《弇州山人四部稿》等。

峨舸大艑碧波间①，遍截玲珑稛载还②。

最是三吴多好事，家家分得洞庭山。

注释：

①峨舸大艑（biàn）：高大的船只。大船曰舸，浅船曰艑。

②稛（kǔn）载：即"捆载"，以绳束物，载置车船，亦指满载、重载。《国语·齐语》："诸侯之使，垂橐而入，稛载而归。"

点评：

此咏凿山石而治园林，江南名园如狮子林、拙政园、网师园、蠡园、寄畅园、个园、小玲珑山馆等皆以太湖石为特色，诚乃"家家分得洞庭山"也。

竹枝词二首·选一

［明］姚少娥

姚少娥，女，生卒年不详，号青峨居士，浙江秀水（今嘉兴）人，年二十六岁而亡，其夫范君和辑所遗诗词为《玉鸳阁草》，由屠隆为之序。

卖酒家临烟水滨，酒旗挂出树头春。
当垆十五半遮面，一勺清泉能醉人。

点评：

此闺中女儿仿作也，虽未上佳，自有一分清泉淙淙之致，读之耳目爽豁。其集中另一首云："卓女家临锦水滨，酒旗斜挂树头新。当垆不独烧春美，便汲寒浆也醉人。"或为本篇之另一稿，然亦有味，不妨两存之。

竹枝词·选一

[明] 袁宏道

袁宏道（1568—1610），字中郎，号石公，湖北公安人。万历二十年（1592）进士，官至吏部郎中。有《袁中郎集》。

雪里山茶取次红，白头孀妇哭春风。
自从貂虎横行后^①，十室金钱九室空。

注释：

①貂虎：此指宦官。古代侍中、常侍冠上饰以貂尾和金银珰，东汉以后，此职专任宦官，故以"貂珰"借指之。袁氏称之"貂虎"乃愤恨之辞，组诗中另有"青天处处横珰虎，鬻米赔男偿税钱"之语，"貂虎"与"珰虎"同义。

点评：

宦官政治乃明代特色之一，中后期尤然。彼时大小宦官挟皇帝令旗，骚扰地方，肆意妄为，百姓苦不堪言。袁氏有感于此，痛心疾首以揭橥之，其笔势如刀，胆气如戟，正是《竹枝词》中大文章，非一般吟风弄月者可比。

竹　枝

[明] 诸庆源[1]

诸庆源，生卒年不详，字君余，浙江余姚人，《全明词》次其序于袁宏道之后，今亦从之。

种得芭蕉初长成，夜来风雨忒无情。
不知雨打芭蕉叶，还是芭蕉打雨声。

点评：

诸氏无名小卒，诗则特佳。苏轼《琴诗》云："若言琴上有琴声，放在匣中何不鸣？若言声在指头上，何不于君指上听？"本篇庶几近之，而情韵更胜。

济南百咏·鬻女

[明] 王象春

王象春（1578—1632），字季木，山东济南府新城县（今山东桓台）人，万历三十八年（1610）进士，官至吏部郎中。有《问山亭集》。

---

[1]《中华竹枝词》作"余庆源"，此从《全明词》。

委巷低门立小鬟^①，青衫竖草惨愁颜。

惯收瘦马临清客^②，鬒发成云又卖还^③。

注释：

①委巷：僻陋小巷。《礼记》："小功不为位也者，是委巷之礼也。"郑玄注："委巷，犹街里，委曲所为也。"

②瘦马：明清时的畸形行业，先出资把贫家女孩买回后教习歌舞书画，长成后卖与富人作妾或入秦楼楚馆。白居易《有感》："莫养瘦马驹，莫教小妓女……马肥快行走，妓长能歌舞。""瘦马"之名，或由此来。临清：明代州名，今山东省临清市。临清明代为漕运中转枢纽，并设钞关，极为繁荣。

③鬒（zhěn）发成云：发美长貌。《诗经·鄘风·君子偕老》："鬒发如云，不屑髢也。"

点评：

鬻女，古代常见之惨事也，而王氏自注云："济城民贫，素有鬻女之俗……排门竖草，觍面求售……临清客子每至，则鲜衣盛从，一人而收罗数百，畜以射利。今日死别生离，异时清歌妙舞，人心何忍，天意何居？"仁人之言，置之今日，犹能闻其悲悯之声。

古田竹枝词·选一

[明] 杨德周

杨德周（1579—1647），[1] 字南仲，万历四十年（1612）举人，浙江鄞县（今宁波市鄞州区）人，官至山东高唐知州，鲁王监国，以尚宝卿召之，不去。有《六鹤斋集》等。

山巅水浒尽荒芜，可许农夫荷锸无①。
才垦石田三四亩，夜来税吏已催租。

注释：

①荷锸（chā）：扛着铁锹。《汉书·王莽传》："父子兄弟负笼荷锸。"

点评：

杨氏由金华教谕迁古田知县已在崇祯六年（1633），其"下车即榜县门曰：'所不与民伸冤抑，而任意低昂者，誓不生还。'自是剔蠹弊，锄奸黠，编审精核，追呼不扰。时荒旱相仍，征敛无艺，抚字焦心，凡百设施，剂量而行之"（《古田县志》），可称良吏。《古田竹枝词》十首，亦大抵"征敛无艺，抚字焦

---

[1] 杨氏生卒年有异说，此据钱茂伟《国家、科举与家族：以明代宁波杨氏为中心的考察》，《宁波大学学报》2010年第11期。

心"之写照，如"年年征饷复征兵，山县枯荄草不生。但比官租完七奶，不知民力尽三征""才传采木泪盈盈，鸟道千盘不可行。费尽千金鞭尽血，半年才过两三程""朱子溪山新俎豆，李侯城郭旧弦歌。纵然乐土夸民力，剜肉医疮剩不多"，恻然之心，历历可见。本篇之山民力垦贫瘠石田，尚未收成，而税吏已至，正所谓"世间唯死亡与税收不可逃避"（富兰克林语）也。身为朝廷官员，有此心绪，难得也，然亦难挽大厦倾颓之势，叹叹。

北吴歌和王退如使君·选一

[明] 范景文

范景文（1587—1644），字梦章，河间府吴桥（今属河北）人。万历四十一年（1613）进士，官至工部尚书兼东阁大学士，明亡自尽。有《战守全书》等。

十家九尽垫官钱，敲扑声高欲彻天①。
昨日相逢开口笑，徭差新改一条鞭②。

注释：

①敲扑：鞭打的刑具，短曰敲，长曰扑，亦指敲打鞭笞。

②一条鞭：明代田赋制度。嘉靖时于地方试行新法，以各州县田赋、各项杂款、均徭、力差、银差、里甲等编合为一，

通计一省税赋，通派一省徭役，官收官解，除秋粮外，一律改收银两，计亩折纳，总为一条，称一条鞭法。万历年间张居正执政，推行于全国。

点评：

张居正推行一条鞭法，乃载于史册之著名改革措施，明朝之所以苟延残喘数十载，颇有赖于此。范氏诗提供"现场细节"，足补史乘之未足。

新岁竹枝词·选一

[明] 王彦泓

王彦泓（1593—1642），字次回，金坛（今属江苏）人，岁贡生，官华亭训导。有《疑雨集》《疑云集》。

佛阁前头照水梅，半晴天气暖催开。
娇憨小妹惊看见，一日来攀四五回。

点评：

王次回以艳体著称，实即"性灵一派"，故纳兰词多化用其语，袁枚亦激赏之。本篇非"艳制"，然刻写娇憨少女，灵气洋溢，亦王氏典型笔调也。

棹歌十首为豫章刘远公题扁舟江上图①·选一

[清] 钱谦益

钱谦益（1582—1664），字受之，号牧斋，苏州府常熟县（今江苏常熟）人。明万历三十八年（1610）一甲第三名进士，授编修，官至南明礼部尚书。顺治三年（1646）降清，任礼部侍郎，旋归里。有《初学集》《有学集》。

扁舟惯听浪淘声，昨日危沙今日平。
惟有江豚吹白浪②，夜来还抱石头城③。

注释:

①豫章刘远公：据钱曾《牧斋有学集诗注》，此人为"故相文端公之孙，尚宝西佩之子"，余不详。

②江豚：通称"江猪"。哺乳动物，形似鱼而无背鳍，头短眼小，全身黑色。郭璞《江赋》："鱼则江豚海狶。"许浑《金陵怀古》："石燕拂云晴亦雨，江豚吹浪夜还风。"

③石头城：指南京。石头城故址在今南京清凉山与石头山。

点评:

牧斋以入清为界，别平生数千首诗为《初学》《有学》二集，本篇出自《有学集》卷八，则必为怀恋故国之作也。石头城乃牧斋平生关键之地，晋礼部尚书在此，迎降清廷、自隳名节亦在此，长吁短叹，一言难尽，惟付江豚白浪而已。

竹枝词·选一

[清] 杜濬

杜濬（1611—1687），字于皇，号茶村，黄冈（今属湖北）人。明诸生，入清不仕。有《变雅堂集》。

骨董珠玑摆作林，酬钱索价费沉吟。
繇来贵物惟司马^①，一颗头颅五百金。

注释：

①繇来：即"由来"，从过去到现在。窦牟《天津晓望，因寄呈分司一二省郎》："要自词难拟，繇来画不如。"

点评：

杜濬诗后自注云："时蜀中司马典刑，其家以五百金买头去。"此"蜀中司马"盖指崇祯朝兵部尚书、重庆长寿人陈新甲也。陈受崇祯指示，密与清廷议和，然因机要文件保管不善，其事泄露，舆论大哗。崇祯皇帝恼羞交加，将陈氏论斩。此乃明末著名史事也，杜濬诗增五百金买头之细节，微含讥刺，颇有点睛之妙。

闽江竹枝词·选一

[清]钱澄之

钱澄之（1612—1693），字饮光，安徽桐城人，明亡仕唐王为推官，仕桂王为主事，后隐居不出，自称田间老人。有《藏山阁诗文集》等。

头白篙师剧可怜，上滩百丈水中牵。
插旗打鼓中流下，争避官军载马船。

点评：

一句"争避官军载马船"，即将乱世倥偬之状点染分明，更不需多语也。诗或作于钱氏任职南明隆武政权之际。

都下竹枝词·选一

[清]方文

方文（1612—1669），字尔止，号嵓山，安徽桐城人，明诸生，入清不仕。有《嵓山集》。

有客慈仁古寺中，苍龙鳞畔泣春风①。

布衣自有布衣语，不与簪绅朝士同。

注释：

①苍龙鳞：谓树皮苍古，如龙鳞然。齐己《灵松歌》："老鳞枯节相把捉……乍似苍龙惊起时。"张耒《辛未立春》："我居双老槐，对耸苍龙鳞。"

点评：

方文以遗民入都，有《都下竹枝词》二十首，大抵感喟犀利，无风月之谈。如"前朝勋戚盛如云，后裔同归厮养群。莫向灞陵嗔醉尉，何人犹识故将军""故老田居好是闲，无端荐起列鸳班。一朝谪去上阳堡，始悔从前蹞出山"等，皆是也。诸作中，本篇最能凸显自家峻耸风骨。严迪昌先生《清诗史》更云，"从一般意义看，此诗后二句恰好从大概念上划开了诗史领域的两大范畴，'布衣语'与'簪绅朝士'文字乃历代诗歌的两种流向"，然则此亦诗史之大判断也。

海上竹枝词十三首·选一

[清] 彭孙贻

彭孙贻（1615—1673），字仲谋，浙江海盐人，明拔贡生，入清不仕。有《茗斋集》。

杏子红衫绿玉簪，荷花池院傍城南。

醝商嫁得教歌舞^①，偏讳歌名阿鹊盐^②。

注释：

①醝（cuó）商：即盐商。

②阿鹊盐：古乐曲名。沈括《梦溪笔谈·乐律一》："唐曲有《突厥盐》《阿鹊盐》。"

点评：

嫁与盐商，操练歌舞，唯忌讳"盐"字。冷冷一笔，心事微妙可想。又：《阿鹊盐》犯讳，《突厥盐》《昔昔盐》等能幸免耶？一笑。

竹枝词·选一

[明] 叶小鸾

叶小鸾（1616—1632），字琼章，吴江（今苏州吴江区）人，文学家叶绍袁、沈宜修幼女，将嫁而卒，有集名《返生香》。

秋入湖边清若空，蘋花摇荡浪花风。

渔人网得霜螯蟹^①，深闭柴门暮雨中。

注释：

①霜螯蟹：蟹到霜降季节才肥美，故称。苏轼《中山松醪赋》："酌以瘿藤之纹樽，荐以石蟹之霜螯。"

点评：

"树阴满地日当午，梦觉流莺时一声"（苏舜钦《夏意》），午梦一堂，真若一堂午梦，华丽急骤地驰过中国文化天空。叶沈诸子诸女，灵秀而多舛，最终唯余横山老人（叶燮）白发苍凉，在中国诗歌史刻下最深的印痕。沈宜修与几女均有竹枝词存世，个中仍以名声最著之小鸾为最佳，应选一首，为午梦堂留一帧心影。

吴门竹枝词·选一

[清]方孝标

方孝标（1617—1680后），名玄成，因避康熙"圣讳"，以字行，江南桐城（今属安徽）人，顺治六年（1649）进士，官至侍读学士。以顺治十四年科场案被流宁古塔，数年后始归，有《钝斋文集》《滇黔纪闻》等。

不到姑苏十八年，年来风景倍堪怜。
阊门一半屯戎马①，觱篥城头咽晓烟②。

注释:

①阊门:苏州古城之西门,通往虎丘方向。

②觱篥(bì lì):古代管乐器,形似喇叭,以芦苇作嘴,以竹做管,其音悲凄。

点评:

本篇应作于顺治末康熙初,也即方氏流放绝塞、初回江南之际。人生跌宕,时世迁流,怎"堪怜"二字了得?诗语平淡,而内含大感喟。

金陵竹枝词·选一

[清]曹尔堪

曹尔堪(1617—1679),字子顾,号顾庵,浙江嘉善人。顺治九年(1652)进士,官至侍讲学士,因"奏销案"下狱削籍归。有《南溪文略》《南溪诗略》等。

高馆笙歌桦烛红①,几年飘泊各西东。
秦川公子黄金尽,种菜犹栖旧院中。

注释:

①桦烛:用桦木皮卷成的烛。程大昌《演繁露》:"古烛未知用蜡,直以薪蒸,即是烧柴取明耳,或亦剥桦皮爇之。"沈佺

期《和常州崔使君寒食夜》：“无劳秉桦烛，晴月在南端。”

点评：

秦川公子黄金之尽，或由挥霍无度，或由朝代变迁，总之已为皤然一种菜翁耳，而种菜之院，即当年灯红酒绿之馆舍！酒阑夜半，其心若何？大沧桑出以小细节，乃诗人最擅之法也。与曹氏同时之蒋超有《金陵旧院》云：“锦袖歌残翠黛尘，楼台塌尽曲池湮。荒园一种瓢儿菜，独占秦淮旧日春。”二诗略似，而蒋更胜一筹。

西湖竹枝词·选一

［清］毛奇龄

湖心亭子近三浔①，侬日思郎思不禁。
阿郎好比湖亭子，朝朝暮暮在侬心。

注释：

①浔：水边。此处用之与“寻”谐音通义，“三寻”即反复思量意。

点评：

全围绕湖心亭下笔，更将“湖亭”与“心”拆开来分写，妙难言宣。毛奇龄经史学问为世所重，所为诗词则下笔轻倩流美，无学究气，本篇可为典范。

燕都竹枝词四首·选一

[清] 沙张白

沙张白（1626—1691），字介臣，号定峰，江阴（今属江苏）人。明诸生，入清乡试不第，著书终老。有《定峰乐府》。

灵祐宫前不夜天①，家家争赛买灯钱。
愿将一夕都门火，散作荒墟万井烟。

注释：

①灵祐宫：又作"灵佑宫"，在北京前门附近。明万历间称真武庙，天启间始称"护国灵佑宫"，清康熙间一度将灯市口的灯市迁至此地。

点评：

京师灯市，极闹热之景象也，而诗人满怀悲悯情，祈愿灯市之靡费转化为农事之助力，此乃有为之作，精神直与老杜"大庇天下寒士俱欢颜"相沟通。

鸳鸯湖棹歌① · 选一

［清］朱彝尊

朱彝尊（1629—1709），字锡鬯，号竹垞，浙江秀水（今嘉兴市）人。康熙十八年（1679）举博学鸿词科，授翰林院检讨，入直南书房，后因事罢归。著有《经义考》《曝书亭集》等。

百尺红楼四面窗，石梁一道锁晴江。

自从湖有鸳鸯目，水鸟飞来定自双。

注释：

①鸳鸯湖：嘉兴南湖与西南湖的合称，两湖相连，形似鸳鸯交颈，湖中常有鸳鸯栖息，因此得名。苏轼《至秀州赠钱端公安道，并寄其弟惠山山人》："鸳鸯湖边月如水，孤舟夜傍鸳鸯起。"

点评：

康熙十三年（1674）冬，朱彝尊客居潞河通永道佥事龚佳育幕府，作《鸳鸯湖棹歌》百首以寄乡愁，于当世及后世诗坛激起巨大影响。自其表兄谭吉璁以迄，无虑数十家数千首，仅当代吴藕汀、庄一拂、沈如菘三家即有续和六百首之多，亦可谓竹枝词史一大奇观矣。

《鸳鸯湖棹歌》多自注，足可当《嘉兴风物志》读。本篇则笔致虚灵，单从"鸳鸯"着笔，益以"定自"二字，即别具风情，摇曳动人。

广州竹枝词·选一

[清] 屈大均

屈大均（1630—1696），字翁山，广东番禺人，明亡多参与反清活动，后避祸为僧，中年仍改儒服。有《翁山诗外》《翁山文外》等。

好笋是人家里竹，好藕是人家里莲。
好崽是人家女婿，鸳鸯各自一双眠。

点评：

看似拈酸好笑，其实别有一种心苦惆怅在焉。《随园诗话》尝引诗云："痴汉偏骑骏马走，巧妻常伴拙夫眠。世间多少不平事，不会作天莫作天。"同一机杼，而口角犀利过之。

秦淮杂诗·选一

［清］王士禛

王士禛（1634—1711），字贻上，号阮亭，又号渔洋山人，山东新城（今桓台）人。顺治十五年（1658）进士，官至刑部尚书。有《带经堂集》《渔洋山人精华录》等。

当年赐第有辉光，开国中山异姓王①。
莫问万春园旧事②，朱门草没大功坊③。

注释：

①"当年"二句：谓明代开国名将徐达。徐达官至太傅，封魏国公，去世后追封为中山王，位列开国"六王"之首。《明史·徐达传》："帝尝从容言：'徐兄功大，未有宁居，可赐以旧邸。'旧邸者，太祖为吴王时所居也，达固辞。"

②万春园：元大都的著名园林。纳兰性德《渌水亭杂识》："元时海子岸有万春园，进士登第恩荣宴后，会同年于此。"

③大功坊：《明史·徐达传》："一日，帝与达之邸，强饮之醉，而蒙之被，舁卧正寝。达醒，惊趋下阶，俯伏呼死罪。帝觇之，大悦，乃命有司即旧邸前治甲第，表其坊曰'大功'。"旧址位于今南京市教敷营至瞻园路一带。

点评:

王渔洋顺治十八年（1661）所作《秦淮杂诗》一组二十首享誉极隆，几可直追其名扬大江南北之《秋柳》诸作，其后渔洋登坛树帜为一代主盟，此亦重要基石也。组诗佳作极夥，如"结绮临春尽已墟，琼枝璧月怨何如。惟余一片青溪水，犹傍南朝江令居""桃叶桃根最有情，瑯琊风调旧知名。即看渡口花空发，更有何人打桨迎""新歌细字写冰纨，小部君王带笑看。千载秦淮呜咽水，不应仍恨孔都官""旧院风流数顿杨，梨园往事泪沾裳。樽前白发谈天宝，零落人间脱十娘"，谓之字字珠玑亦不是过，而世人所赏，最在"年来肠断秣陵舟，梦绕秦淮水上楼。十日雨丝风片里，浓春艳景似残秋"一首。实则若论感慨，本篇断为翘楚。徐达开国第一人，虽至谨慎，仍为朱元璋所忌，世传乘其背疽发赐蒸鹅而杀之。所谓赐第辉光，终化为朱门草没，曹雪芹氏"陋室空堂，当年笏满床，衰草枯杨，曾为歌舞场"之悲吟，何堪使翩翩富贵中人闻之！

秦淮竹枝词·选一

［清］曹伟谟

曹伟谟，生卒年不详，字次典，号南陔，浙江平湖人，康熙二十四年（1685）岁贡生，候选训导。有《南陔集》。

戏演鱼龙夜不眠①，梨园牌号阮家编②。

轻轻断送南朝事，一曲春灯燕子笺^③。

注释：

①戏演鱼龙：古代谓百戏杂耍节目为"鱼龙戏"。李商隐《宫妓》："不须看尽鱼龙戏，终遣君王怒偃师。"

②"梨园"句：谓此乃阮大铖家戏班。阮大铖（1586—1646）为著名戏剧家，集编、导、演于一身，其家庭戏班著声于时，有"金陵歌舞诸部甲天下，而怀宁（阮大铖籍贯）歌者为冠"之说。

③"一曲"句：阮大铖传世剧作最有名者为《春灯谜》《燕子笺》。

点评：

凡为奸贼者，亦大抵才调绝人，阮怀宁其尤者也。《春灯谜》《燕子笺》脍炙人口，称汤显祖后一人，而南明国运，亦随其几声讴歌而断送。小诗感喟之极，最在"轻轻"二字。与其同时之词人、浙西六家之一李符有《河满子·经阮司马故宅》云："惨澹君王去国，风流司马无家。歌扇舞衣行乐地，只余衰柳栖鸦。赢得名传乐部，春灯燕子桃花。"二者可以并读。

燕九竹枝词·选一

[清]孔尚任

孔尚任（1648—1718），字聘之，号东塘，山东曲阜人，孔子六十四代孙，康熙二十三年（1684）因讲经受康熙帝称赏，由诸生拔为国子监博士，官至户部员外郎。有《桃花扇》等。

金桥玉洞隔凡尘，藏得乞儿疥癞身。
绝粒三旬无处诉①，被人指作丘长春②。

注释：

①绝粒：断绝饮食。牛肃《马待封》："自称道者吴赐也，常绝粒。"

②丘长春：谓全真教著名道士丘处机（1148—1227），道号长春子。

点评：

燕九，即燕九节。明代刘侗、于奕正《帝京景物略》："（丘）处机……金皇统戊辰正月十九日生……今都人正月十九，致浆祠下，游冶纷沓，走马蒲博，谓之'燕九节'……相传是日，真人必来，或化冠绅，或化游仕冶女，或化乞丐。故羽士十百，结罨松下，冀幸一遇之。"孔氏此诗，即点化此情景而成，加以"无处诉"三字，即多一分悲凉之意。

金陵杂咏·选一

[清] 查慎行

查慎行（1650—1727），字悔余，号初白，浙江海宁人，康熙四十二年（1703）进士，官至翰林院编修。有《敬业堂集》。

一月花名簇锦筵，旧家手帕亦因缘。
曾陪盒子春蒸会^①，冷落飘灯四十年。

注释：

① "一月"三句：明代南京妓女于农历正月十五日上元节聚饮，以盒盛食物相赛，称"盒子会"。沈周《盒子会辞序》："南京旧院有色艺俱优者，或二十、三十姓，结为手帕姊妹。每上元节以春蒸巧具肴核相赛，名盒子会。凡得奇品为胜，输者罚酒酌胜者。中有所私，亦来挟金助会，厌厌夜饮，弥月而止。"

点评：

所谓"南京旧院"，即明末秦淮风月也，其时繁丽喧闹，至清初已冷落萧寥。四十年如一小劫，叹叹。组诗另一首云："名士年来已可嗔，骑驴腰扇怕逢人。李昭竹骨王郎画，难掩西风障扇尘。"同有人才凋零、世事沧桑之感。

上元竹枝词·选一

[清] 纳兰性德

纳兰性德（1654—1685），字容若，正黄旗人，康熙十五年（1676）进士，官至一等侍卫。有《通志堂集》。

舞散应怜化彩云，尽收红紫付东君①。
长安一片团圆月，只有秧歌彻晓闻。

注释：

①东君：司春之神。

点评：

纳兰以词名世，就中又以悼亡词最赚人热泪。本篇作年不详，从"舞散"二句及另一首"天上朱轮绣幰车，几看春色到梅花。而今却畏春寒甚，独掩重门自试茶"等来看，心绪萧飒索寞，或亦身处悼亡之中。"大都好物不坚牢，彩云易散琉璃碎"，"杜宇声声不忍闻，欲黄昏，雨打梨花深闭门"，梅花春意，团圞月色，热闹秧歌，不过增添多情公子之孤寂寥落尔！以悼亡词手眼解读此诗，应大抵不差。

西湖竹枝词·选一

[清] 陶文彬

陶文彬（1665—1749），字仲玉，号月山，浙江会稽（今属绍兴）人，诸生，以作幕入仕。官至漳州同知。有《金台集》等。

钱唐太守醉西湖，堤上花枝也姓苏。
郎是东风侬是草，将春吹绿到蘼芜①。

注释：

①蘼芜：草名，别名江蓠、芎穷苗、川芎苗，叶有香气。刘向《九叹·怨思》："苑蘼芜与兰若兮，渐藁本于洿渎。"

点评：

诗见于《随园诗话》，袁枚且誉之"清丽芊绵，情文斐亹，铁崖诸老不得专美于前矣"，然最可赏者，端在"堤上花枝也姓苏"七字。文人荣耀，至此而极，端不在徽章诰封也。

竹枝歌集唐·选一

[清] 黄之隽

黄之隽（1668—1748），字石牧，号唐堂，江苏华亭（今上海）人，康熙六十年（1721）进士，官至福建学政。有《唐堂集》，又集句为《香屑集》。

手把花枝唱竹枝，枝枝叶叶不相离。
昨夜雨凉今夜月，雨落月明俱不知。

点评：

此集唐诗而成之竹枝词也，四句分别来自薛能《春咏》、张籍《忆远》、许浑《早秋寄刘尚书》、李商隐《屏风》，然无论前二句之顶针，后二句"雨""月"之交错，恐原作亦不及此之浑成天籁也。世人多不齿集句，以为文字游戏也，殊不知集句岂易言哉！黄氏《香屑集》乃集句诗史之巨作，竹枝词婉妙者尤多，若"淡淡衫儿薄薄罗，狗儿吹笛胆娘歌。留君到晓无他意，十斛明珠酬未多""东家少年西家出，南家饮酒北家眠。争忍抛奴深院里，美人长抱在胸前""密映垂杨听洞箫，一渠春水赤栏桥。桥东桥西好杨柳，恰似十五女儿腰"，无不风情骀荡，动人心魄。

变竹枝词·选一

[清]屈复

屈复（1668—1745），字见心，号悔翁，陕西蒲城人，诸生，乾隆元年（1736）被荐博学鸿词，不赴。有《弱水集》等。

文物三百年，变为十可笑①。
叶子变江湖，江湖变马吊②。

注释：

① "文物"二句：作者自注云："前朝有十可笑云：光禄寺茶汤，太医院药方，神乐观祈禳，武库司刀枪，营缮司作场，养济院衣粮，教坊司婆娘，都察院宪纲，国子监学堂，翰林院文章。本朝又增'各部院汉堂'。"

② "叶子"二句：作者自注云："叶子之戏，相传已久，起始于明末，一变而为擦卒，再变而为打老虎，三变而为斗混江，四变而为江（游）湖。名有数种，不悉载，极变为打马吊，今缙绅笃好之。"

点评：

屈复为康乾诗坛耆宿，其论诗不以王渔洋"神韵说"、沈归愚"格调说"为然，大有掉臂独行之意。《变竹枝词自序》曰，

"唐人竹枝本绝句七言，皆咏人情风俗也。夫人情风俗随时而变，身遭其变，变不在我。嗟乎！大地寒暑，日月星辰，其变且无穷，安见七言之不可变五言哉"，即此已可见其主新求变之倾向。《变竹枝词》六十三首，皆五言为之，挥挥洒洒，直刺现实。如"打网禁城中，劫人缙绅册。夜雨江上村，不是官豪客"，自注云："都城游手，各衙胥役，下帖敛民钱曰打网，盗有援例头衔。"又如"生儿当长班，生女嫁南蛮。送郎上山去，无限活田园"，自注云，"妇女嫁外方人为妻妾，初以美丽出看，及娶易丑者，名'戳包儿'；过门信宿，盗其所有而去，名'挈秧儿'；其夫或渐贫或罢官，辄百法离异，名'烂根儿'；多病则率其姑姨姊妹轮番叠媚，不月日即死，谓之打发姊夫上山；以官为'活田园'"，读之惊心。本篇中"十可笑"与"马吊牌"典故皆极珍贵，短短二十字，亦刺世颇深。

山塘竹枝词① · 选一

[清] 沈德潜

沈德潜（1673—1769），字确士，号归愚，苏州府长洲（今江苏苏州）人。乾隆四年（1739）进士，官至礼部侍郎，谥文悫。有《沈归愚诗文全集》等。

吴娘初唱妹相思②，吴郎旧词歌竹枝。
声声相答似相怨，正是离筵欲尽时。

注释:

　　①山塘：街名，位于苏州西北部，东连阊门，西接虎丘，全长约七里，故有"七里山塘"之称，明清时繁华甲于天下。

　　②妹相思：作者自注："《妹相思》起于浔州女子，今吴中多歌此曲。"

点评:

　　自古老寿晚达，未有过于沈归愚者，其君臣遇合，亦未始非佳话，然归愚身后卷入徐述夔"一柱楼诗案"（或曰系将为乾隆代写诗收入己集），遭仆墓碑、夺官秩，颇令人叹慨。其尤令人叹慨者，归愚为叶燮门人，以"格调"之说纵横一世，而自作诗究竟褒衣大袑者多，才情动人者少，大抵于竹枝词一类小诗中方能见出"清丽不俗"（严迪昌先生《清诗史》语）之笔。本篇情韵兼长，大有徒唤奈何之意，与组诗另一首"斟酌桥边频醉月，真娘墓畔日看花。儿家花月丛中过，不知人世有桑麻"可以并传，仅次于其《画菊》"淡墨疏疏写晚香，此花开日即重阳。东郊桃李俱前辈，怜尔枝头带晓霜"之自陈身世、弦外音长也。

西湖杂诗·选一

　　　　　　　　　　　　　　［清］黄任

　　黄任（1683—1768），字莘田，号十砚老人，福建永福（今福建永泰县）人，康熙四十一年（1702）举人，官至广东四会知县。有《秋江集》等。

> 画罗纨扇总如云，细草新泥簇蝶裙。
> 孤愤何关儿女事，踏青争上岳王坟。

点评：

  袁枚对黄任推许甚力，《随园诗话》称其"诗有音节，清脆如雪竹冰丝，非人间凡响，皆由天性使然，非关学问，在唐则青莲一人，而温飞卿继之，宋有杨诚斋，元有萨天锡，明有高青邱，本朝继之者，其惟黄莘田乎。"实则黄任所以秀出侪辈，音节尚在其次，乃因其识地不凡，故能于"雪竹冰丝"般"清脆"中别寓远笛夜箫般沉郁。即以《西湖杂诗》为例，诸如"珍重游人入画图，楼台绣错与茵铺。宋家万里中原土，博得钱塘十顷湖""鱼羹宋嫂六桥无，原是樊楼旧酒垆。宣索可怜停玉食，官家和泪话东都""珠襦玉匣出昭陵，杜宇斜阳不可听。千树桃花万条柳，六桥无地种冬青"，其"万里""十顷""可怜""和泪""无地"等语，岂"清脆"二字可以了之？本篇前二句亦"清脆"矣，然而小儿女不知孤愤，喜笑颜开，踏青岳坟，非悲怆之语耶？元贡师泰《西湖竹枝词》云："葛岭西边师相宅，潭潭府第欲连云。别买画船过湖去，可曾看见岳王坟。"意在鞭笞贾似道一人，以论沉郁，尚不及此。其后袁槐生"杏花衫子藕丝裙，眉画春山鬓挽云。孤愤何关儿女事，人人争拜岳王坟"，张璿华"杏花衫子柳丝裙，队队村妆去似云。儿女那知南渡恨，踏青争拜岳王坟"，皆不能免于牙慧之讥矣。

禾中新竹枝词①·选一

[清] 鲍鉁

鲍鉁（1690—1748），字冠亭，山西应州（今山西应县）人，康熙五十四年（1715）贡生，官至嘉兴海防同知。有《道腴堂全集》等。

涧底孤松山上苗②，偶因时事听风谣。

阿侬有口如春鸟，叫倒清香楼始消③。

注释：

①禾中：浙江嘉兴之古称。三国吴黄龙三年（231）田生嘉禾，改由拳县为禾兴县。赤乌五年（242）立孙和为太子，为避讳改禾兴县为嘉兴县。

②"涧底"句：用左思《咏史》"郁郁涧底松，离离山上苗"句，而隐含后文"世胄蹑高位，英俊沉下僚"意。

③清香楼：宋代嘉兴知州邓根所建府廨中有清香楼，见《异闻总录》。朱彝尊《鸳鸯湖棹歌》之八十五："唯有清香楼上月，夜深长照子城西。"

点评：

鲍氏诗学王渔洋，而以沉沦下僚，诸多失意，亦不尽神韵摇曳如乃师。本篇即颇怨愤，"阿侬"二句思之令人惊悚，谁谓处士横议不可畏也？

杭霭竹枝词①·选一

[清] 卢见曾

卢见曾（1690—1768），字澹园，号雅雨，山东德州人。康熙六十年（1721）进士，官至两淮盐运使。有《雅雨堂诗文集》等。

锦鞯迎得女如花，骁骑儿郎莫浪夸。
騕褭一双齐纵辔②，看谁先到阿婆家。

注释：

①杭霭：即杭爱山，古名燕然山，位于蒙古国中部，长约七百公里。

②騕褭（yǎo niǎo）：古骏马名。张衡《思玄赋》："斥西施而弗御兮，鳌騕褭以服箱。"

点评：

作者自注云："亲迎将至，则夫妇争驰，以先到为采。"令人想见"射雕引弓，塞外奔驰"之英姿。

潍县竹枝词四十首·选一

[清] 郑燮

郑燮（1693—1765），字克柔，号板桥，江苏兴化人，乾隆元年（1736）进士，历官山东范县、潍县知县，后乞疾归，长居扬州卖画，为"扬州八怪"之一。有《板桥全集》。

几家活计卖青山，石块堆来锦绣斑。
薄暮回车人半醉，乱鸦声里唱歌还。

点评：

凿山石以换生计，诚艰辛事，而半醉高歌，豪兴若此。板桥笔下饶有画意之场景，令人想及梁实秋笔下的"吃相"：

我看见过两次真正痛快淋漓的吃，印象至今犹新。一次在北京的"灶温"，那是一爿道地的北京小吃馆。棉帘启处，进来了一位赶车的……辫子盘在额上，衣襟掀起塞在褡布底下，大摇大摆，手里托着菜叶裹着的生猪肉一块，提着一根马兰系着的一撮韭黄，把食物往柜台上一拍："掌柜的，烙一斤饼！再来一碗炖肉！"等一下，肉丝炒韭黄端上来了，两张家常饼一碗炖肉也端上来了。他把菜肴分为两份，一份倒在一张饼上，把饼一卷，比拳头要粗，两手扶着矗立在盘子上，张开血盆巨口，左一口，右一口，中间一口！不大的功夫，一张饼下肚，又一张也不见了，直吃得他青筋暴露、满脸大汗，挺起腰身连打两个大饱嗝。又一次，我在青岛寓所的后山坡上看见一群石匠在凿山造房，晌午歇工，有人送饭，打开笼屉，热气腾腾，里面是半尺来长的酸面蒸饺，工人蜂拥而上，每人拍拍手掌，便抓起饺子来咬，饺子里面露出绿韭菜馅。又有人挑来一桶开水，上面漂着一个瓢，一个个红光满面，围着桶舀水吃。这时候又有挑着大葱的小贩赶来兜售那像甘蔗一般粗细的大葱，登时又人手一截，像是饭后进水果一般。上面这两个景象，我久久不能忘，他们都是自食其力的人，心里坦荡荡的，饥来吃饭，取其充腹，管什么吃相！

是，惟有自食其力，坦荡其心，才有此种痛快豪迈。

西藏竹枝词·选一

[清]陈克绳

陈克绳，生卒年不详，字希范，浙江归安（今浙江省湖州市）人，乾隆二年（1737）进士，官至嘉定知府，分巡川东道。有《西域遗闻》。

千僧黄帽出王城，最是呼图兔有名①。

世界由来如露电②，何须辛苦记前生。

注释：

①作者自注："番僧高行者名呼图兔，汉语转生不昧也。有察木多者云已转十三世。"

②"世界"句：《金刚经》："一切有如法，如梦幻泡影，如露亦如电，应作如是观。"

点评：

"何须辛苦记前生"，性灵语，亦达人语，同时袁枚见之，当为拊掌。

扬州竹枝词·选一

[清] 董伟业

董伟业（1694—1767后），字耻夫，号爱江，原籍沈阳，流寓扬州。有《耻夫小稿》。

梦醒扬州一酒瓢，月明何处玉人箫。
竹枝词好凭谁识，绝世风流郑板桥。

点评：

董伟业《扬州竹枝词》九十九首享盛誉，有"董竹枝"之称，后人膜拜者不少，足称竹枝词史之巨匠。组诗以写扬州奇人异士者最为杰出，如"清宵破屋掩倾欹，冷雨酸风酒馨时。一点灯昏疑鬼哭，不堪还读老匏诗""丁大生存怕寂寥，一双聋耳赋闻箫。黄泉另是销魂地，莫认人间廿四桥""可怜穷死杨胡子，撇笛吹箫气莽苍。最爱酒酣歌首曲，老回回与醉刘唐"，皆脱尽窠臼，独树一帜，实竹枝词史上一巨匠也。其诗擅名于时，而亦不少非议。李斗《扬州画舫录》云："伟业……《竹枝词》……有古风人讥刺之意，而无和平忠厚之旨，论者少之。"郑板桥则能激赏，作序有"挟荆轲之匕首，血濡缕而皆亡；燃温峤之灵犀，怪无微而不烛。遭尤惹谤，割舌奚辞；识曲怜才，焚香恨晚。盖广陵风俗之变，愈出愈奇；而董子调侃之文，如铭如偈也"之语，盖二人胸中自有一段精光，足以惺惺相惜也。

若耶溪竹枝词·选一

[清] 全祖望

全祖望（1705—1755），字绍衣，号谢山，浙江鄞县（今浙江宁波市鄞州区）人，乾隆元年（1736）进士，入翰林院为庶吉士，旋辞官归里，主讲绍兴蕺山等书院。有《鲒埼亭集》等。

残山剩水陈老莲①，只为红裙着墨鲜。
故居青藤已半死，尚有焉支生墓前②。

注释:

①陈老莲:陈洪绶(1599—1652)号老莲,浙江诸暨人。崇祯间召入内廷供奉,明亡为僧,后还俗,以卖画为生。尤工人物画,手法简练,格调高古,享誉一时,有《宝纶堂集》。

②焉支:即胭脂花。北地匈奴有焉支山,其下有焉支花,可用于饰面化妆,故西汉《匈奴歌》有"失我焉支山,令我妇女无颜色"语。

点评:

全祖望有《明陈待诏老莲画,卷首题曰……巘谷乞予作歌》七古,于陈氏"白门待诏真兀兀,此头可断腕不屈"之情操深致仰慕之忱,并有"故都已哭钟山陵,故乡重吊青藤碣……招魂一曲万古愁,中有畸人不朽骨"之追悼语。与七古比,本篇小焉者也,然出语崛峭,能副陈氏风概。

西安杂记·选一

[清] 张映辰

张映辰(1712—1773后),[1]字星指,号藻川,钱塘(今浙江杭州)人。雍正十一年(1733)进士,官至左副都御史。有《露香书屋遗集》。

---

[1]张映辰卒年一般记为1763年,亦有记其乾隆三十八年(1773)起任杭州敷文(万松)书院山长者,俟考。

嵬蠱东陵土一丘^①，幽栖人是旧王侯。

故城城外青门路，瓜种犹传五色不^②？

注释：

①嵬蠱（wěi lěi）：山势盘曲缠绕貌。

②"幽栖"数句：《艺文类聚·果部下·瓜》："《史记》曰：邵平故秦东陵侯，秦灭后，为布衣，种瓜长安城东。种瓜有五色，甚美，故世谓之东陵瓜，又云青门瓜，青门东陵也"。不：通"否"，此处作平声。

点评：

西安十三朝古都，诗料无穷。张映辰非名诗人，《西安杂记》一作亦能佳作披纷，如"入门姓氏坐皆惊，投辖狂呼酒态增。绝似北朝韦敬远，官厨日给酒三升""百子池头百宝装，长生殿里夜销凉。钿钗不解留妃子，鹦鹉犹能呼上皇""凝碧池头诗可哀，辋川别业望归来。茶铛酒臼俱无恙，检点还余裴秀才"等。诸作中，本篇咏故侯沧桑，感喟最深，演绎亦最奇峭。

西湖小竹枝词·选一

[清] 袁枚

袁枚（1716—1798），字子才，号简斋，钱塘（今浙江杭州

市）人，乾隆四年（1739）进士，任溧水、江宁等知县，乾隆
十四年（1749）辞官隐居于南京小仓山随园。有《小仓山房文
集》《随园诗话》等。

雨余红意敛，风定黛痕长。
妾请学西湖，今朝是淡妆。

点评：

东坡一时灵感，将西湖比西子，遂成千古佳句，此却倒转
来说，则自居西子亦可知矣，可谓灵妙。组诗中另有"蚕丝难
上手，蛛丝易惹人。蛛丝吹即断，蚕丝永著身"一首，亦佳。
袁子才绝世才华，特擅绝句，而七言竹枝词平平，反在五言
"小"竹枝生色，亦难解之事也。

蛮峒竹枝词·选一

［清］余上泗

余上泗，生卒年不详，字凫山，贵州镇宁人，乾隆二十五
年（1760）举人，任黎平、黔西学正。

斗大缠头黑面肥，提枪上马疾如飞。
日斜饮罢不归去，再向山间杀一围。

点评：

余氏《蛮峒竹枝词》（"峒"亦作"洞"）多至百首，佳作甚夥，为世所重，实研究西南少数民族之可贵史料。本篇写彝族男子孔武剽悍，极富动感。组诗九十七云："饭后牛羊散满山，日光斜照翠微间。儿童团绕吹烟火，一曲蛮歌起白鹇。"亦佳。

杨柳铺作塞外竹枝词①·选一

[清] 孙士毅

孙士毅（1720—1796），字智冶，浙江仁和（今浙江杭州）人，乾隆二十六年（1761）进士，官至文渊阁大学士，谥文靖。有《百一山房集》等。

河湟西入大荒流，二月穹庐已作秋。
残月晓风一声笛，有人今夜坐碉楼。

注释：

①杨柳铺：亦作"杨柳堡""柳杨堡"，即今宁夏回族自治区盐池县柳杨堡乡。

点评：

不无凄清，而气象颇胜。孙士毅一代重臣，不以诗名，而诗品不俗。其《踏灯词》亦竹枝之属，如"鹤焰宵胜万烛奴，人间真有集灵符。一声水调银河曲，愁杀嘉州刺史无”“落灯风紧罢开樽，画角无声月一痕。苦忆临平州年事，玉梅花底几黄昏”二首，绰有唐音。

昆明竹枝词·选一

[清] 张九钺

张九钺（1721—1803），字度西，湖南湘潭人，乾隆二十七年（1762）举人，历官江西、广东诸县知县，后归里主昭潭书院。有《陶园诗文集》等。

大姑郎居大海东，小姑郎居草海东①。
草海深深系舟稳，大海风波愁杀侬。

注释：

①大海、草海：滇池以北端湖堤为界分为外海和草海，此处“大海”应即指外海。

点评：

前二句押同一韵，本为诗之大忌，竹枝词近乎民歌，取其复沓之美，则不为病。本篇借大海、草海写女儿心事，微妙回环，颇有匠心。

乌鲁木齐杂诗·游览·选一

[清] 纪昀

纪昀（1724—1805），字晓岚，号观弈道人，直隶河间府献县（今河北省沧县）人。乾隆十九年（1754）进士，官至协办大学士，谥文达，有《纪文达公遗集》等。

稗史荒唐半不经，渔樵闲话野人听。
地炉松火消长夜，且唤诙谐柳敬亭①。

注释：

①柳敬亭：柳敬亭（1587—1670），原名曹永昌，后易名敬亭，号逢春，绰号"柳麻子"，南直隶扬州府通州（今江苏南通市）人，扬州评话开山鼻祖。黄宗羲、吴伟业等为之传，张岱有《柳麻子说书》。

点评：

乾隆三十三年（1768），纪昀因向亲家卢见曾漏言夺职，遣戍乌鲁木齐，三年后始释还。纪昀一代名宦学人，诗本不见长，以得江山之助故，《乌鲁木齐杂诗》颇多可采。如"一路青帘挂柳阴，西人总爱醉乡深。谁知山郡才如斗，酒债年年二万金""割尽黄云五月初，喧阗满市拥柴车。谁知十斛新收麦，才换青蚨两贯余""老去何戡出玉门，一声楚调最销魂。低徊唱煞红绫袴，四座衣裳浇酒痕"。本篇有自注云："遣户孙七能演说诸稗官，掀髯抵掌，声音笑貌，一一点缀如生。"故以柳敬亭比况之，而"遣户""野人""地炉松火"等语，思之亦难掩辛酸也。

伊犁纪事效竹枝体·选一

[清] 庄肇奎

庄肇奎（1728—1798），字星堂，号胥园，浙江秀水（今嘉兴）人。乾隆十八年（1753）举人，授瑞安县教谕，乾隆四十五年（1780）升至云南迤南道后不久即卷入云贵总督李侍尧贪污案，流放伊犁，十年后遇赦，任惠州知府，卒于广东布政使之任。有《胥园诗钞》。

果子花开春雨凉①，垂丝斜弹嫩条长。
一枝折赠江南客，错认嫣红是海棠。

注释：

①果子花：洪亮吉《遣戍伊犁日记》云："伊犁四月中，花事极盛，土人统名为果子花，颜色颇似海棠。"

点评：

庄氏谪戍十年，一片乡愁，尽付野花。其语似欣而实悲。

竹枝词和王凤喈韵六十首①·选一

[清] 钱大昕

钱大昕（1728—1804），字晓征，号竹汀居士，太仓州嘉定县（今属上海）人，乾隆十九年（1754）进士，官至广东学政。乾隆四十年（1775）归里，历主钟山、娄东、紫阳书院讲席。有《十驾斋养新录》等。

离披雨笠与烟蓑，欸乃声声放棹过。
一自樊川曾夜泊，至今清露白云多。

注释：

①王凤喈：王鸣盛（1722—1798），字凤喈，嘉定县人，官至光禄寺卿。有《十七史商榷》等。

点评：

嘉定弹丸之邑，乃同时出王、钱两大学者，挺秀于乾嘉之际，亦异数也。同咏乡土，钱氏诗较空灵，如"牡丹头小拨轻桡，兀坐低头长日消。行遍九行十八镇，棹歌听唱雨潇潇""枫染秋林叶叶丹，斜纹衫薄惹轻寒。野田黄雀飞将宿，月上芦花白一滩""庄严佛像法堂供，五粒松枝翠影重。怪雨淙淙风瑟瑟，夜深疑化作苍龙"，皆可诵之作。本篇有自注云："杜牧《吴淞夜泊》诗：'清露白云明月天，与君齐棹木兰船。'"为三、四句所本，追念昔贤，韵味永长。

济南竹枝词·选一

[清] 王初桐

王初桐（1729—1821），字于阳，号竹所，太仓州嘉定县（今属上海）人，诸生，乾隆三十一年（1776）召试，授四库馆誊录，后多年知山东各县，官至宁海州同知，有《奁史》等。

白雪楼空生绿苔①，李风尘事最堪哀②。
蔡姬典尽罗裙后，人见西关卖饼来③。

注释：

①白雪楼：明代"后七子"领袖李攀龙（1514—1570）读书处。济南有三：一在鲍山，李氏辞官归乡后所建；一在大明湖南岸，李氏晚年构筑；另一在趵突泉畔，万历间山东右布政使叶梦熊所建，清顺治间山东布政使张缙彦重建。

②李风尘：作者自注："《尧山堂外纪》：李沧溟（攀龙）诗多风尘字样，人谓之李风尘。"

③"蔡姬"二句：作者自注："蔡姬乃沧溟侍儿之最慧者，

年七十余尚存，在西关卖饼。""王季木（象春）诗云：'荒草深埋一代文，蔡姬典尽旧罗裙'。"

点评：

济南文脉，稼轩、易安之后，李攀龙足称一代之才，其身后亦寥落之甚，谁信七旬卖饼老妪，当年竟为白雪楼中添香人耶？思之能无唏嘘！据王士禛《带经堂诗话》《香祖笔记》载：百花洲白雪楼建于小岛，无桥。若俗客来，李高卧楼上不出，不放舟引渡；若有文士到来，则"先请投其所作诗文，许可，方以小舴艋渡之，否者遥语曰：'亟归读书，不烦枉驾也。'"又：蔡姬善烹调，其葱味馒头（包子）葱香浓郁而馅中无葱，"其法先用葱，不切入馅，而留馒头一窍，候其熟，即拔去葱"，时人以能食之为荣。此二事也，亦足资谈助怀想。

王初桐《济南竹枝词》时誉颇高，时人以为可与王象春《齐音百咏》并美，其记述人文者最胜，如"田郎妙论涉风骚，蚕尾才名一代豪。近日诗人太寥落，济南空对乱山高""苏苏声价似师师，压倒勾栏老乐司。唱彻山坡羊一曲，秀春院里冶春时"，皆可传也。

渔娘词 · 选一

[清] 袁树

袁树（1730—？）字豆村，号香亭，浙江钱塘（今浙江杭州）人，乾隆二十八年（1763）进士，官至肇庆知府，有《红豆村人诗稿》。

碧水浮花过别溪，一篙清涨软篷低。
凭君莫问真名字，家住桥西便姓西。

点评：

香亭乃袁枚从弟，《随园诗话》数数称其香奁手段，以为不在王彦泓（次回）之下。以此发为竹枝，诚亦杀鸡之牛刀也。本篇刻画大方洒落之船娘极佳，其姓西不仅因家住桥西，亦隐以西施自况也，如此则又留与读者想象空间，诚是妙手。其另一首亦佳："凤鬟雾鬓可怜生，看惯秋波眼自横。却笑浣沙溪上女，替人辛苦立功名。"人或赏三四句，实则最妙处转在二句七字。

江上竹枝词·选一

[清] 姚鼐

姚鼐（1731—1815）字姬传，安徽桐城人，乾隆二十八年（1763）进士，历官礼部主事、《四库全书》纂修官，书成乞养归，主江南钟山、紫阳等书院讲席四十年。有《惜抱轩全集》等。

东风送客上江船，西风催客下江船。

天公若肯如侬愿，便作西风吹一年。

点评：

　　姚鼐桐城领袖，诗文主雅洁严正，不尚风趣。本篇则小女儿口角宛然，姚氏集中，当为别调。

蠡塘渔乃^①·选一

[清] 吴骞

　　吴骞（1733—1813），字槎客，号兔床，浙江海宁人，贡生，有《拜经楼诗集》等。

　　轧轧鸣机彻夜阑，松阴漫煮紫微寒^②。
　　问郎近值增多少，山下新添税务官^③。

注释：

　　①蠡塘：全称范蠡塘，海宁地区的六塘之一，亦成为海宁的代称。渔乃：犹言渔歌、棹歌，因桨声欸乃，故云。

　　②"松阴"句：作者自注："硖石出绸，名天水碧，亦曰松阴色……惠力寺殿中有井，亦名紫微，汲其泉煮茧为绸，有天然之碧。"

　　③"山下"句：作者自注："硖石宋时有税务，摄于巡检。"

点评：

收入多寡，端赖税务官脸色，写来温婉，而隐寓愤懑在焉。吴骞以藏书著称，所刻《拜经楼丛书》为世所重，自作诗手笔亦不俗，本组诗有云："倪桥那得十八里，总为相思尔许长。郎住桥南妾桥北，相逢都在水中央。""海上归来岁欲阑，旗亭风雪夜漫漫。销魂一阕鸣鸿度，小队红妆掩泪看。""共守山阴省过条，南村鸡黍递相招。中郎没后遗民尽，菜把园官也寂寥。"或绘风情，或记逸事，皆佳。

百戏竹枝词·拨不倒

［清］李声振

李声振，生卒年不详，号鹤皋，河北清苑（今属河北保定）人，乾隆中期进士，[1]有《百戏竹枝词》。

昂藏僵立最如真①，土木形骸长住身②。
且莫嫌渠拨不倒，世间强项究何人③。

---

[1] 李声振向被认为康熙间人，孟繁树《说百戏竹枝词》（《戏曲艺术》1984年第3期）据方志考证李氏为乾隆三十一年（1766）三甲第四十八名进士，张翠兰《〈百戏竹枝词〉洋琴史料考释》发现府、县志"选举表"中，李氏中进士时间为乾隆二十八年，而题名碑录则为乾隆三十一年。此或由疾病、丁忧等原因补殿试之故，两者应皆不误。

注释:

①昂藏:魁梧貌。瞿佑《归田诗话·雨淋鹤》:"仲举肢体昂藏,行则偏竦一肩。"

②土木形骸:形体像土木一样自然,比喻人不加修饰的本来面目。《晋书·嵇康传》:"康……美词气,有风仪,而土木形骸,不自藻饰。"此处取"土木"之本意。

③强项:东汉光武帝时洛阳令董宣有"强项令"之称,后以"强项"谓刚正不为威武所屈。《后汉书·杨震传》:"帝尝从容问奇曰:'朕何如桓帝?'对曰:'陛下之于桓帝,亦犹虞舜比德唐尧。'帝不悦曰:'卿强项,真杨震子孙。'"

点评:

李声振生平不详,名亦不著,然《百戏竹枝词》组诗则为戏曲史、民俗史、艺术史、体育史上一宗极可贵之史料,极可为学者取资。其中记被称"花档儿"之歌童云:"妙龄花档十三春,听到边关最怆神。却怪老鹳飞四座,秦楼谁是意中人。"记"角牴"云:"北脚南拳两擅名,健儿格斗敢横行。年来短打空无敌,亡命何人抱不平。"记"大头和尚"云:"色色空空两洒然,好于面具逗红莲。大千柳翠寻常见,谁证前身明月禅。"诸作单以诗论,亦绝可称佳。本篇之所以秀出者,盖在描刻世态,弦外有音也。

海上竹枝词①·选一

[清] 朱炎

朱炎，生卒年不详，字桐川，号笠亭，浙江海盐人，乾隆三十一年（1766）进士，官至直隶阜平知县。有《笠亭诗集》等。

> 巫子峰双双髻丫②，牙梳新样月初斜。
> 郎从乍浦航船到③，买得波斯抹丽花④。

注释：

①海上：此谓海盐。

②巫子峰：作者自注："海中山，有大小二峰。"

③乍浦：镇名，位于浙江省平湖市，地处杭州湾北岸，自古有"江浙门户""海口重镇"之称。

④抹丽花：即茉莉花。

点评：

以山写人，以发髻写人，以茉莉花写人，无一笔直写，而人之秀美可知，诚属妙笔。本篇作于乾隆间，有未审其年代地点，以为系写近代上海通商之场景者，误。

南广杂咏①·选一

［清］翁霆霖

翁霆霖，生卒年不详，字传宗，福建莆田人，乾隆四十三年（1778）进士，曾任南溪知县。

紫茄白菜碧瓜条，一把连都入市挑②。
瞥见珊瑚红一挂，担头新带辣花椒。

注释：

①南广：四川省宜宾市南溪区（原南溪县）的古称。南溪有"万里长江第一县"之称，初称南广，隋朝时为避隋炀帝杨广讳而改称南溪。

②一把连：作者自注："川省凡一起之类，皆曰'一把连'。"

点评：

极具画意。今相声常学老北京卖菜吆喝："香菜辣青椒诶，沟葱嫩芹菜来，扁豆茄子黄瓜、架冬瓜买大海茄、买萝卜、红萝卜、卞萝卜、嫩了芽的香椿啊、蒜来好韭菜呀——"，即诗中"一把连"之意也。

永安湖竹枝词①·选一

[清] 吴熙

吴熙，生卒年不详，字太冲，浙江海盐人，乾隆四十二年（1777）举人。有《春星草堂诗稿》。

窈窱歌楼旧姓杨，春风空锁十间房②。
画眉啼向红栏立，似说当年罢晓妆。

注释：

①永安湖：亦名澉湖、高士湖，今名南北湖，在海盐境内。

②"窈窱"二句：作者自注："《明志》：元宣慰使杨梓建楼十楹以贮歌姬，今为延真道院。"窈窱，即"窈窕"，深远、深邃貌。张衡《西京赋》："望窈窱以径庭，眇不知其所返。"

点评：

杨梓其人今不著名，然其当年加工改造之海盐腔曾大流行于元明，并对弋阳腔、昆山腔影响深远。由此而言，本篇不徒深具"衰草枯杨，曾为歌舞场"之感慨，亦兼备文化史上一段掌故也。吴熙组诗颇佳，如"湖桥折柳怨西风，无限秋山白露中。万种相思千种恨，尊前一曲小桃红"，带映张可久作《小桃红》曲故实，亦绝可分庭抗礼。

黔中竹枝词·选一

[清] 梁玉绳

梁玉绳（1745—1819），字曜北，浙江钱塘（今浙江杭州）人，增贡生。有《史记志疑》等。

怪杀天无三日晴，怪杀地无三里平。
天地无情非妾恨，恨郎隔夜便无情。

点评：

梁玉绳祖梁诗正、叔梁同书皆名宦，自己为著名史学家，而为诗无头巾气，此但取"天无三日晴，地无三里平，人无隔夜情"之俗谚点缀之，即成妙谛。

伊犁纪事诗四十二首·选一

[清] 洪亮吉

洪亮吉（1746—1809），字稚存，又字北江，江苏阳湖（今江苏武进）人。乾隆五十五年（1790）进士，官至贵州学政。有《洪北江诗文集》等。

雪深才出玉门关，三月君恩已赐环。

赢得番回道旁看^①，争传李白夜郎还^②。

注释：

①番回：泛指清代西域的回民。

②李白夜郎还：唐肃宗至德二年（757），李白入永王李璘幕府，后被牵连入狱，流放夜郎（今贵州桐梓），行至白帝城而遇赦。

点评：

嘉庆四年（1799），洪亮吉上《乞假将归留别成亲王极言时政启》，触怒嘉庆帝，下狱并定死罪，后改流放伊犁，百日后被释放回籍。《伊犁纪事诗四十二首》即作于嘉庆五年四月被赦还乡之时。直臣史不绝书，大抵结局不妙，洪氏百日放还，犹属幸者。自比李白，可想见其意气飞扬，而亦别有一分酸楚。

津门杂咏·选一

[清] 吴锡麒

吴锡麒（1746—1818），字圣征，号谷人，钱塘（今浙江杭州）人，乾隆四十年（1775）进士，官至国子监祭酒，以亲老乞养归里，主讲安定、爱山、云间等书院。有《有正味斋诗集》等。

西浦清歌罢采菱，北斜暝色又收罾①。

一星欲滴露初白，凉杀前沽捕蟹灯。

注释：

①罾（zēng）：古代一种用木棍或竹竿做支架的方形渔网。《楚辞·湘夫人》："鸟何萃兮蘋中，罾何为兮木上。"

点评：

吴谷人一代风雅主盟，诗继朱彝尊、查慎行、杭世骏、厉鹗之后，于浙派称一代宗师，洪亮吉称其诗"如青绿溪山，渐趋苍古"，系寓贬于褒之评语，梁绍壬《两般秋雨庵随笔》则明揭"偶以雕琢掩其才气"，皆是。本篇却流丽拗折兼而有之，雕琢适当，饶有画意，不得不推为其诗之上品。

乌蛮滩竹枝歌①·选一

［清］黎简

黎简（1748—1799），字简民，号二樵，广东顺德人，乾隆五十四年（1789）拔贡生。有《五百四峰草堂诗文钞》等。

山飞地转浮生死，树老风高啸鬼神。

一簇浪花三十里，醉横三百马留人②。

注释:

①乌蛮滩:在广西横州市东六十里郁江中,其地有汉伏波将军马援庙。屈大均《广东新语》卷六:"伏波神,为汉新息侯马援。侯有大功德……祀之于横州,以侯治乌蛮大滩也。"

②马留人:段成式《酉阳杂俎·境异》:"马伏波有余兵十家不返,居寿泠县,自相婚姻,有二百户,以其流寓,号'马留',衣食与华同。"今广西北部湾沿海乃至广东皆有广泛分布,总数当在百万以上。

点评:

黎二樵诗学李贺、黄庭坚,峻拔清峭,自树一格。本篇亦极具李、黄风神,读之奇崛怵目。末句黎氏自注云:"舟下滩,必以其村人为滩师。每舟艄舵二人,必以祭肉饮食之。舟之大者,恒饮至二三十人,有饮至二三日者。操舟则水中暗石,分寸可指。"

竹　枝

[清] 邵帆

邵帆(1750—?),[1]字无恙,浙江山阴(今绍兴)人,乾隆三十五年(1770)举人,历官金匮知县。有《梦余诗钞》。

---

[1] 邵帆生卒年罕见记载,唯杨靖《周作人收藏越人越地著作述论》(中国人民大学 2011 年硕士学位论文)载其生年而未言所据,俟考。

若耶湖水似西泠①，莲叶波光一片青。

郎唱吴歌侬唱越，大家花下并船听。

注释：

①若耶：即若耶溪，今名平水江，在绍兴境内，相传有七十二支流，全长百里。

点评：

本篇见于袁枚《随园诗话》。袁枚称许邵氏诗风"高淡"，本篇则烟火气浓，风情摇曳，诗人笔路固非一也。按：邵氏于当世诗名甚大，舒位《乾嘉诗坛点将录》点为马军五虎将之双枪将董平，今人则罕知矣。

都门竹枝词·选一

[清] 杨米人

杨米人（约1752—约1807），[1]名映昶，号净香居士，安徽桐城人。诸生入仕，官至权大名、河间知府。有《衍波亭诗词》。

---

[1] 杨氏生卒年见郭永芳《〈都门竹枝词〉作者杨米人考》，《文献》1989年第1期。

举子纷纷想折腰①，何时释褐使登朝②。

夜来新买乌须药，准备明朝赴大挑③。

注释：

①折腰：用陶渊明"不为五斗米折腰"典故，代指"五斗米"。

②释褐：脱去布衣而为官。扬雄《解嘲》："夫上世之士，或解缚而相，或释褐而傅。"

③大挑：清乾隆以后定制，每六年挑取三科以上会试不中之举人授官，一等以知县用，二等以教职用，名为大挑。

点评：

"大挑"也者，意在拓宽举人入仕通道，未尝非善政也，而其标准不重文章才干，只重形貌应对，亦多可笑之处。相传大挑有"同、田、贯、日、身、甲、气、由"八字诀，"同"谓长方脸，"田"谓圆方脸，"贯"谓头大而身体直长，"日"谓身体端直而高矮肥瘦适中。此四字乃佳字也；"身"谓身体不正或背驼，"甲"谓头大身小，"气"谓一肩高耸，"由"谓头小身大。此四字乃恶字也。新买乌须药，无非妆点相貌，增大概率而已。以举人之材行青楼之事，未免可怜，然谁为之也？道光间举人谈文焕有《大挑竹枝词》，其一云："补牙补鼻补双睛，缺陷弥缝应手成。只有胡须安不上，自家笔墨妙经营。"写某举人为自己绘补胡须之事，可与本篇并读，同发一笑。

杨氏《都门竹枝词》多至百首，以"市井方言"写"日下旧闻","一时人情世态，猥琐龌龊，靡所不有"（绣佛斋主人序），亦竹枝词史上一飞将也。不妨附读数首相关梨园者，"半膘无事撞街头，三五成群逐队游。天乐馆中瞧杂耍，明朝又上广和楼""两脚奔波黑汗流，敝车羸马满街头。飞沿后档骡车里，中坐梨园小部头""完得场来出大言，三篇文字要抢元。举人收在荷包里，争刷新头下梨园""滚楼一出最多情，花鼓连相又打更。谁品燕兰成小谱，耻居王后魏长生"。

古并州杂咏①·选一

[清] 周镐

周镐（1754—1823），字怀西，江苏金匮（今江苏无锡）人，乾隆四十四年（1779）举人，官至漳州知府，兼任汀漳龙巡道。有《犊山类稿》等。

虬髯一局敛棋枰②，草草蒲上薄有名③。
镇日雁门呵醉汉，无人知道魏先生。

注释：

①古并（bīng）州：并州为古九州之一。相传禹治洪水，划分域内为九州，并州为其一。汉代领太原、上党、西河、云中、定襄、雁门、朔方、五原、上郡等九郡，隋唐以后亦有并州，然其地屡有缩小。宋嘉祐四年（1059）改名太原府，并州

之名遂废。

②"虬髯"句：典出杜光庭《虬髯客传》："时（刘文静）方弈棋，揖而话心焉。文静飞书迎文皇（李世民）看棋。道士对弈，虬髯于公傍侍焉。俄而文皇到来，精彩惊人，长揖而坐。神气清朗，满座生风，顾盼炜如也。道士一见惨然，下棋子曰：'此局全输矣，于此失却局哉！救无路矣，复奚言！'罢弈而请去。"

③蒲上：指蒲州，今山西省永济县。

点评：

作者自注云："魏先生逸其名，日饮雁门市上，尝劝李密归唐，不听，果败。盖隐士也。"可见记录故老传说尔，然以虬髯客作比，即大有豪侠情与神秘感。三四句又极写其"隐"，别有一分辛酸在焉，笔法极为矫健。周镐不甚知名，《古并州杂咏》则颇见声色，如"云朔城西拾断枪，儿童花面戏登场。边州故事从头做，看煞杨家第六郎""天山五月雪沉沉，卖去金刀换酒斟。却笑酿王名字老，碧林腴改蜜林檎"，皆佳。

莫愁湖棹歌·选一

[清] 孙原湘

孙原湘（1760—1829）字子潇，江苏昭文（今江苏常熟）人，嘉庆十年（1805）进士，以翰林院庶吉士充武英殿协修，旋返里不出，先后主持玉山、毓文等书院讲席，有《天真阁集》。

阿阁三层丹碧新①，中山遗像莫愁真②。
门前一片烟波水，半属英雄半美人。

注释：

①阿阁：四面都有檐溜的楼阁。《古诗十九首·西北有高楼》："交疏结绮窗，阿阁三重阶。"

②中山：谓明代开国功臣徐达，去世后追封为中山王。

点评：

美人，一娇弱女子也，而常与英雄、江山并提同论，造物之心亦奥妙无穷矣。赵翼《西湖杂诗》云："一抔总为断肠留，芳草年年碧似油。苏小坟连岳王墓，英雄儿女各千秋。"孙诗或受其影响，而更进一尘，大有自家面目。吴嵩梁《莫愁湖棹歌》"朱门画戟拥笙歌，半句残棋奈汝何。留得佳名艳湖水，英雄不及女儿多"，与孙诗同一作意。至晚清王再咸《成都竹枝词》云："昭烈祠前栋宇新，校书坟畔碧桃春。江山莫谓全无主，半属英雄半美人。"方于彬《江楼竹枝词》云："瓣香虔拜方公像，染纸争传薛女风。千古江山谁管领，半归儿女半英雄。"古所谓"偷句""偷意"，今所谓"洗稿"也。

按：杨圻《滨行阿美再索画梅，为题四绝》其二云："戎马经年衣满尘，强欢暂醉暗伤神。平生热泪黄金价，只赠英雄与美人。"以英雄美人主题而论,转胜诸家。

骊山杂咏·选一

[清] 张问陶

张问陶(1764—1814),字仲冶,四川遂宁人,乾隆五十五年(1790)进士,官至山东莱州知府。有《船山诗草》。

阿房烧后未央空,何处连昌访故宫①。
只此青山真好事,兴亡看尽古秦中。

注释:

①连昌宫:又名兰昌宫、玉阳宫,唐代皇家最大行宫之一,故址在今河南省宜阳县。元稹有《连昌宫词》。

点评:

张问陶天才横溢,有清代蜀中诗人之冠美誉。本篇亦"青山依旧在,几度夕阳红"之意,牵连入秦、汉、唐数代兴亡,益觉切实。

黔苗竹枝词·牂柯蛮①

[清] 舒位

舒位（1765—1816）字立人，号铁云，顺天大兴（今属北京）人，乾隆五十三年（1788）举人，有《瓶水斋诗集》等。

且兰江上战船闲②，南去庄豪竟未还③。
留得瓢笙作歌舞④，一条冷水万荒山。

注释：

①牂（zāng）柯：郡名。汉武帝元鼎六年（前111）开西南夷而置，治故且兰县（今贵州福泉）。南齐改为南牂柯郡，隋大业中复置牂柯郡。

②且兰：见注释①。

③庄豪：一般作"庄蹻（qiāo）"，战国时期楚国将军，楚顷襄王在位时率楚军夺取巴郡和黔中郡以西地区，占领滇地，以楚国被秦攻灭，无法北归，遂于滇地建国称王，是有史料记载的中国内地第一个开发云南边疆的历史人物。

④瓢笙：西南少数民族的一种簧管乐器，笙斗以瓠瓢做成。《新唐书·南诏传》："吹瓢笙，笙四管，酒至客前，以笙推盏劝釂。"《宋史·蛮夷传四·西南诸夷》："上因令作本国歌舞，一人吹瓢笙如蚊蚋声。"

点评：

嘉庆二年（1797）春，舒位随河间太守王朝梧赴黔西观察任，秋日动身还乡，虽逗留时间不长，却有《黔苗竹枝词》五十二首，才敏可惊。他在《乾嘉诗坛点将录》自点为没羽箭张清，取"日不移影，连打梁山十五员大将"意，甚是贴切。本篇点化庄蹻史事，至末句乃借奇峭之景生幽古之情，极见诗人本色。

西湖棹歌·选一

［清］陈希濂

陈希濂，生卒年不详，字秉衡，号潊水，浙江钱塘（今浙江杭州）人，嘉庆三年（1798）举人，年五十余调选县令。

铅筒埋没北山春^①，旋看阶囚长脚秦^②。
却讶英雄托儿女，当年诡号贾宜人^③。

注释：

①"铅筒"句：作者自注："《朝野遗记》：岳飞之毙于狱也，狱卒隗顺负其尸，葬于北山之滣。及其死也，谓其子曰：'异时朝廷求而不获，必悬官赏，汝告官曰，棺上一铅筒，有棘寺勒字，吾埋殡之符也。'后果购其瘗不得，以一班职为赏。其子始上告官，悉如所言。"

②"旋看"句：刘一清《钱塘遗事》："桧死……方士……见桧与万俟（高）俱荷铁枷，备受诸苦。"长脚秦：秦桧绰号。罗大经《鹤林玉露》："秦桧少游太学，博记工文，善干鄙事，同舍号为'秦长脚'。"

③"当年"句：作者自注："《南宋相眼》云：诏临安府访求岳将军尸，其坟在钱塘门外，当时私号贾宜人坟。"宜人，古代官员母亲、妻子之封号。宋代文官自朝奉大夫以上至朝议大夫，其母、妻封宜人；武官官阶相当者同。

点评：

一段淹没风尘中之野史，虽不可必也，然而民心所向，思之亦颇惊魂。历史，一大戏台也，旧时有戏台对联云："休羡他快意登场，也须夙世根基，才博得屠狗封侯，烂羊作尉；姑借尔寓言醒世，一任当前煊赫，总不过草头富贵，花面逢迎。""台上莫漫夸，纵做到厚爵高官，得意无非俄顷事；眼前何足算，且看他抛盔卸甲，下场还是普通人"，不足炙热者警醒耶？

陈希濂似仅传世《西湖棹歌》一集百首，然佳作不少，如"德寿宫桥玉作栏，燕姬郑女强追欢。君王不解龙池月，五国城中一样看"，于本篇气味相近。"玲珑珠串启歌喉，急管繁弦听未休。一曲酸斋风调绝，更无人唱小凉州""马塍西去墓田多，蔓草荒烟几度过。石帚翁魂呼不起，箫声凄绝小红歌"，分写贯云石、姜夔，亦非凡品。

黔南花木杂咏·刺梨花

[清] 吴嵩梁

吴嵩梁（1766—1834）字子山，号兰雪，江西东乡（今江西抚州市东乡区）人。嘉庆五年（1800）举人，官至黔西知州，降为长寨厅（今长顺县）同知。有《香苏山馆全集》。

嫩朵繁枝剧可怜，乱石深处马蹄前。
水西已悔寻春晚，孤负青旗卖酒天。

点评：

吴嵩梁与黄景仁并称为"一时之二杰"。日本商人重金购买其诗扇，朝鲜吏曹判书金鲁敬得其所著诗，以梅花一龛供奉之，称为"诗佛"。本篇当为其晚年任职贵州所作，虽位不称才，远历边荒，而一种偶悦，仍令人心折。

潍县竹枝词·选一

[清] 郭麐

郭麐（1767—1831）字祥伯，号频伽，江苏吴江（今苏州市吴江区）人，贡生。有《灵芬馆诗集》等。

渔翁七十眼麻搽①，鑱鰒登州休更夸②。

剩与雪天人半屋，梨花枪好说杨家。

注释：

①麻搽：亦作"麻茶"，模糊、迷蒙貌。李涉《题宇文秀才樱桃》："今日颠狂任君笑，趁愁得醉眼麻茶。"

②鑱（chán）：掘土器具，此处用作动词。杜甫《寓同谷县歌》："长鑱长鑱白木柄，我生托子以为命。"鰒：即鲍鱼，其壳称"石决明"，有明目之效。此句盖与上句"眼麻搽"相呼应也。

点评：

作者自注云："别画湖东有地，俗传为李全妻杨妙真演梨花枪处。"此杨妙真梨花枪或即民间"杨家枪"之由来。寒天雪屋，古稀渔翁讲说梨花枪，大有"武侠"氛围，令人联想及《射雕英雄传》杨铁心、郭啸天邂逅丘处机一场大戏。

太原杂咏·选一

[清] 崔旭

崔旭（1767—1847），字晓林，号念堂，直隶天津府庆云县（今山东庆云县）人。嘉庆五年（1800）举人，官至山西蒲县知县，后引退归里。有《念堂诗草》等。

纵无人在亦销魂，好句曾传李啸村①。

深巷一条春寂寂，卖花声过不开门②。

注释：

①"纵无"二句：李葂（1691—1755）字啸村，"扬州八怪"之一，其《青溪》诗云："粉墙经扫落花尘，一带楼台树影昏。雨细风斜帘未卷，纵无人在亦销魂。"袁枚《随园诗话》以为"此是啸村最佳诗"。

②"深巷"二句：作者自注云："小家妇女亦闭门不出，此俗之最美者。"

点评：

闭门不出，今已不以为美矣，然诗境颇美。以李啸村诗先点染"销魂"二字，此逆挽之法。

蜀中新年竹枝词·选一

[清]刘沅

刘沅（1768—1855），字止唐，四川双流（今属成都）人，乾隆五十七年（1792）举人，选授知县、国子监典簿，皆不赴。有《槐轩全集》。

怕说明朝是祷牙①，新愁旧欠总交加。

老妻学得空空法，未定天涯与水涯。

注释：

①祷牙：作者自注："市人每月初二、十六日劳其徒饮食，至十二月十六日止，名为'祷牙'，此后诸债皆急索。"

点评：

刘沅嘉庆十八年（1813）于成都淳化街建宅，名为"槐轩"，讲学数十年，世称"刘门"或"刘门教"，即著名之"槐轩学派"，刘氏亦被尊为"川西夫子""塾师之雄"。其学通究儒释道三门，影响甚巨，诗则少见称引。本组诗三十一首，见于《娱闲录 四川公报增刊》1915 年第 12 期，本篇或为其中最风趣者。索债期近，愁来难当，老妻则有妙手空空之躲债妙方，可喜亦复可怜也。其另一首"整顿冠裳色色新，年糕年酒馈亲邻。贫家也有娇儿女，乞得花枝当宝珍"，仁心蔼然，亦佳。

京都竹枝词百有八首·时尚·选一

[清] 得硕亭

得硕亭，清代乾嘉时旗人，生平不详。

做阔全凭鸦片烟^①，何妨作鬼且神仙。

闲谈不说红楼梦，读尽诗书也枉然。

注释：

①做阔：摆阔气。作者自注："京师名学大器派者曰做阔。"

点评：

《京都竹枝词百有八首》，又名《草珠一串》，前有总起，后有总结，中间主体部分按内容题材分为十类：文武各官、兵丁、商贾、妇女、风俗、时尚、饮食、市井、名胜、游览，有嘉庆二十二年（1817）刊本，故知作者乃乾嘉时人。其诗自谦皆"途歌巷语""蛙鼓蚤笙"，而纪实述情，不啻为乾嘉之际京师风俗图也。本篇后二句最脍炙人口，讲红学者几无不引用，即此亦可觇其史料价值矣。

塞外杂咏·选一

［清］林则徐

林则徐（1785—1850），字元抚，又字少穆，福建侯官（今属福建福州市）人，嘉庆十六年（1811）进士，官至云贵总督。有《云左山房诗钞》等。

雄关城堞倚云开，驻马边墙首重回。

风雨满城人出塞，黄花真笑逐臣来。

点评：

道光二十一年（1841）秋，林则徐得旨，"从重发往新疆伊犁，效力赎罪"，与妻西安告别时，遂有"苟利国家生死以，岂因祸福避趋之"之激切名句。本篇即"苟利"一联之情景化演绎，正大苍凉，令人肃然。此组诗十首，如"稗海环成大九州，平生欲策六鳌游。短衣携得西凉笛，吹彻龙沙万里秋""天山万笏耸琼瑶，导我西行伴寂寥。我与山灵相对笑，满天晴雪共难消"，坚贞心志，历历可见。

海陵竹枝词·选一

[清] 康发祥

康发祥（1788—1865），字伯山，满族，江苏泰州人，贡生。有《伯山诗钞》等。

余园清响尽荒寒，五籍楼倾亦渺漫^①。
为访柳家麻子宅^②，北风吹过打鱼湾^③。

注释：

①"余园"二句：余园、清响园、五籍楼分别为缪沅（1672—1730）、俞铎（1627—？）、陈志襄（明末清初人，生卒

年不详）宅第。作者自注："俞天木铎太史有清响园，缪湘芷沅司寇有余园，今皆荒芜。五籍楼，为陈陶思志襄太学所筑。所谓五籍者，盖东三官殿道院，西岳墩，南城堞，北光孝寺，中市河也。楼倾，今荡然矣。邑人柳敬亭，本姓曹，因亡命出走休息于柳下，改姓柳，江湖说书，逸异流俗。明季、国初通侯大帅皆优礼之，名人传记、诗歌无不称道，余亦有七古长篇以代传赞。其故宅在南门外打鱼湾，人恒访之。"

②柳家麻子：即一代评书大师柳敬亭（1587—1670），张岱有《柳麻子说书》。

③打鱼湾：地在泰州南门外，柳敬亭故宅在此。

点评：

海陵，泰州之古称也。短短四句，二百年泰州人文脉络大半凸显。缪、俞、陈几位，或为诗人，或为学人，今皆荒寒渺漫矣，柳麻子一说书人，后人乃牵挂不已，此"倒挂"现象真耐人寻思。

另：与康发祥同时之赵瑜所作《海陵竹枝词》亦佳，如"杨花萝卜卖筐中，闷住春心不放空。到手莫夸包劈好，试看颜色女儿红"。自注云："萝卜出泰州南乡一带，四时不绝，色有红白紫三样，卖者大呼'杨花萝卜'，取其脆也……女儿红，取其红而娇也。"田间野物，偏写得姿媚横生，亦是妙笔。清初兴化人陆震有《望江南》咏此杨花萝卜："生虽贱，人号女儿红。桃靥初酣春昼睡，杏腮刚晕酒时容。还恐不如侬。"同样爱惜发自肺腑。

红楼梦竹枝词·选一

[清] 卢先骆

卢先骆，生卒年不详，字半溪，安徽合肥人，道光十二年（1832）进士，官至广东龙川令。有《循兰馆诗存》。

拨断冰弦泪欲倾，无人得见此时情。
生憎窗外千竿竹，不是风声即雨声。

点评：

卢氏《红楼梦竹枝词》多达百首，极为独特，论者曰："以小说名为题，以百首体量专咏一部小说，卢先骆是开创者，《红楼梦竹枝词》拓展了清代竹枝词的题材，同时融通了小说与诗歌两种文体，沟通了民间文学与士人文学，是竹枝词发展史，甚至是清代文学史上值得注意的现象。"[1] 诚然。以诗而论，多不见佳，本篇摹写黛玉心事处境，尚有可采。

---

[1] 吴军、刘嘉伟《卢先骆〈红楼梦竹枝词〉刍议》，《曹雪芹研究》2022年第1期。

金陵百咏·扫叶楼①

［清］邵濂

邵濂（1793—?），字蠹仙，号金陵诗疯子、山水馋客等，南京江宁人。有《蠹仙杂著》。

扫叶人何在，依然叶满楼。
不如齐放下，高卧一楼秋。

注释：

①扫叶楼：作者自注："在清凉山。国初有僧名扫叶者，筑楼修行，诸名士与之往来，因之得名。"

点评：

俊快而富禅意，非五绝不能有此境界。

真州竹枝词·吟余①·选一

［清］厉秀芳

厉秀芳（1793—1866），字实夫，号惕斋，江苏仪征人。道光二年（1821）举人，官山东武城知县。有《梦谈随录》。

读到篇终也自伤，故园风景太凄凉。

我犹得入华胥梦②，此后无人梦一场。

注释：

①真州：今江苏省仪征市的古称。

②华胥梦：指梦境、仙境。《列子》："（黄帝）昼寝而梦，游于华胥氏之国。"

点评：

《真州竹枝词》乃厉惕斋咸丰七年（1857）避太平天国之乱、寓居东台时所作，共四百一十二首。其《自跋》云："残年离乱，客邸无聊，不得已以廿八字消遣旅愁，此《竹枝词》所由作也。日闻时事，意有难平，辄吟小诗，以移我情，不觉抑塞之气涣然释矣。"组诗诸多篇章确实呈现出"难平"之"意"、"抑塞之气"，如《熨寒衣》云"老怀尚有难平处"，《花房》云"试看雪虐风饕处，多少幽芳没一廛"，皆大有寓意。本篇为组诗最后一组"吟余"之最后一首，沧桑感最为浓郁。自己以四百余首篇幅书写故乡风景，不过是追怀太平景象而已，问题是自己还看过太平景象，后人将情何以堪？此真沉痛之语也！

汴宋竹枝词·选一

[清] 李于潢

李于潢（1795—1835），[1] 字子沉，号李村，河南宝丰人，拔贡生。有《方雅堂诗集》。

太师桥畔柳花多①，旖旎垂杨覆绿波。
知是檐头香印过，暖风吹送数声锣②。

注释：

①"太师"句：作者自注："《齐东野语》：刘子翚《汴京纪事诗》一联极佳，诗云：'秋雨梧桐皇子宅，春风杨柳相公桥。'按：《屏山集·汴京纪事诗》：'夜月池塘王傅宅，春风杨柳太师桥。'"此"太师"谓蔡京，事见前刘子翚《汴京纪事》注释②。

②"知是"二句：作者自注："《青箱杂记》：太祖庙讳'匡胤'，语讹近'香印'，故今世卖香印者，不敢斥呼，鸣锣而已。仁宗庙讳'贞'，语讹近'蒸'，今内庭上下皆呼蒸饼为炊饼，亦此类。"香印，给香料造型和印字的模具，多用香印把香做成字形。亦指用香印造型的香，称印香或篆香，初用于寺院里诵

---

[1] 李氏生卒年见蒋湘南《李李村墓志铭》，其中有"余同岁生宝丰李君"语，蒋氏生于1795年，可知其生年。又云"乙未将赴省试，不能具行，李走谋于戚某家，饮醉遂死"，可知其卒年。

经，亦用来计时。

点评：

李于潢系《歧路灯》作者李绿园之孙，诗才为刘大观、蒋湘南等所推许，《汴宋竹枝词》乃其"采摭（《东京梦华录》）篇中轶事，辅以宋人及后贤说部"（《汴宋竹枝词》自序）连缀而成，颇见工力。如"小店盘飧侑客觞，无边风月醉河阳。姜虾酒蟹西京笋，未抵缸中辣菜香""丹青妙手近来无，相国僧伽不似初。依样风流携梵嫂，烧朱禅院吃烧猪""内家结束发垂肩，遍体香生只自怜。窄窄花靴错到底，秘方私试瘦金莲"，各有其妙。本篇写朝廷种种可笑忌讳及君昏臣暗情形，讽刺意全以景致出之，尤胜诸作。

汉口竹枝词·后湖·选一

[清] 叶调元

叶调元（约1799—？），字鼎三，浙江余姚人，诸生。

沿湖茶肆夹花庄，终岁笙歌拟教坊。
金凤阿香都妙绝，就中第一简姑娘。

点评：

叶氏生平事迹不详，略知其幼年中年两度寓居汉口，遂有

《汉口竹枝词》二百九十四首之巨著，内分为市廛五十一首、时令五十四首、后湖十七首、闺阁二十七首、杂记一百一十首，灾异三十五首，诗虽不甚佳，社会史价值则颇大。孙星寿《金缕曲·题叶调元汉口竹枝词》赞其"尘梦南柯蚁。赖先生，发聋振聩，呼之使起……游戏文章当棒喝，沥金壶，洒遍杨枝水。千百载，作诗史"，虽嫌夸张，亦道其实。

本篇自注云："有名歌妓不一而足，其最出色者尽为予友及同乡娶去，不敢形之笔墨。然皆小曲有余，乱弹不足，声雌气陷，固巾帼之常也。简姑，陈姓，修眉广额，姿格清疏，小曲韵叶筝琶，声迟以媚，乱弹神完气足，有金石音，无脂粉气，可谓歌院魁杰也。"其"杂记"一首又云："梨园子弟众交称，祥发联升与福兴。比似三分吴蜀魏，一般臣子各般能。"自注云："汉口向有十余班，今止三部，其著名者，末如张长、詹志达、袁宏泰，净如卢敢生，生如范三元、李大达、吴长福（即巴巴），外如罗天喜、刘光华，小如叶濮阳、汪天林，夫如吴庆梅，杂如杨华立、何士容。"此二者可觇其大略矣。

竹枝歌·选一

[清] 沈谨学

沈谨学（1800—1847），字诗华，号沈四山人，苏州甫里（今江苏苏州吴中区甪直镇）人。有《沈四山人诗录》。

春夜迢迢最可怜，竹篱笆压柳如烟。

东家织布西家睡，月子弯弯弯上天。

点评：

竹枝词以写农村生活为大宗，沈四山人一生躬耕陇亩，清贫未仕，乃少见之纯粹农民诗人，故其笔下农村景象，非"他者"视角，而是有"我"在焉，故而尤其可珍。三百首中，不可无此一品。附及：严迪昌先生平生首发之学术论文即《清代江苏诗人沈谨学》（《江海学刊》1962 年第 11 期），选一沈诗，亦微寓纪念怀想之意。

扇子湖竹枝词①·选一

[清] 汤鹏

汤鹏（1801—1844），字海秋，湖南益阳人，道光二年（1822）进士，官至山东道监察御史。有《海秋诗文集》。

五年前事最缠绵，湖上曾经住五年。

多谢湖云与湖月，为侬窈窕为侬圆。

注释：

①扇子湖：亦称扇子河、扇面湖，建于乾隆二十八年（1763），是圆明园大宫门外的前湖。因圆明园御道由湖中穿过，

湖形似扇子而得名。

点评:

汤鹏诗文"震烁奇特",与龚自珍、魏源、张际亮并称"京中四子"。龚自珍有《书汤海秋诗集后》之名篇,大张"人外无诗,诗外无人,其面目也完"之"完"字诀。何所谓"完"?龚氏曰:"海秋心迹尽在是,所欲言者在是,所不欲言而卒不能不言在是,所不欲言而竟不言、于所不言求其言亦在是。要不肯捃扯他人之言以为己言,任取一篇,无论识与不识,曰:此汤益阳之诗。"可见倾倒备至。《扇子湖竹枝词》十六首,亦略可窥见海秋"完"之心迹。

本篇以"多谢"二字最为动人,缠绵事往,只余孤凉,而毫无怨怼言语,真温柔敦厚之极致。现代女词人茅于美《生查子》云:"妾有夜光珠,采掬经沧海。悱恻以贻君,奇处凭君解。　近偶失君欢,断弃平生爱。不敢怨华年,但惜珠难再。"可与之称"双璧"也。

红桥舫歌·选一

[清] 姚燮

姚燮(1805—1864),字梅伯,号复庄,浙江镇海(今浙江宁波市镇海区)人,道光十四年(1834)举人,以著作教授终身。有《大梅山馆集》。

妾居白果树巷里，郎住绿杨城郭中。

好似菊家桥畔菊，一枝西岸一枝东。

点评：

"红桥舫歌"，即"扬州竹枝词"之别名。本篇作者自注云："巷在小秦淮，绿杨城郭、菊家桥俱在镇淮门。""白果树巷""绿杨城郭"，天然巧对，"菊家桥畔菊"，巧上加巧矣，而愈饶情韵。组诗另一首云："八十老人邗上来，平山堂北看红梅。游人争乞诙谐句，知是钱塘袁子才。"记袁枚晚年故实，亦极可珍。检郑幸《袁枚年谱新编》，乾隆六十年（1795）二月中旬，袁枚在扬州与王文治、谢振定、张培等作邗江雅集之会，此年袁恰八十也。

闱中竹枝词·锁钥

[清] 李文瀚

李文瀚（1805—1856），字云生，号莲舫，道光八年（1828）举人，官至夔州知府。有《味尘轩诗集》。

不分碧玉与青铜，启闭权操掌握中。

直使人如舍了鸟①，低头不敢怨樊笼。

注释:

①了鸟:金属制门搭钩,也作"门吊儿"。李商隐《病中闻河东公乐营置酒,口占寄上》:"锁门金了鸟,展障玉鸦叉。"

点评:

李文瀚《闱中竹枝词》计二十四首,写科举考场人物诸色,如龙门、号舍、封条、红黑旗、巡绰官、搜检卒、水夫、刻字匠、吹鼓手等,可谓独此一家,极富特色。本篇咏考场锁钥,自"了鸟"之"鸟"而联想及樊笼之鸟,活画出考生战战兢兢、敢怒不敢言之状,"启闭"一句复颇饶弦外之音。

枯杨词·选一

[清]佚名

昔日芳荣得遇春①,朱门依傍惯因人。
如今老去当摇落②,犹诩秋风百战身。

注释:

①"昔日"句:此处乃双关语,暗指杨芳发迹因名将杨遇春赏识提拔之故。《清史稿·杨芳传》:"杨芳……少有干略,读书通大义。应试不售,入伍,充书识。杨遇春一见奇之,荐补把总。从征苗疆,战辄摧锋。"

②摇落:凋残,零落。《楚辞·九辩》:"悲哉秋之为气也!

萧瑟兮草木摇落而变衰。"

点评：

据梁松年《英夷入粤纪略》，1841 年，道光帝任命奕山为靖逆将军，湖南提督、果勇侯杨芳（1770—1846）为参赞，前往广东指挥对英作战。杨芳本为名将之冠，朝野期望甚殷，然而作战不利，畏敌主和，时人遂有《枯杨词》十八首讽刺之。[1]此"时人"未知何许人也，然而既以"枯杨"比拟年逾古稀之杨芳，诗又皆用杨柳典故死扣杨姓，其腹笥诗才，皆非庸手可及，亦足见舆论之可畏也。

本篇先以"遇春"双关杨芳际遇，指其攀附依傍，已极巧矣，后半以杨柳逢秋比拟杨芳已"过气"而犹以百战自诩，可谓巧上加巧，辣手之甚。组诗中"质原蒲柳本寻常，嘘植何缘到上方。一自阿幺曾赐姓，顿令非种乱青杨""费尽灵和殿上栽，柔条不称栋梁材。要知大树将军号，都历盘根错节来""春到蛮烟瘴雨天，终朝三起复三眠。笑他自负凌云志，偏遇黄杨厄闰年"诸首，亦同一辛辣。

杨芳劳苦功高，名将之誉并非幸致，晚年对英一战，平生美誉尽隳，此亦农耕文明碰撞工业文明之必然结果也，杨氏不能过任其责。战后杨芳颇得宽假，以原官致仕，去世后又得美谥，亦"福将"也。

---

[1]《中华竹枝词全编》存十四首，第六卷第 256 页。

壬寅京口夷乱竹枝词①·选一

[清] 佚名

牛鉴固山个个强②，腰驼背曲鬓如霜。
长枪权当过头杖，扶住将军逃下乡。

注释：

①壬寅：道光二十二年，公元 1842 年。京口：江苏省镇江市的古称。夷乱：1842 年 7 月中旬，英军舰队进犯镇江。清军副都统海龄率军一千六百人驻守城内，参赞大臣齐慎与湖北提督刘允孝率军两千七百人扼守城外。在齐、刘军接战即溃逃的情况下，海龄指挥守军与英军展开激烈巷战，对英军造成一定杀伤，海龄及守城将士全部殉难。[1]

②牛鉴：1785—1858，字镜堂，凉州府（今甘肃武威）人，嘉庆十九年（1814）进士，时任西江总督，代表清政府签订《南京条约》。固山：八旗制度，每三百人为一牛录，五牛录为一甲喇，五甲喇为一固山。此泛指清军军官。

---

[1] 按：海龄壮烈殉难，然此前乱杀镇江百姓，颇遭憎恨。本组诗有云："杀人都统已出名，处处惊闻共不平。枉食皇家多少禄，忍心如此害生灵。"罗琠《壬寅夏纪事竹枝词》亦云："都统封侯位爵尊，不思报国负君恩。"可见舆论风向。又有传其未曾殉难者，佚名《镇城竹枝词》云："都统何尝尽难臣，传闻已做出家人。儿郎漫领棺材验，冒认他尸作父亲。"

点评：

镇江之役极为惨烈，而城外守军一触即溃亦极为时人后世所严谴。本组诗作者不详，以五十四首规模而言，当为亲历此役者。本篇写守军溃逃之状颇令人感慨，八旗军将，当年固一世之雄也，而今糜烂衰朽至此，其谁之过欤？抱残守缺，固步自封，当道者不能不任其责。

龙江竹枝词①·选一

[清] 童谦孟

童谦孟，生卒年不详，字鼎桥，浙江慈溪人，诸生。有《亦耕轩遗稿》。

贱躯肥重面生麻，略有风骚莫谩夸。
唱到竹枝声断续，三层楼上听琵琶②。

注释：

①龙江：组诗"阿侬生小住龙江"后自注："童氏三河港名龙江。"其地应在慈溪。

②"三层"句：作者自注："近三堂有三层楼，乃余训徒之处。主人九松居士，善弹琵琶。"

点评：

竹枝词写及自家者，罕见矣，写及自家肥重而麻，尤罕见。虽肥重而麻，又以"略有风骚"自得自傲，深得性灵妙处。张岱写柳敬亭径呼"柳麻子"，即是此意。

咄咄吟·选一

[清]贝青乔

贝青乔（1810—1863），字子木，号无咎，吴县（今江苏苏州）人，诸生，毕生游幕。有《半行庵诗存稿》等。

瘾到材官定若僧^①，当前一任泰山崩。
铅丸如雨烟如墨，尸卧穹庐吸一灯^②。

注释：

①材官：武卒或供差遣的低级武职。《史记·张丞相列传》："申屠丞相嘉者，梁人，以材官蹶张从高帝击项籍，迁为队率。"

②尸卧：仰卧。孙思邈《千金要方》："孔子不尸卧，故曰：睡不厌踧，觉不厌舒。"

点评：

《咄咄吟》一百二十首七绝组诗，作于贝氏道光二十一年（1841）参奕经浙东军幕、参加抗英斗争之际，历来少有人视其为竹枝词之属，然而贝氏既将其自视为"军中纪事诗"，[1]具鲜明的外指性特征，我们即不妨易其名为"军中怪事竹枝词"，列入本书，当无大差误。

王韬称《咄咄吟》"跌宕有奇气，忠义激发，溢于言表"（《瀛壖杂志》），甚是。本篇写大敌当前，而前营总理张应云"方烟瘾至，不能视事"，直至退兵，"应云犹卧吸鸦片烟，半时许始踉跄升舆走"（《咄咄吟》本篇后注），荒急如此，焉能不败！诗貌似只陈其事，实则愤不可遏，如强弓硬箭，入石三分，足为组诗之翘楚。另如"满城兵燹泪痕多，风雨姚江放艇过。他日不堪重记忆，一村牛与一村婆""天魔群舞骇心魂，儿戏从来笑棘门。漫说狄家铜面具，良宵飞骑夺昆仑"，亦仅在本篇之亚。

《咄咄吟》横空出世，时人皆目之为"诗史"。如鹃红词客称其"诗史一编传杜甫"，无际盦主称其"杜甫苍凉咏八哀"，莲花庵居士感慨"诗史即今功罪定，羽书当日见闻讹"。钱仲联先生以为此组诗可与龚自珍《己亥杂诗》并称，严迪昌先生《清诗史》更称其"已非一般的未脱风雅习气的诗集，从一定程度上说，贝青乔的诗获具有战斗的投枪和匕首作用，较之不痛不痒的程式化的诗文字来，光辉得多"，诚哉斯言！

贝氏另有《军中杂诔诗》七绝十八首，亦竹枝词之属。"唱彻临江节士歌，歌声流愤满关河。如何为国捐躯者，只是聋丞醉尉多"，最是沉慨悲凉。至于其"正宗"的《蛮营竹枝词》亦

[1] 贝青乔有《自编军中纪事诗二卷为〈咄咄吟〉，朋旧多题赠之作，赋此为答》诗。

多佳作，视《呦呦吟》《军中杂诔诗》则下一尘矣。

龙江纪事·选一

［清］张光藻

　　张光藻（1815—1891），字翰泉，直隶广德州（今安徽广
德）人。咸丰六年（1856）进士，同治九年（1870）任天津知
府。因"天津教案"遭遣黑龙江，两年后获释归里，在戍所作
诗三百余，辑为《北戍草》与《龙江纪事》。

　　　　事无可奈始为僧，忏悔前非恐未能。
　　　　谁是达摩真弟子，一龛长守佛前灯。

点评：

　　东北寒苦，故为清代流人聚居地，余秋雨《流放者的土地》
一文影响最广，李兴盛《东北流人史》一书言之最详。本篇作
者自注云："流人罪犯不赦，多有披剃为僧者，类皆利其斋供，
非真有忏悔心也"，似可补缀一角。

朝坂竹枝词① · 选一

［清］杨树椿

杨树椿（1819—1874），字仁甫，号损斋，陕西同州（今陕西大荔县）人。晚年创建友仁学院，同治时赐国子监学正衔。有《损斋文钞》等。

铁镰山下五泉流②，人说太平侬要愁。
十二年来蒿遍野，粮差岁岁要全收。

注释：

①朝坂：山名，位于今大荔县东，是原朝邑县城故址。《清一统志·同州府一》："华原在朝邑县西，绕县西而北而东，以绝于河，古河埦也。一名朝坂。亦谓之华原山。"

②铁镰山：在今陕西大荔县北。《方舆纪要》载，铁镰山"在州北二十五里沮水岸，土具黄、白、赤三色，其形如镰，因名"。

点评：

十二年荒，粮差不减，而犹说太平。如此太平，真距"崩盘"不远矣！

左相竹枝词

[清] 李鸿藻

李鸿藻（1820—1897），字兰荪，亦作兰生，河北保定人。咸丰二年（1852）进士，官至吏部尚书、协办大学士，谥文正。

军营弄惯入军机，饭罢中书日未西。
坐久始知春昼永，八方无事诏书稀。

点评：

本篇见于《郭嵩焘日记》光绪九年（1883）十月初一日，系陈宝箴为郭诵者，乃李鸿藻嘲左宗棠之作。左氏光绪六年（1880）自陕甘总督内调军机大臣，入觐时光绪问："能早起否？"左操湘音答"在军营弄惯"，时人传以为笑。左氏素膺繁剧，在军机处竟日画诺，颇感清闲，常诵"八方无事诏书稀"之句。又不耐久坐，每顾其他军机大臣云"坐久了，可以散了吧"，故李鸿藻为此诗以调之。郭氏日记评云："此等皆外人所不能知，李兰生常举以告人，知必兰生所自撰也。两人同为国元老，同直枢密，而轻薄如此，京师论者亦皆不谓然也。"即此可以觇见彼时政坛之风向。

另值一说者，同治五年（1866），左宗棠于闽浙总督任上曾卷入一场影响颇大之"竹枝词案"。其时福州一举人作七律体竹枝词二首以讽左云："左相功成造舰来，讲堂书局一齐开。滥支干脯收闽士，分绾牙厘豢楚材。红顶提军扶步辇，白头方伯赋妆台。河湟风雪西行懒，结就攀辕几秀才。""搭皮瓜李不争差，闻道三湘本一家。司马营巢铃阁秘，监司夺印剑津哗。乞恩不惜攀仙桂，画策还凭护落花。唱到竹枝新曲子，有人冷眼看堤沙。"二诗上报朝廷，委大员专案调查，结果左氏："毋庸置议……其编造竹枝词之人，仍着严拿究办，以儆刁顽。"（郭则沄《知寒轩谈荟》）[1]

再附一事。左氏任陕甘总督时，大力种植柳树。1934年，西北地区发生罕见干旱，引发饥荒，百姓不得不以柳树皮充饥。时张恨水游历西北，遂有《竹枝词》云："大旱要谢左宗棠，种下垂柳绿两行。剥下树皮和草煮，又充饭菜又充汤。"综合数事观之，则左宗棠绝可称史上与竹枝词结缘最密切之一人矣！

[1] 彼时另有署名"三山樵叟"者，作《闽省近事竹枝词》数十首，其中多有涉左氏者，皆注释详明，毫无避讳，"竹枝词案"之酿就，此樵叟或亦有功焉。诗见《中华竹枝词全编》第五卷，第209—211页。

苏台竹枝词·选一

[清] 潜庵

潜庵，名树臣，姓氏及事迹均不详[1]，以其诗作于咸丰十年庚申（1860），姑次于此。

郎为看花泛绿塘，侬来金谷悄看郎。

好风吹堕群花底，惹得罗裙一夜香。

点评：

作者自注云："金谷园，湖田卖茶处也，阁临水次，夏日荷花最盛，每当士女云集，脂香花影时掩映于红蕖绿盖之间。""好风"二句风情骀荡，无限动人。吴文英《风入松》云："黄蜂频扑秋千索，有当时、纤手香凝。"龚自珍《赠宋翔凤》云："万人丛中一握手，使我衣袖三年香。"得此可鼎足而三矣。

---

[1]《苏州地方志·数字地情库·史志资料选辑》第二十二辑收录蔡建康点注之《潜庵苏台竹枝词百首草》一文。文中云："《潜庵苏台竹枝词百首草》，手抄本，现藏苏州市图书馆。封面盖'树臣'章，首页下方另有'树臣翰墨'印，可证作者为树臣，号潜庵，余不详。末页有朱笔题'师邴室主、后写韵楼主同读一过'。'师邴室主'即江标（1860—1899），清元和县人，曾任湖南学政，藏书家；后写韵楼主疑即其妻汪鸣琼，字静君，钱塘人，有《琼碧词》（写韵楼主为吴江吴琼仙，徐达源妻，有诗集）。首页下方另有'叔鹏读过'和'张氏秘笈'二方印，经考，张炳翔字叔鹏，长洲县人，光绪十九年（1893）举人，清末藏书家。由上可知，此手抄本曾为江标、张叔鹏珍藏之物"，特致谢忱。

岭南杂诗诗钞·选一

[清]陈坤

陈坤（1821—？），字子厚，浙江钱塘人，同治元年（1862）以监生署潮阳知县。有《岭南杂事诗钞》。

愁深似海苦无边，海上消愁别有天。
若把世间愁买尽，人人都作地行仙。

点评：

陈坤《岭南杂诗诗钞》八卷三百八十八首，置之竹枝词史亦堪称巨帙，周作人尝有文引之，甚加赞誉。本篇为海南临高县买愁村而作，作者自注引南宋胡铨诗云："北往长思闻喜县，南来怕入买愁村。区区万里天涯路，野草荒烟正断魂。"闻喜县与买愁村，真天然好对也，陈诗感喟亦颇深。

其卷五《半路吹》一首亦有趣："妾本风前杨柳枝，随风飘荡强支持。果能引凤秦台住，箫管何妨半路吹。"自注云："粤俗：贫家鬻女作妾，恐邻家姗笑，先向纳妾者商明，用彩舆鼓吹登门迎娶，至途中改装前往，谓之半路吹。"

滇池竹枝词·其四

[清] 吴仰贤

吴仰贤（1821—1887），字牧驺，别署小匏庵，浙江嘉兴人。咸丰二年（1852）进士，曾任昆明知县，官至迤东道。有《小匏庵诗存》。

劝郎且耕草海田，劝郎莫贩黑井盐①。
田租输后妻孥饱，盐税今年十倍添。

注释：

①黑井盐：楚雄彝族自治州禄丰县黑井镇产盐"洁白味美"，为南诏王族的御用盐坊。清朝黑井盐业鼎盛，居全省财政之半。

点评：

借情歌写官府盘剥，有为之作也。

鄜州竹枝词①·选一

[清]倪文蔚

倪文蔚(1823—1890),字茂甫,四川望江人。咸丰二年(1852)进士,官至广西、广东、河南巡抚,兼河道总督。有《两疆斋诗存》等。

郎家窎在子午岭②,姜家近在樱桃山。
山头白雨自朝暮,落尽樱桃郎未还。

注释:

①鄜州:今陕西富县。

②窎(diào):遥远。杜甫《渼陂行》:"半陂已南纯浸山,动影窎窕冲融间。"

点评:

作者自注云:"子午岭,州北二百里。俗谓远作窎。樱桃山,城南三里。"诗意无出奇,以"樱桃"作线,已佳,用一"窎"字,愈佳。

续湟中竹枝词·选一

［清］恭钊

恭钊（1825—1893），字仲勉，博尔济吉特氏，正黄旗人。以祖上功勋召为荫生，授官侍卫，官至署任汉黄德道。有《酒五经吟馆诗草》等。

过尽番风始破寒①，探春先放一枝看。
天涯花事原萧索，独有浓香在牡丹。

注释：

①番风："二十四番花信风"的简称，宗懔《荆楚岁时说》云："始梅花，终楝花，凡二十四番花信风。"

点评：

作者自注云："木本牡丹生如灌木，不畏风雪，即湟中苦寒，亦多种植。"天涯花事，真不易也。

海上竹枝词·选一

［清］袁祖志

袁祖志（1827—1899），字翔甫，号仓山旧主，别署海上

逐臭夫、忏情生等，浙江杭州人，曾任上海县丞，后为《新报》
《新闻报》主笔，有《谈瀛阁诗稿》等。

聊斋志异简斋诗，信口吟哦午倦时。
底本近来多一种，汇抄申报竹枝词。

点评：

祖志为袁枚文孙，虽才调不及乃祖，亦略能得其仿佛。钱
锺书称其"洋场才子、报馆名士……所作沿乃祖之格，而滥滑
套俗"，未免过刻。袁氏《海上竹枝词》系列出笔轻捷，洋洋大
观，"足资掌故之采"（钱锺书语），而以本篇特耐人思。其"信
口吟哦""简斋诗"云云，固是文孙身份，而《随园诗话》、袁
枚诗集，亦确乎与《聊斋志异》《红楼梦》等并列为晚清之畅销
书。至于《申报》为晚清民国竹枝词刊载之重要阵地，亦晚清
新闻史、诗歌史极引人瞩目之现象，祖志诗正第一手材料也。

羊城七夕竹枝词·选一

[清] 汪瑔

汪瑔（1828—1891），字芙生，浙江山阴（今绍兴）人，寄
籍广东番禺（今广州），有《随山馆集》等。

升平旧事记从前，动费豪家百万钱。

昔日繁华今日梦，有人闲说道光年。

点评：

古今同慨，即"忆昔开元全盛日""白头宫女在，闲坐说玄宗"之意。

吴门竹枝词·选一

[清] 王泰偕

王泰偕（1832—1896），字平三，江苏江阴人，贡生，有《青箱诗钞》。

调剂阴晴作好年，麦寒豆暖两周旋。

枇杷黄后杨梅紫，正是农家小满天①。

注释：

①小满：二十四节气之一。吴澄《月令七十二候集解》："四月中，小满者，物至于此小得盈满。"

点评：

节气亦竹枝词着力书写之一端，但好诗不多。王氏此诗画面感十足，阴晴、寒暖、黄紫连缀而出，大有作意。

申江棹歌·选一

［清］丁宜福

　　丁宜福（1833—1875），字慈水，上海人，同治贡生。有《浦南白屋诗草》等。

　　　　一片青山两叶船，酒旗歌扇惯流连。
　　　　萧萧白发不归去，闲问江湖老水仙。

点评：

　　《申江棹歌》共百首，据作者自序，诗为庚申辛酉（1860—1861）避乱申南时为消忧而作，其数百首，并略志郡中故实，皆仿朱彝尊氏《鸳鸯湖棹歌》旧例也。本篇自注云："陶岘，渊明孙，开元末家昆山，泛游江湖，自制三舟，与孟云卿、焦遂共载，吴越之士号为'水仙'。其诗有'酒旗歌扇正相迎'之句。"陶岘事袁郊《甘泽谣》有记，虽涉荒唐，面目甚悉，此独以二十八字缅怀风流，令人怀想，且感叹渊明之祖泽也。

续扬州竹枝词·选一

[清] 臧谷

臧谷（1834—1910），字宜孙，号菊隐翁，江苏扬州人。同治四年（1865）进士，授庶吉士，丁忧辞官回乡，不复出。有《菊隐翁诗集》等。

关心时事日萧条，盐积如山总不消。
漫说秋风容易打，床头吹冷一枝箫。

点评：

臧谷为冶春后社盟主，负一时人望，诗学郑板桥、董伟业，能略得其仿佛。组诗中"晚风庭院柳丝丝，按谱宫商老曲师。猛听一声收拾起，大家都是酒阑时""客来都劝此诗删，我道诗成不等闲。昔日板桥呼不起，任他覆瓿到人间"，皆佳，本篇则以"关心时事"胜之。

增补都门杂咏·渔洋山人故寓[①]

[清] 李静山

李静山，生平不详，大体活跃于同治年间。

诗人老去迹犹存，古屋藤花认旧门②。

我爱绿杨红树句③，月明惆怅海王村④。

注释：

①渔洋山人故寓：渔洋山人为清初诗人王士禛号。作者自注："在火神庙西夹道。"

②"古屋"句：戴璐《藤阴杂记》载："（琉璃）厂东门内一宅，相传王渔洋曾寓，手植藤花尚存。"

③"绿杨"句："绿杨"谓王士禛《浣溪沙》："绿杨城郭是扬州。""红树"谓王士禛诗《真州绝句六首》其四："好是日斜风定后，半江红树卖鲈鱼。"

④海王村：地处琉璃厂路口，近渔洋故居。

点评：

一代风流，杳然难攀，追忆笔墨，固自有情。

除夕竹枝词·送灶

[清] 东海闲人

东海闲人，其人不详。

善无毫末恶山屯，岂为糖胶舌便扪。

获罪于天求降福，可怜举世尽王孙。

点评：

　　本篇刊于同治十一年（1873）之《申报》。送灶旧俗，以糖粘灶君之口，使之不能言事，此极可笑。鲁迅在《送灶日漫笔》中有一段妙论："灶君升天的那日，街上还卖着一种糖，有柑子那么大小，在我们那里也有这东西，然而扁的，像一个厚厚的小烙饼。那就是所谓'胶牙饧'了。本意是在请灶君吃了，粘住他的牙，使他不能调嘴学舌，对玉帝说坏话。我们中国人意中的神鬼，似乎比活人要老实些，所以对鬼神要用这样的强硬手段，而于活人却只好请吃饭。"本篇意旨似更深一步，"获罪于天，无所祷也"，反求降福，岂可得哉？

沪游竹枝词·选一

［清］邗江词客

　　绝妙歌喉杨月楼，误从戏局认风流。
　　痴心也欲携红拂，空戴南冠学楚囚。

点评：

　　邗江词客，其人不详，其《沪游竹枝词》五十首刊于《申报》1874 年 6 月 11 日。本篇以诗论亦实不佳，然而诗中所记"杨月楼案"乃"晚清四大奇案"之一，以存史而言，固有价值。[1]

羊城竹枝词·选一

[清] 黄云卿

黄云卿，生卒年及生平不详，南海人。

依依人隔漱珠桥^①，桥短情长恨那消。
消恨拟栽红豆树，相思红豆种千条。

注释：

①漱珠桥：位于今广州市南华中路与南华西路交界处，横跨漱珠涌，故名。桥为乾隆年间十三行之一的同文行行商潘振承捐资千金修建而成，1928 年修建南华路时被拆毁。

点评：

光绪元年（1875），吟香阁主人李慕周发起广州地区有史以来规模最大的一次"竹枝词"赛，一百余人参加，并于两年后

---

[1] 杨月楼（1844—1889），安徽怀宁人，从京剧名角张二奎习武生，有"杨猴子"之称，列名"同光十三绝"中。1873 年在上海租界著名戏园金桂园演出，倾动一时，袁祖志有"一般非偏爱京调，只为贪看杨月楼"之句述之。其时一广东香山籍茶商韦姓母女共往戏园，连看三日。韦女阿宝对杨心生爱慕，修书约其相见。杨且疑且惧，不敢如约，韦女遂病。其母顺遂女意，遣人告杨，令延媒妁以求婚。事为韦女叔父所知，以良贱不婚之礼法坚予阻拦。韦母遂密商杨按上海民间旧俗抢亲，韦女叔父乃以拐盗罪公讼于官。上海知县叶廷眷当堂施以严刑，杖杨胫百五，掌女嘴二百。后杨被判流徙，韦女被父逐出家门。

出版《羊城竹枝词》一书，共收诗四百八十九首，以"会榜之名次刊发"。本篇为冠军黄云卿之作，妙在顶针连珠，虽巧而情韵不匮。前茅之中，莲舸女史所作"猩红毡子压归装，莫怪当年易别乡。但使金砂淘不尽，那辞辛苦涉重洋"一首亦值得注意。晚清"下南洋"者闽粤最夥，而见诸吟咏者少，更况此作或出于女子之手？故而可贵。

巍山杂咏①·选一

[清]杨琼

杨琼（1846—1917），字叔玉，云南邓川（今云南洱源县邓川镇）人，光绪十七年（1891）举人，历主云南各书院。有《寄苍楼集诗钞》。

碧柰花开会有缘②，邯郸道上也逢仙。
峰头可有游仙枕，借我酣眠五十年。

注释：

①巍山：今云南省大理白族自治州巍山彝族回族自治县。

②碧柰花：即茉莉花。东晋杨羲《九华安妃见降，口授作诗》："俯漱云瓶津，仰摄碧柰花。"

点评：

由碧柰花而及仙人，而及邯郸一梦之事，落想颇奇，身世之感亦从可窥焉。《随园诗话》卷四载某人邯郸题壁诗云："四十年中公与侯，虽然是梦也风流。我今落魄邯郸道，要替先生借枕头。"其意大妙，为本篇所本。

闻邑竹枝词·选一

[清]杨深秀

杨深秀（1849—1898），字漪村，山西闻喜人，光绪十五年（1889）进士，官至监察御史。戊戌变法中力主维新，后遇害，为"六君子"之一，有《雪虚声堂诗钞》等。

霜红柿子满筥篮，蒸酒成花晒饼甜。
妾自别郎醒亦醉，郎如念妾苦皆甘。

点评：

闻邑，即作者家乡闻喜。此组竹枝词乃作者十七岁作（《雪虚声堂诗钞》卷三），后有自注云："邑北原多柿，蒸酒甚清冽，其上者泻杯中，泡影涨起，是曰对花，故河东盛称花子酒。或晒作柿饼，食之甘如蜜也。"诗仍是竹枝故辙，然从柿子曳出风情，极具特色与巧思。

别琴竹枝词^①·选一

［清］杨勋

杨勋，生卒年不详，字少坪，号洗耳狂人，江苏阳湖（今江苏常州武进区）人，同治三年（1864）入上海广方言馆学习，毕业后进入江南制造局翻译馆。有《英字指南》。

叫货名为奥克兴^②，人头仰望密层层。

价钱喊到无添处，方把尊名账上登。

注释：

①别琴：英文 Pidgin。据杨勋自序云："'别琴'二字肇于华人，用以作贸易、事端二义。英人取之，以为杜撰英语之别名，盖极言其鄙俚也。"周振鹤以为："Pidgin 一词的词源，学术界至今没有定论。一般的意见认为是 Business 的汉语谐音。若照此说，则 Pidgin English 有商业英语的意思。"（《别琴竹枝词百首笺释——洋泾浜英语研究之一》）

②奥克兴：英文 Action。

点评：

同治十二年二月初五至十九日（1873.3.3—3.17），《申报》分四期连载杨勋《别琴竹枝词》百首。杨氏"是上海也是中国最早一批由正规外语学校培养出来的外语人才。他未参加过科举，也未得意于官场，但曾经协助盛宣怀办理过实业。所著《英字指南》六卷，以科学的方法教人学习英语，不同于其前多种洋泾浜式的教本。该书后被商务印书馆多次重排，以《增广英字指南》名义面世，影响很大"（周振鹤《别琴竹枝词百首笺释——洋泾浜英语研究之一》）。

据杨氏自序，组诗盖为其所撰《拼法举隅》一书参入之用，"以明指其弊窦，庶学英语者知所矜式焉"，可见其实质乃一别开生面之英语单词教科书，故论诗无大可取，题材乃极可珍，故选此写拍卖行之一首以尝味。并可附读其余几首较清晰简单者，括号内英文乃取周振鹤先生笺释："信息能将电气传，霎时万里寄华笺。行名推累葛蓝姆（Telegramm），铁线曾从海底穿。""古玩从来说九流，清晨摆设晚间收。挑钱给罢洋行去，考派（Copper）花瓶售脱否。""明朝弥撒（Messer）要虔诚，信男善女一路行。知否入门大礼节，胸前十字写纵横。"

沈阳百咏·选一

[近现代] 缪润绂

缪润绂（1851—1939），字东霖，号太素生，沈阳人，汉军正白旗，光绪十八年（1892）进士，历任户部主事、知州、县令。有《舍光堂文集》。

暖炕春从一夜生，阿侬有语诉轻轻。

愿郎情比山柴火，马粪相将热到明①。

注释：

①作者自注云："俗尚暖炕，虽炎夏亦然，以北地寒盛故也。又城市人家喜烧柴，间有杂用马粪者，热尤倍焉。"

点评：

太素生有"沈阳才子"之誉，其《沈阳百咏》实竹枝词上乘者，于北地风情，尤描摹尽致，足可逐鹿中原矣。如"砧杵声多力不降，高丽纸薄快糊窗。秋田菜属秋菘好，满趁西风著几缸"写渍菜；"律转勾芒又一新，青鞋忙煞看春人。侬家别有春心在，不看迎春看咬春"写立春；至"井上蒲桃一架扶，城边芳草绿蘼芜。水歌声起杨花老，人坐东风听辘轳"，单以诗论，亦风情栩栩。本篇写东北暖炕，已甚罕见，以"马粪"二字入诗、入情话，尤属独绝。

花会竹枝词十二首·选一

[近现代] 方旭

方旭（1852—1940），字鹤斋，安徽桐城人，光绪十一年（1885）拔贡生，官至四川学务公所总办、署理提学使。有《鹤斋诗存》等。

花开堪折满枝头，扳折由人不自由。

人不如花空色相，有时含笑又含羞。

点评：

写花实为写人，人花俱活，略得"人面桃花相映红"之妙。

苏台柳枝·选一

[近现代] 郑文焯

郑文焯（1856—1918），字叔问，号大鹤山人，奉天铁岭（今属辽宁省）人，汉军正白旗，光绪元年（1875）举人，以作幕终其身，清亡后以遗老自居，有《大鹤山房全集》。

木客悲吟乱石惊①，菱娃清唱慢波横②。

短箫吹冷斜阳市③，销尽英雄是此声。

注释：

①木客：此指山鸟。《述异记》："卢陵有木客鸟，大如鹊，千百为群，不与众鸟相厕。俗云是古之木客化作。"邝露《赤雅》："予家罗浮有鸟，各为一色，五色毕集，必兆嘉客，鸟名木客。"

②慢波：此兼指水波与眼波。毛熙震《南歌子》："远山愁黛碧，横波慢脸明。"

③"短箫"句：用伍子胥吴市吹箫乞食典故。《史记·范雎蔡泽列传》："伍子胥橐载而出昭关，夜行昼伏，至于陵水，无以糊其口，膝行蒲伏，稽首肉袒，鼓腹吹篪，乞食于吴市。"

点评：

《苏台柳枝》三首，《大鹤山人词翰》题作"吴宫竹枝"，另二首写西施亦佳："杨柳空垂旧院阴，春风廊庑响沉沉。西施早识亡吴恨，博得君恩只捧心。""秋老山荒剑气沉，塔铃暮雨唤登临。水犀枉说三千利，不及宫娃斗草心。"然不及本篇借伍子胥吹箫乞食典故自写怀抱。郑大鹤九应会试不第，困塞幕府，谙尽乞食滋味，"销尽英雄是此声"云云，真乃其心声也。

竹枝词·选一

[近现代] 宋育仁

宋育仁（1857—1931），字芸子，四川富顺人，光绪十二年（1886）进士，任出使英法意比四国公使参赞，入民国任国史馆纂修、四川通志局总纂。有《问琴阁诗词录》等。

残民以逞罪山河，犹听新闻献凯歌。
悔过岂忘戎首在①，为谁敌忾战功多。

注释:

①戎首：发动战争的主谋、祸首。《礼记·檀弓下》："毋为戎首，不亦善乎？"郑玄注："为兵主来攻伐曰戎首。"

点评:

本篇载于《明是月刊》1931年12月第4期，似为"九一八"事变而发。宋育仁有近代四川"睁眼看世界第一人"之誉，组诗作于其逝世之年，然姜桂之性，老而弥辣，至为难得。刘师亮为宋育仁挽联云："当末世奈清运衰何，有所志未竟所长，著书自娱，文学千秋开后觉；依徐州尽事君责也，原其心而略其迹，盖棺论定，孤臣一个哭先生。"可为定评。

天桥曲①·选一

[近现代] 易顺鼎

易顺鼎，见前《三峡竹枝词》小传。

垂柳腰肢全似女，斜阳颜色好于花。
酒旗戏鼓天桥市②，多少游人不忆家。

注释:

①天桥：北京地名，位于正阳门外，原有汉白玉石桥一座，因明清两代皇帝祭天坛时必经之路而命名天桥。其范围包括正

阳门大街，经东西珠市口而南，迄天坛坛门之西北，永定门之北地区，后来逐渐形成京味特色的天桥市场。旧时诸多江湖艺人在天桥"撂地"卖艺，极为热闹繁华。

②"酒旗"句：用周邦彦《西河·金陵怀古》"酒旗戏鼓甚处市"语意。

点评：

易顺鼎《天桥曲》十首，体制特征必属竹枝词，而诸多总集未收，甚憾。十首中本篇最为著名，凡谈天桥者几无不引之，郭德纲长期演出后收购之天桥剧场亦悬此二句为楹联，实则组诗中其余亦大佳。如"几人未遇几途穷，两种英雄在此中。满眼哀鸿自歌舞，听歌人亦是哀鸿""哭庵老去黄金尽，凤喜秋来翠袖寒。汝岂久寒吾速老，赖寒博得几回看""苎萝溢浦两红妆，感事怜才益自伤。两种人才三种泪，一齐分付与斜阳"，真乃极尽苍凉。

西湖新竹枝词·选一

[近现代] 王揆墀

王揆墀（1864—1923 后），字季彤，江苏金坛人。有《蠛庐诗选》。

秋娘亭社夕阳中，心醉欧西革命风。

姜自双修兼福慧，怪他儿女太英雄。

点评：

　　秋瑾就义后，赖徐自华风雪渡江，自绍兴迁其灵枢至杭州，会同吴芝瑛埋侠骨于西泠桥堍，从此为彪炳汗青、激励后人之名胜。本篇以凡俗女子口吻出之，反衬其"太英雄"之品格，可谓婉曲入情。

丁巳二月成都纪乱竹枝词①·选一

[近现代] 胡国甫[1]

　　胡国甫（1865—？），字惺伯，四川名山人，拔贡生，主讲于成都各校。有《斗酒吟》。

　　大贾富商萃锦华，彼军起发十多家②。
　　东门更有伤心事，忍把风筝放女娃③。

注释：

　　①丁巳二月成都纪乱：民国六年丁巳（1917），川军刘存厚与滇军罗佩金在成都展开巷战，数百人毙命，多处民居被毁。

　　②起发：成都土语谓抢劫为"打起发"。

---

　　[1] 本篇作者有文献署为"惺伯民"，误。

③"忍把"句：作者自注："某氏女姊妹被污后，破腹出肠拖走，名放美人风筝。"

点评：

语句直白，然惨不忍睹，愤不可抑。

丙寅竹枝词①·选一

[近现代] 孙雄

孙雄（1866—1935），字师郑，江苏昭文（今江苏常熟）人。光绪二十年（1894）进士，官至京师大学堂文科监督，辛亥后以遗老自居。有《师郑堂集》《道咸同光四朝诗史》等。

预征岁额一星终②，岁计何如月计丰。

加赋前朝悬厉禁，而今杼轴万家空③。

注释：

①丙寅：民国十五年，公元 1926 年。

②一星：即一周星，一年。

③杼轴：织布机上的两个部件，即用来持纬（横线）的梭子和用来承经（竖线）的筘。此处兼用枢要、营谋等引申义。

点评:

作者自序略云,于消寒会席间听闻各省状况,归来成竹枝词十八首。本篇系闻听四川多县预征粮税至民国二十四年甚至二十六年,且每月预征,大抵除完粮亩捐杂款而外,每田亩不过余谷数升而已。孙雄遗民自诩,故借清朝"永不加赋"之祖训对比民国之盘剥搜刮,未必正确;而其时军阀混战、杂税苛捐、罗掘皆空亦是事实。此诗亦民国时一逼真之摄影也。

厂甸正月竹枝词①·选一

[近现代] 李虹若

李虹若,生卒年不详,名象寅,以字行,河南大梁(今河南开封)一带人,有《朝市丛载》。

仙境蓬莱琉璃坊,六壬相法说荒唐②。

殷殷犹问明年运,两鬓新沾昨夜霜。

注释:

①厂甸:在北京市和平门外,辽时名海王村,因其地有琉璃窑,也称琉璃厂,为出售书籍、字画、古玩、文具等商店聚集处。旧时正月初一在此附近设摊售货,游人云集,即所谓"逛厂甸"。

②六壬相法:中国古代占卜术的一种,与太乙、遁甲合称

为三式。

点评：

　　李虹若侨寓北京，奇想天开，遂编著《朝市丛载》，作为北京旅行指南之用，自光绪十二年（1888）初版后，一纸风行，多次翻印。书共八卷，记述清末京师都城、衙署、厂肆、人物、文物、掌故等，其"都门杂咏"及"竹枝词"多拾掇前人时人之作，其不能详原作者者，只能暂且归入李氏名下，《厂甸正月竹枝词》即是如此。组诗十二首，本篇最佳，刻画穷苦问命人形象，足发人感喟。

吉林杂咏·选一

[近现代] 黄兆枚

　　黄兆枚（1868—1943），字宇逵，晚号芥沧，湖南长沙人，光绪二十九年（1903）进士，官至直隶州知州，后任国立武汉大学教授。有《芥沧馆诗文集》。

立柱封疆绝漠东，伏波前事已成空①。
河山又缩三千里②，尽在铜人指画中③。

注释：

　　①"立柱"二句：李贤注《后汉书·马援列传》引《广州

记》曰："援到交阯，立铜柱，为汉之极界也。"

②"河山"句：作者自注："自咸丰十年，俄……议北自乌苏里江口而南……直至图们江口，其东皆属俄，其西皆属中国，较前又实让地二千七百里。"

③"尽在"句：用李贺《金铜仙人辞汉歌》序"魏明帝青龙元年八月，诏宫官牵车西取汉孝武捧露盘仙人……既拆盘，仙人临载，乃潸然泪下"句意。此处又指俄人铸喀巴罗夫之像于其伯力江岸，一手持地图，一手指江流事（见本篇自注）。

点评：

一段痛史，写来极为悲慨。

甲午竹枝词

[近现代] 佚名

军书旁午正彷徨①，惟有中堂访鹤忙②。
从此熙朝添故事，风流犹胜半闲堂③。

注释：

①军书旁午：形容军事繁忙。旁午，交错、纷繁状。

②中堂：唐设政事堂于中书省，以宰相主领其事，因称宰相为中堂。明清以后则指内阁大学士。

③半闲堂：南宋宰相贾似道在杭州西湖葛岭修建的别墅。

周密《齐东野语》："贾师宪当国日，卧治湖山，作堂曰'半闲'。"

点评:

此讽翁同龢者。甲午之役正炽，适翁氏所蓄二鹤亡去，亲书访鹤招贴，悬重赏寻之，轰动都门，有人即嘲以此诗。其事甚著名，后曾朴小说《孽海花》第二十五回《疑梦疑真司农访鹤 七擒七纵巡抚吹牛》即记此事。所谓"巡抚吹牛"盖指湖南巡抚吴大澂（字清卿）好大喜功，主动请缨杀敌，乃所统士卒素无训练，临阵即溃，人因与翁搭配，嘲以联云："翁叔平两番访鹤，吴清卿一味吹牛"，亦真令人绝倒。本篇多见于晚清笔记，《中华竹枝词全编》引《台湾竹枝词》所载者，文字略有不同，盖传闻之不同版本也。

都门纪变百咏·选一

[近现代] 复侬氏 杞庐氏

复侬氏，又署"暴西复侬氏"，本名夏曰奇（1869—1918），字朗霄，上海嘉定人，光绪十七年（1891）举人，以知县任用。杞庐氏，又署"青村杞庐氏"，本名庄礼本（1866—1900），字漱润、瘦岑，有《濠隐存稿》。[1]

---

[1] 此据高春花《〈都门纪变百咏〉考论》，《文献》2021年第2期。又：郑逸梅《艺林散叶》称庄氏平生最嗜黄景仁《两当轩诗》，而卒年亦如之。

辉煌金碧店悬牌，洋字洋名一律揩。

欧墨新书千百种，满投沟井自沉埋。

点评：

　　庚子事变之年，夏、庄二氏适在北京，耳闻目击，共以竹枝词之体成"纪变"诗百首，虽以诗论，未见高明，然追摄光影，自有特殊历史价值。诸如与义和团有关事件、多位朝廷官员动向、北京城社会状况等，皆可补正史之阙。如第六十四首云："健儿拥护出京都，鹤子梅妻又桔奴。都道相公移眷属，原来小事不糊涂。"大是辛辣。其最可噱者，义和团众据《推背图》"金鸡鸣后鬼生愁"一语将"交民巷"改为"鸡鸣街"。二氏因有诗讽之曰："交民二字改鸡鸣，共说今名胜旧名。试把六书参体例，居然转注与谐声。"本篇所记之事二氏有自注云："团民焰日炽，都中讳言'洋'字，店肆招牌一律改换，如洋布改作粗布、洋药改土药之类。西国书籍，皆于夜深人静时暗中抛弃，沟井皆满。"与改街名者同一可笑，亦同一可怜。盖此类事其后迄未断绝，且变本加厉也。

乡试纪事诗·选一

[近现代] 佚名

横床一躺大天光，人说烦难是二场①。

我有一言真秘诀，调停新旧骂康梁。

注释：

① "人说"句：清乾隆后制度，乡试第一场试四书文一；五言八韵诗一；第二场试五经文各一；第三场试以策问五道。乡试考中者称"举人"。

点评：

组诗出于《南亭四话》，题曰："癸卯江南乡试，有某士纪事诗二十五首，形容士子，颇堪发噱。"癸卯系光绪二十九年（1903），正值维新铩羽、守旧反扑氛围，故曰"调停"。康梁彼时已成乱臣贼子之代名词，非痛骂之不能中式。时事政治，古今一也，不难理解而"颇堪发噱"。组诗另一云："闱墨新科细细看，果然两字举人难。天鹅虽好蛤蟆癫，还要随人骂试官。"亦足捧腹。又：本组诗《中华竹枝词全编》署名"李伯元"，误，而《南亭四话》似亦非李伯元之作，见邬国平《诙谐诗话与〈庄谐诗话〉——兼论〈南亭四话〉非李伯元作品》（《江苏师范大学学报》2018 年第 6 期）。

京华慷慨竹枝词·饭局

[近现代] 吾庐孺

吾庐孺，河北清河人，生平不详。

自笑生平为口忙，朝朝事业总荒唐①。

许多世上辛酸味，都在车尘马足旁^②。

注释:

①"自笑"二句：稍改苏轼《初到黄州》"自笑生平为口忙，老来事业转荒唐"句。

②车尘马足：谓车马奔波，亦喻人世俗事。欧阳修《相州昼锦堂记》："奔走骇汗，羞愧俯伏，以自悔罪于车尘马足之间。"

点评:

据作者自序，《京华慷慨竹枝词》百首作于宣统庚戌年，即宣统二年（1910），正值"风鹤满天，四郊多垒"，难免"抚膺三叹，慷慨生焉"。组诗中大题目不少，若指斥外务部"勋名直越史弥远，忠爱何如石敬瑭"之心肠；痛惜东三省"许多完用持筹便，劲把山河暗送迎"之现状；揭橥立宪"一样兴亡都是梦，好留真伪与人看"之真相；哀叹八旗生计"三百年来一刹那，日云暮矣更途穷"之下场，确乎无愧"慷慨"二字。本篇写"饭局"，本小题目，然而饭局虽小，点出其间诸多辛酸奔走之感，滋味愈长矣。老杜诗云："朝扣富儿门，暮随肥马尘。残杯与冷炙，到处潜悲辛。"可谓千古同概。

长安围城纪事诗百首^①·选一

［近现代］匡厚生

匡厚生（1873—1957），笔名髯匡，湖北天门人，毕业于日本法政大学，曾任陕西省政府参议，后执教于西北农学院。

赤体横陈便是台，番番叶子戏初开^②。
伤心少妇心全死，那有泪珠似雨来。

注释：

①长安围城：1926 年初，河南军阀刘镇华之镇嵩军入陕，4 月初抵西安灞桥镇，围攻西安城长达八月之久，史称"西安围城"。在李虎臣、杨虎城领导及冯玉祥支援下，终于 11 月 27 日解围，是即所谓"二虎守长安"。

②叶子：一种赌博用具，即纸牌。

点评：

西安丙寅围城为民国史上极惨烈之一幕，而"国家不幸诗家幸"效应亦在此背景下勃发。仅以竹枝词形式而论，诸如匡厚生《长安围城纪事诗百首》、范紫东《苍鹅纪事诗》三十五首、王璜吉《丙寅围城纪事诗》八首、金和暄《丙寅年西安围城竹枝词二十首》等皆血泪迸发，悲慨苍凉，实乃近今诗史罕见之作。本篇为《长安围城纪事诗百首》第四十三首，作者自注有云："近闻嵩军中又有一戏法，即令一肥美女子脱去周身衣服，仰面平卧，两股大开，两手紧靠其身，俾四男子得以环坐四方，于其腹部斗牌云。呜呼！斯言而果确也，则刘雪亚（镇华）治兵之罪，乃真不可逭也。"人间惨事，写来怵目，读此可类推其余矣。

济宁竹枝词·选一

［近现代］王谢家

王谢家（约1874—1942），字幼杭，山东济宁人，有《桥庵遗集》。[1]

龙灯百丈簇银鳞，绣领花裳逐队新。
别有深情言不得，看灯人看看灯人。

点评：

张岱名篇有《西湖七月半》，开篇即云："西湖七月半，一无可看，止可看看七月半之人。"以下将"看七月半之人"分为五类看之：

其一，楼船箫鼓，峨冠盛筵，灯火优俟，声光相乱，名为看月而实不见月者，看之。

---

[1] 据江庆柏《清人诗文集总目提要近代部分作者生卒年补考》,《古籍整理简报》2003年第3期。

其一，亦船亦楼，名娃闺秀，携及童娈，笑啼杂之，环坐露台，左右盼望，身在月下而实不看月者，看之。

其一，亦船亦声歌，名妓闲僧，浅斟低唱，弱管轻丝，竹肉相发，亦在月下，亦看月而欲人看其看月者，看之。

其一，不舟不车，不衫不帻，酒醉饭饱，呼群三五，跻入人丛，昭庆、断桥，嚣呼嘈杂，装假醉，唱无腔曲，月亦看，看月者亦看，不看月者亦看，而实无一看者，看之。

其一，小船轻幌，净几暖炉，茶铛旋煮，素瓷静递，好友佳人，邀月同坐，或匿影树下，或逃嚣里湖，看月而人不见其看月之态，亦不作意看月者，看之。

王氏或亦张岱之"粉丝"，一句"看灯人看看灯人"颇有《西湖七月半》之神韵。其实如此写法，早见前人。乾隆时张乃孚《合阳竹枝词》云："迎恩门外报班春，演出春亭廿九新。士女如云堤上下，看春人看看春人。"袁祖志《沪上竹枝词》有云："上元灯节月华新，走罢三桥接灶神。十里珠帘都不卷，看灯人看看灯人。"佚名《续刊上海竹枝词·妇女看戏》云："士女纷纷来往频，红尘是处有迷津。听残锣鼓喧阗甚，看戏人看看戏人。"王氏之作或因袭之，而"别有深情言不得"稍胜"士女""十里""听残"等句也。

另：大约同时之李伯森《五泉山庙会竹枝词》云："新雨南园著绿茵，香车宝马走轻尘。人尽看山我不看，我来偏看看山人。"刘师亮《续青羊宫竹枝词》云："花田结伴去寻春，一笑相逢旧比邻。两小无猜皆长大，看花人看看花人。"王德森《吴门新竹枝词》云："春兰秋菊百花陈，花许人看花不嗔。人尽看花花亦看，看花人看看花人。"亦同机杼。

海上光复竹枝词·选一

[近现代] 朱文炳

朱文炳（1875—?），又名炳麟，字谦甫，浙江嘉兴人，早年游幕为生，辛亥后任革命军外交总代表伍廷芳秘书，有《谦受益斋词草》。

> 共和鼓吹厥功多，今日纷纷骂共和。
> 甘把中华诸幻相，教人看破竟如何。

点评：

宣统元年（1909），朱文炳成《海上竹枝词》三百首，三年后之民国元年（1912），复作《海上光复竹枝词》五百首，由上海民国第一图书馆刊印。自"落他一部繁华梦，换醒痴人第一功"（《海上竹枝词》末首）到"竹枝两度唱连篇，聊当钟声八百传"（《海上光复竹枝词》末首），此八百首虽文采未佳，却能将清民之际上海诸色相摄入笔底，大有民俗史、社会史价值，称之彼时清明上河图，亦不为过。

本篇揭破共和较帝制"换汤不换药"真相，虽激烈震撼程度较"无量头颅无量血，可怜购得假共和"（蔡济民《书愤》）之名句有所不逮，其清醒犀利亦足称道。

丁巳都门杂诗[①]·选一

[近现代] 姚华

姚华（1876—1930），字一鄂，号茫父，贵州贵筑（今贵阳市）人，光绪三十年（1904）进士，官至邮传部主事，入民国任贵州省参议院议员、北京女子师范校长、京华美专校长等。有《弗堂类稿》。

莲华十载一身藏[②]，丧乱余年事事荒。
自与山僧等贵贱，不关人世有兴亡。

注释：

①丁巳：民国六年，公元 1917 年。

②"莲华"句：化用苏轼"万人如海一身藏"句意。莲华，此处用佛教语意，为下文"山僧"铺垫。

点评：

姚华学兼雅俗，自小学以迄诗词曲书画，皆造诣不凡。民国十三年（1924），泰戈尔来华，姚华尝与会晤，并以五言诗翻译其《飞鸟集》，为诗歌翻译史"异军特起"之事，故有"一代通人"之誉。姚华生长陡峭之区，遭逢崎岖之世，诗词中故无常见的山温水软、花明月媚之气，《丁巳都门杂诗》记张勋复辟之见闻感受，尤其感慨悲凉。本篇不记时事而提空书写心绪，极能见出诗人面目。

成都竹枝词·选一

[近现代] 刘师亮

刘师亮（1876—1939），字云川，别号谐庐主人，四川内江人，有《师亮全集》。

虽然说是打油诗，题在诗中匪所思。
语要俏皮音要响，等闲不是竹枝词。

点评：

师亮嬉笑怒骂，世称鬼才，尤以联语擅名。"是龙是凤，是跳蚤是乌龟，睁开眼睛长期看；吹风吹雨，吹自由吹平等，捂着耳朵少去听""总而言之，统而言之，此日又逢双十节；民犹是也，国犹是也，对天长叹两三声"等联皆甚犀利悲慨，"自古未闻粪有税，而今只有屁无捐"一联最哄传天下后世。其自挽联云："伤时有谐稿，讽世有随刊，借碧血作供献同胞，大呼寰宇人皆醒；清室无科名，民国无官吏，以白身而笑骂当局，纵死阴司鬼亦雄。"更见襟怀。"讽世有随刊"盖谓其主持之《师亮随刊》，所刊竹枝词大抵阴嘲阳刺，麻辣味浓，为民国竹枝词一大重镇，是为治竹枝词史所应知者。

本组诗中"笑骂当局"之作即不少，如"自由幸福已亲尝，幸福如斯不可当。莫谓共和无好处，一年能上十年粮""天下而今大可为，撑持危局果为谁。人犹未老心先死，枉把牛皮到处吹"，再如《成都青羊宫花市竹枝词》中"鞋穿放足近来多，裹足缠它作甚么。恰似方今新国体，内头专制外共和"，皆能于嘲谑中显棱芒。本篇为组诗最末一首，虽仍白话出之，然"话糙理不糙"，于竹枝词之体式风格辨认则极有理论价值。"语要俏皮音要响，等闲不是竹枝词"，十四字抵得千万言长论矣。

羊城杂咏·选一

[清]邓方

邓方（1878—1898），字方君，广东顺德人。有《小雅楼诗集》。

倚遍阑干恨不平，海山楼下旧连营①。
寒潮暮雨珠江渡，几个残军话汴京。

注释:

①"海山"句:海山楼建于北宋嘉祐年间(1056—1064),为广州海外贸易招待之用。其地在镇南门外,楼下即市舶亭(仇池石《羊城古钞》),"海山晓霁"曾是宋代羊城八景之一,元代焚毁。

点评:

大宋始于汴京,终于岭表,数百年繁华随海东逝。诗末句七字极感慨之致。

拱宸桥竹枝词·如意里①

[近现代] 陈栩

陈栩(1879—1940),字蝶仙,号栩园,又号天虚我生,浙江钱塘(今浙江杭州)人,清末优附贡生,精小说创作翻译,为"鸳鸯蝴蝶"派领军人物之一。入民国后渐专实业,为一代"国货"巨商。有《天虚我生诗词稿》等。

三两人家一径长,歌场邻近稻田场。

名花未必皆如意,一带朱扉掩夕阳。

注释:

①拱宸桥:位于浙江杭州大关桥之北,是杭城古桥中最

高最长的石拱桥。始建于明崇祯四年（1631），康熙五十三年（1714）重建。如意里：在拱宸桥西南方，东起桥西直街北段，西至吉祥寺弄。清光绪二十二年（1896）杭州海关开关时，此处曾为海关人员办公用房。

点评：

陈栩文商两擅，乃近百年文化巨子之一，下笔亦行云流水，汪洋自喜。本组诗一百二十首，据凌宗玉序，乃作于光绪二十六年（1900）前，彼时陈氏方弱冠也。其诗记述拱宸桥为中心之杭州风物，举凡通商场、驳船、大关厘局、巡防局、大东轮船、恒达利广货、天仙阳春戏馆、象皮车、华捕、售报人、菊花会、回头局、被头风、私房话等，形形色色，几无所不包。诚如凌序所言，"斯卷子一出，读之而拍案叫绝者定复不少，读之而抚躬汗颜者，亦复不少"。本篇较含蕴而韵味悠长，"名花未必皆如意"，不乏弦外之音。

丙寅天津竹枝词^①·选一

[近现代] 冯文洵

冯文洵（1880—1933），字问田，天津人，卒业于北京警官学校，后宦游巴、蜀等地。有《紫箫声馆诗存》等。

满桌纷纷敬菜陈，醉中原座约明晨。
互相抢帐几攘臂^②，东道终归赌咒人。

注释：

①丙寅：民国十五年，公元 1926 年。

②攘臂：捋起衣袖，伸出胳膊，常形容激奋貌。《史记·苏秦列传》："于是韩王勃然作色，攘臂瞋目。"

点评：

《丙寅天津竹枝词》收诗二百九十八首，写彼时天津形色，可谓洋洋大观。本篇写请客争付账几至动武，亦有不论是否夙识均约明日原座者，令人失笑，其事今尚不少见。至于天津饭馆喜赠"敬菜"（白送的便宜菜），常有点三四个菜，而敬菜多至五六个者，虽不值钱，亦颇使座客不安。此梁实秋散文所述者。

秦淮竹枝词[1]·选一

[近现代] 黄家骥

黄家骥（1880—？），字晓秋，湖南湘乡人。有《瓦缶雷鸣》等。

杨柳千条万条绿，楼台一声两声箫。

载得人来载人去，都是六朝去后潮。

---

[1] 本篇又见于栖园社成员黄福颐（字莆怡，江西宜黄人）之《青溪九曲棹歌》，俟考。

点评:

千条万条,一声两声,人来人去,六朝去后潮,全篇皆复沓写法,看似轻倩,中含无限感慨,较"青山依旧在,几度夕阳红"不遑多让焉。

学界竹枝词·选一

[近现代] 漱盂

漱盂,其人不详。

维新不过是沽名,师范学堂办速成。
惟有老生真可笑,居然听讲作鼾声。

点评:

本组诗十三首及《学堂竹枝词》八首,均刊于宦应清所辑《汉上消闲集》,宣统庚戌(1910)年刻本。诗仅速写而已,然亦自有速写之价值,两组诗中尚有"谈何容易得文凭,只望前程如日升。不料仍然无所事,栈房愁病莫能兴""听说裁员与减薪,纷纷争执把书陈。可怜专事钻营者,都恐成为局外人"等,皆不啻为诗体之"学场现形记"也。

近日海上刘永翔先生有《戏为答辩竹枝词》一组,今时上庠之绝妙速写也,姑抄数首,以供一粲:"文字诸生爱冗长,东抄西撮俨成章。自评无不夸新创,聊复随人一表彰。""满座慈悲学释家，齐看佛面笑拈花。臭虫只可轻轻捉，雏凤还须狠狠夸。""软肋时时露硬伤，犹飞唾沫妄雌黄。诸生相觑还偷笑，此老元来是外行。""求疵通读太辛劳，于例终难一味褒。且捉鲁鱼三两个，示吾老眼察秋毫。"

辛亥竹枝词·选一

[近现代] 海昌阅世氏

海昌阅世氏，其人不详。

> 卅年回首怨途穷，窜历重洋异域中。
> 亡命一朝成革命，天教困厄起英雄。

点评：

《辛亥竹枝词选粹》若干首，见于《钱业月报》第七卷第二期、第三期。据注者王渭庐称，诗为盐官（海盐）某居士作，计二百首之多，以所选数十首而言，确乎大有"世态沧桑之感"。本篇写孙中山革命多年，终告成功，笔力健举。

滨江竹枝词·选一

[近现代] 刘恩格

刘恩格（1888—1949），字鲤门，辽宁辽阳人，1913 年毕业于奉天法政学堂，历任北洋政府北京国会众议院议员、安福国会众议院副议长等。有《今勇斋诗稿》。

薄暮层楼电炬开，长街如水好徘徊。

相逢满屐香泥滑，猜到郎从道外来。

点评：

滨江者，哈尔滨也。作者自注："道里，旧俄租界，马路平坦，道外则泥深一尺矣。"诗之好处，全在一"猜"字。

元旦都门竹枝词·选一

[近现代] 汪怡尘

汪怡尘（1891—1941），又名同尘，江苏东台人，南京南洋水师学堂毕业，曾任《民苏报》主笔、监察院秘书、复旦大学教授等，后于日机轰炸重庆时遇难。有《苦榴花馆杂记》。

孤负香衾事早朝①，新华宫外五更迢。

朔风不与臣方便，燕尾何如旧紫袍。

注释：

①"孤负"句：李商隐《为有》："无端嫁得金龟婿，辜负香衾事早朝。"

点评:

组诗六首,刊于 1916 年 1 月 11 日《顺天时报》,彼时正值袁世凯洪宪复辟,故诗极尽讽刺之能事。本篇自注云:"元旦黎明,百官着燕尾服趋朝贺祝。天寒风冷,瑟缩不堪,虽前代老臣亦不免翠袖之感也。"可怜可笑,足为妄自称尊者戒。

洪宪纪事诗为民国一大热门,刘成禺《洪宪纪事诗》、张伯驹《续洪宪纪事诗补注》声名最著,亦竹枝词之属也,而以景定成《洪宪杂咏》"偏多忌讳触新朝,良宵金吾出禁条。放火点灯都不管,街头莫唱卖元宵"一首最为辛辣(元宵谐音"袁消",其改名"汤圆"或自此始),可与本篇并读。

八测竹枝词①·选一

[近现代] 范烟桥

范烟桥(1894—1967),名镛,字味韶,号烟桥,以号行世,江苏吴江(今江苏苏州市吴江区)人。肄业于南京国民大学商科,创办《同言报》《吴江周刊》等,1949 年后任苏州市文化局局长等职。有《中国小说史》《民国旧派小说史略》等。

菰芦千顷望无边,渺渺烟波接远天。
不说张王说张鸭②,顺民心苦也堪怜。

注释：

①八测：又名八坼、八尺、北坼，即今吴中区南二十里八坼镇。《百城烟水》："八坼塘自北来，至此向东而南，向西复南，俨似弓形。唐范传正治水劈河而直其路，斥土为二，故名八坼。"

②张鸭：湖荡名，位于黎里、平望、松陵三镇交界处。

点评：

本篇载《吴江》1922年第6期。元末张士诚称吴王，颇善待民众，江南百姓对其爱戴追怀，因称其屯兵练水军之湖荡为"张王荡"，后转音为"张鸭荡"，或恐犯朱元璋之忌也。朱氏衔张甚切，曾有"洪武赶散"之举，迫苏州四十余万人迁苏北皖北，江南税赋，十倍于别地。此"不说张王说张鸭，顺民心苦也堪怜"之所由来也。语云："得民心者得天下"，然暴者成王，仁者败寇，刀尔登取张朱之事，感发"得天下者得民心"之论，真痛切之语！"顺民心苦"之句，亦可谓沉痛也。

吴门新竹枝·选一

［近现代］金孟远

金孟远，生卒年及字号不详，江苏吴江（今江苏苏州市吴江区）人，与范烟桥、周迦陵等交好，年辈应亦如之。

胶白青菠雪里蕻，声声唤卖小桥东。

担筐不问兴亡事，输与南园卖菜翁。

点评：

民以食为天，悠悠万事，惟此为大。金孟远名不著，事迹亦不详，然凭"担筐"二句，即能见出不俗品格。本组诗作于1934年，本篇下自注云："盘门城内南园农人多以种菜为业，胶菜、白菜、青菜、菠菜、雪里蕻菜，皆南园名产也"。组诗中另有"红绒绳子白银针，手结寒衣自不禁。赠与个郎须爱惜，要将甜蜜换鸡心"一首，亦颇别致。"鸡心"者，绒衫鸡心领之谓也。

竹枝词·选一

[近现代] 张恨水

张恨水（1895—1967），原名张心远，以笔名行世，安徽潜山人，长期任职报业，有长篇小说《啼笑因缘》《金粉世家》等。

平民司令把头抬①，要救苍生口号哀。

只是兵多还要饷，卖儿钱也送些来。

注释：

①平民司令：此谓地方军阀与土匪。

点评：

张恨水以鸳鸯蝴蝶小说得大名，其诗词亦不凡，虽多"打油"味，笔端乃常含愤懑悲悯，本篇即典型也。

惠山竹枝词^①·选一

[近现代] 温倩华

温倩华（1896—1921），女，名近不具，以字行，一字佩萼，江苏无锡人。有《黛吟楼遗稿》。

如茵软草衬芳踪，一路逶迤到九龙^②。
学得文明新态度，不将纨扇掩娇容。

注释：

①惠山：在江苏无锡，属天目山余脉，东端毗邻京杭大运河，被誉为"江南第一山"。

②九龙：惠山主脊九峰，蜿蜒如龙十余里，别称九龙山。

点评：

倩华十八岁问学于"鸳蝴"主将陈栩，又与其女陈小翠为"闺密"，才华艳发，足为栩园诗词群一中坚，惜早卒，未能竟其志业。《惠山竹枝词》二十首，刊于《游戏杂志》1914 年第 4 期，为其遗稿所未收，文献可贵，而本篇亦隐约逗露民国气象，理当选入，以存人存史。

沪上竹枝词·选一

[近现代] 廉建中

廉建中（1896—1986），号蓉湖散人，江苏无锡人。毕业于上海持志大学，曾任上海沪江大学、上海中医学院教授，有《蓉湖诗集》等。

孤岛飘零寄客吟，奇昂百物最惊心。

米如珠粒薪如桂，一石黄粮四十金①。

注释：

①黄粮：即"黄粱"，小米。

点评：

本组诗四首，分写衣、食、住、行，载于《家庭与妇女》1940年第6期，本篇为第二首。现代文学史有"孤岛文学"之说，谓1937年11月上海沦陷至1941年12月珍珠港事变的租界文学创作，然向来只关注唐弢、柯灵、王任叔等杂文，于伶、阿英等戏剧，诗词不与焉。组诗另三首云："频遭兵燹苦无穷，十室箱中九室空。棉絮价高衣袖薄，秋来何以御西风。""洋场托庇暂桃源，一席租钱二十元。总是有家归不得，职职口口总衔冤。""内地征途苦倍尝，捐资领证始通行。谁知一纸书真假，还要当心吃耳光。"此又何尝不真实？何尝不"孤岛"？何尝不

"文学"？至若抚今追昔，则其意义又不止此矣。

沪滨竹枝词·选一

［近现代］林庚白

林庚白（1897—1941），原名学衡，字浚南，福建闽侯（今福州市仓山区）人。宣统元年（1909）肄业于北京师范大学堂，辛亥后被推为众议院议员与非常国会秘书，后任国民政府外交部顾问、南京市政府参事。1941年移居香港，旋被日军射杀。有《丽白楼遗集》等。

如雾楼台见万鸦[①]，买邻墨吏竞浮家[②]。江南开遍米囊花[③]。　鼍面劳农饥欲死，胁扇贾客乐无涯[④]。汽车虎虎夕阳斜。

注释：

①"如雾"句：陈三立《过太夷海藏楼夜话》："渐出喧嚣接沆瀣，眼中楼观万鸦飘。"

②买邻：《南史·吕僧珍列传》："宋季雅罢南康郡，市宅居僧珍宅侧。僧珍问宅价，曰'一千一百万'。怪其贵，季雅曰：'一百万买宅，千万买邻。'"此仅取巨额之意。

③米囊花：罂粟花之别名。罂粟一名米囊子，故名其花为米囊花。雍陶《西归出斜谷》："万里客愁今日散，马前初见米囊花。"

④胁扇：夹扇于胁下。

点评：

林庚白以《浣溪沙》写竹枝词，大有匠心。组词作于1933年，计四首，本篇为其四。以米囊花为核心，作者构筑起"万鸦""墨吏""劳农""贾客"交织的密集意象群，看似客观，而稍稍点染"饥欲死""乐无涯"字样，即悲愤全出，锋芒毕露。

故都竹枝词·选一

[近现代] 张伯驹

张伯驹（1898—1982），字家骐，号丛碧，河南项城人。民国七年（1918）毕业于混成模范团骑兵科，后投身金融界，并任华北文法学院教授，故宫博物院专门委员等职。晚年任吉林省博物馆副馆长，中央文史馆馆员。有《丛碧词》《氍毹纪梦诗》等。

白山黑水路凄迷，年少将军醉似泥。
为问翩翩蝴蝶舞，可应有梦到辽西。

点评：

民国二十四年（1935）乙亥新年，稊园、清溪两社以"故都竹枝词"为题联合发起团拜征诗活动，并刊刻《故都竹枝词》一卷附诗钟一卷，收诗二百五十余篇，诸如郭则沄、傅增湘、夏仁虎、许宝蘅、关赓麟、章士钊、萧龙友、齐如山、叶恭绰、黄君坦、汤用彤、张伯驹等一时诗坛俊彦皆在其中。本篇为"九一八"事变而作，彼时张学良背负"不抵抗将军"之名，传言纷纭，形于诗者颇多。若钱仲联《胡蝶曲》有云："虎帐牙旗督八州，十三年少富平侯。才惊相见还相许，彼是无愁此莫愁……金钉衔璧可怜宵，犹道将军抱舞腰。十二琼楼春栩栩，何心河上赋消摇。军书火急来行馆，倒趿靴尖浑不管。只觉懵腾绮梦酣，那知东北胡尘满。纷纷修竹上弹章，谁放周师入晋阳。毕竟倾城更倾国，还须分谤到红妆。"马君武更有《哀沈阳》二首哄传天下："赵四风流朱五狂，翩翩蝴蝶最当行。美人帐中英雄冢，哪管东师入沈阳。""告急军书夜半来，开场弦管又相催。沈阳已陷休回顾，更抱佳人舞几回。"被张氏称为"平生最恨"（唐德刚《张学良口述历史》）。伯驹此诗，料不在"最恨"之列，然亦颇可称辛辣矣。

竹枝词·妾与官

［近现代］佚名

权力义务本相同，先来后到定名称。
利益若有不平处，必动干戈对争风。

点评:

本篇载于《星期小说》1911 年第 79 期,刺入骨髓,令人捧腹。

辛亥广州竹枝词十咏·选一

[近现代] 民恭

民恭,其人不详。

> 黄花岗上黯生愁,千古英雄土一抔。
> 七十二坟凭吊遍,斜阳低挂树梢头。

点评:

以诗而言,殊少回旋,然本篇载于《真相画报》1912 年第 1 期,或为民国第一首向黄花岗烈士致悼之作,颇有历史价值。

京都新竹枝词·选一

[近现代] 绮佛

绮佛,疑为金绥熙,生卒年不详,号勺园,撰杂剧《梁园雪》等，尝参加沈宗畸等艺社唱和。[1]

民国年来党见梦，恩牛怨李太纷纷①。
议场争比歌场好，低首兰芳与璧云②。

注释:

①恩牛怨李：唐穆宗至宣宗年间（821—859），朝臣分别以牛僧孺、李德裕为首，党争激烈。后以"恩牛怨李"喻结党倾轧。钱谦益《范勋卿文集序》："恩牛怨李之残局，清流白马之遗恨。"

②"低首"句：作者自注："梅兰芳、贾璧云，伶以色艺著者。时人各宗好尚，至有梅党、贾党之目。"梅兰芳（1894—1961），字畹华，1949年后任中国京剧院院长、中国戏曲研究院院长等职。贾璧云（1890—1941），字翰卿，江苏扬州人。幼年兼学梆子与皮黄，习花旦。1911年进京搭三庆班，一时名声大噪，成为三庆班台柱，易顺鼎曾将其与梅兰芳并列，有"贾郎似蜀梅郎陇"句。

点评:

《京都新竹枝词》刊于民国二年（1913），又零散刊于《顺天时报》1913年12月至1914年2月间，作者除绮佛外，尚有逸云、髯云、藤花龛主、友石子、戎马书生、萍影、崭庵、巽

[1]杨廷福、杨同甫《清人室名别称字号索引（增补本）》所载号"绮佛"者惟金绶熙一人，上海古籍出版社2001年版，第598页。本篇张琳《〈顺天时报〉旧体诗词研究》（吉林大学2022年博士论文）所引作者为"谌墅"，首句"梦"作"深"，俟考。

庵等，大多不易考其真实姓字，而诗多不凡耐读。本篇写伶界党争，本不新鲜，然能带入议院党争，裹挟褒贬，则上佳矣。

新竹枝词·选一

[近现代] 潜时

潜时，其人不详。

史馆明灯独欲眠，君心何事转欣然。
垂垂发辫犹三尺，不死而今又一年。

点评：

本篇载于《余兴》1914年第4期，系嘲讽清史馆诸遗老者。1914年3月9日，大总统袁世凯下令设置清史馆，聘赵尔巽为馆长。清史馆早期邀请学者一百三十六人，后实际到馆工作者八十六人，参加撰写工作较多者如柯绍忞、缪荃荪、金兆蕃、俞陛云、姚永朴、张尔田、马其昶、刘师培、夏孙桐、奭良、姚永概等，大抵忠于逊清之遗民辈也。以遗民入馆修前朝史，领"新朝"俸禄，既颇为部分严守"名节"之遗民所不谅，又被趋新之时眼所睥睨，亦进退维谷、八戒照镜之一群也。本篇讥讽其"老而不死是为贼"即属较犀利者。

潜时《新竹枝词》共十二首，皆仿唐人原作以刺时事，可谓独出心裁，为竹枝词开一体例。本篇即明标"仿高达夫除夜诗"，高适原作云："旅馆寒灯独不眠，客心何事转凄然。故乡今夜思千里，愁鬓明朝又一年。"对读可知作者文心之妙。组诗佳者，尚有"仿岑参送李判官诗"云："中原民主是开头，人向京城去不休。君去试看东海上，共和犹似旧时秋。""仿王昌龄闺怨诗"云："山中宰相不知愁，镇日优游在翠楼。忽见国旗分五色，快邀朋辈觅封侯。""仿王建十五夜望月诗"云："中原地阔乱飞鸦，冷气息声眼欲花。来日瓜分人尽望，不知终久落谁家。"入之出之，甚可读也。

汉口竹枝词·文明新剧

[近现代] 罗汉

罗汉，生卒年不详，字麟阁，一字四峰，广东番禺人，清末湖北候补道，长期居留武汉。辛亥后弃官从商，在汉口开办仁寿堂药肆。

却从旧本别翻新，说法禅宗惯现身。
莫作消闲新剧看，声声唤醒梦中人。

点评：

罗汉《汉口竹枝词》一百七十三首，1915 年揭载于《汉口中西报》，仅次于叶调元二百九十二首之规模，被称为清末民初汉口世相的"百科全书"。本篇着眼"新剧"之"文明"教化功用，眼光颇为开明。

官场竹枝词·选一

[近现代] 浙东吏隐

浙东吏隐，其人不详。

不读诗书不学商，威仪秩秩貌堂堂。
炼成脸老将钉碰，削得头尖遇洞当。
卑职大人何时了，请安作揖为谁忙。
官场似戏真堪笑，一个登场一下场。

点评：

以七律为竹枝词，乃变体也，大约取其"俳体"或曰"打油诗"之幽默俚俗讽刺等特质。前文李鸿藻嘲左宗棠竹枝词中已引二首七律，意即同此。后文选入吟咏程砚秋演剧之七律亦自称竹枝词，则风韵稍变，或仅取其风靡而已。本篇载于《余兴》1915 年第 10 期，刻画官场丑态，语浅而意思较深。

北京新竹枝词·咏筹安会①

[近现代] 颂予

颂予，其人不详。

名流高会设筹安，发起频登演说坛。

君主从今新立宪，共和幸福不相干。

注释：

①筹安会：袁世凯复辟帝制的御用团体。1915 年 8 月由杨度出面，联络严复、孙毓筠、刘师培、李燮和、胡瑛等组成，宣称其目的为"筹一国之治安"，宣扬君主立宪，为袁世凯称帝鼓吹，因而遭到各界谴责，后改为宪政协进会。

点评：

筹安会，实即劝进会也，无非寡廉鲜耻、"排排座吃果果"之一群，何曾将国家命运、苍生福祉牵挂心头？本篇微讽之而已，未能真解憾恨。

养蚕竹枝词·选一

[近现代]叶怀菊

叶怀菊，其人不详。

指纤终日采柔桑，膏沐无心学淡妆。

邻姬笑言相慰藉，卖丝为作嫁衣裳。

点评：

本篇载于《友声》1915 年第 2 期，仅二首，借"邻妪笑言"衬托心事，故较另一为佳。

羊城竹枝词·报馆

[近现代] 亚鸥

亚鸥，其人不详。

朝朝撽拾旧新闻，不敢将人黑白分。

噤口寒蝉君莫笑，畏他鹰犬太纷纷。

点评：

本组诗载于《游戏杂志》1915 年第 15 期，名目虽旧，题材却新。如"新知事"云："原是长安得意人，羊城来现宰官身。硃红门帖金边片，异样头衔簇簇新。""男学生"云："白衫白裤学生装，绝胜当年傅粉郎。博得人夸真靓仔，阿侬原是画眉张。"意致皆妙。本篇写报馆之含混模棱，正见乱世鹰犬之凶厉也。

乙卯端午竹枝词^①·选一

［近现代］舻斋

舻斋，应为方于彬（？—1938）号。于彬字颉云，四川简阳人，入民国曾任巴中县长。有《舻斋诗存》。

妙笔难摹郑侠图^②，愁看细柳间新蒲^③。

子舆空蓄三年艾^④，满目疮痍苦未苏。

注释:

①乙卯：民国四年，公元 1915 年。

②郑侠图：即流民图。《宋史·郑侠传》载，郑侠监安上门，以所见居民流离困苦之状绘图上奏，神宗为所动，遂罢方田、保甲、青苗诸法。

③"愁看"句：用杜甫《哀江头》"少陵野老吞声哭……细柳新蒲为谁绿"语意。

④"子舆"句：子舆，孟轲字。《孟子·离娄上》："今之欲王者，犹七年之病，求三年之艾也。"赵岐注："艾可以为灸人病，干久益善，故以为喻。"后因以"三年艾"指良药。苏轼《端午帖子词》："愿储医国三年艾，不作沉湘九辩文。"

点评:

本篇载于《娱闲录 四川公报增刊》1915 年第 24 期。方于彬颇善竹枝词，然翻用他人语意者多，本篇则自出心裁，大有沉郁之致。纵有医国良方，奈何沉疴难起，民生疮痍，此古今所同慨也。

安东竹枝词^①·选一

［近现代］王棠瑞

王棠瑞，字或号林隐，其他事迹不详。

嗟予无计济时艰，哀愤填胸血泪斑。
隔水怕看亡国影，多年不上镇江山^②。

注释：

①安东：辽宁省丹东市的旧称。1876年清政府设置安东县，1929年隶属于辽宁省，为一等县。

②镇江山：现名锦江山，位于丹东老城区市中心之北，与鸭绿江相望。

点评：

本篇载于《余兴》1916年第14期，作者不知何许人，其爱国忠愤溢于言表，诗亦极劲健。组诗另一首云："云树苍茫一望中，三韩犹有汉家风。江山兴废都无迹，赢得舆图色不同。"亦佳。

南通近时之竹枝词·选一

[近现代] 嚣隐

嚣隐，其人不详。

各厂云排立岸阡，夜来电月照无边。
最是女工争卸易，村歌唱出有情天。

点评：

本篇载于《余兴》1916 年第 21 期。作者自注："大生纱厂外，面厂、茧厂、油厂、铁厂次第林立，浓烟直上，遥见数里之外。最是女工换班，一路俚歌，动人听闻。"张謇以状元出身兴办实业，先有大生纱厂，遂带动工业集群，中国民族工业自此大振，女工之歌，亦民族工业之赞歌也。

当湖风土竹枝词①·选一

[近现代] 萍漂

萍漂，其人不详。

此乡风味自堪称，何必莼鲈恋季鹰②。
天与老饕供下酒③，暮秋黄雀早秋菱。

注释:

①当湖:又名柘湖,在浙江省平湖市,即成为其别称。

②"何必"句:《晋书·张翰传》:"翰因见秋风起,乃思吴中菰菜、莼羹、鲈鱼脍。"季鹰,张翰字。

③老饕:贪吃者。苏轼《老饕赋》:"盖聚物之天美,以养吾之老饕。"

点评:

组诗前有小引,略谓小时家中有唐姓老佣妇,每说乡里古事,因撮其口中谚语衍为诗篇。本篇题头为"屠坟秋鸟马坟菱"一句,作者自注云:"东常山距当湖东南三十里,明屠文僖尚书墓在焉。九十月间,有鸟视黄雀为大,自海南飞集墓林。土人网得之,其肉腴美。马主事维铭墓在东郭外吕公桥北,其地产菱,大而无角,名马坟菱,与屠坟秋鸟并著。"津津有味,所谓"数家珍"也,爱意溢乎言表。本篇亦载于《余兴》1916年第21期。

寄寓扶沟口占河南竹枝词十首·选一

[近现代]四十九峰樵子

四十九峰樵子,其人不详。

病命房墙地与天,河南三靠久相传。

更添一事凭谁靠，遍地豺狼靠没钱①。

注释：

①没（mò）钱：此处谓抢劫绑票所得钱款。

点评：

本篇载于《余兴》1916 年第 22 期。作者自注云："有药无医，药店代诊；有梁无柱，以墙为架，地则全无水利之可言。俗云'病靠命，房靠墙，地靠天'，劫财架票，时有所闻。"三（四）靠之说，写彼时中州状况真堪称精悍。其后抗战时河南又有"四害"之说，曰"水旱蝗汤（恩伯）"，三靠四害，正可作对。

新京华竹枝词·选一

［近现代］孽僧

孽僧，其人不详。

生儿应学谭鑫培，养女当如刘喜奎①。
看破世间原是戏，逢人每自散场回。

注释：

①刘喜奎：生于 1894 年，卒于 1964 年，河北南皮人，民

国初期名伶，与鲜灵芝、金玉兰并称"女伶三杰"，民国七年（1918）获"坤伶大王"徽号。

点评：

戏剧，古时目为"下九流"之贱业也，仅稍胜娼妓而已，然晚清民国已渐兴"笑贫不笑娼"之氛围，前二句即此大众心理之反映。倘置于当下，则可和韵一首："生儿应学董宇辉，养女当如安 baby。看破世间原是戏，上场散场又一回。"笑笑。本组诗载于《爱国白话报》1916 年 893—936 号。

十不见竹枝词·选一

[近现代] 佚名

栖凤楼边宅已空，残花零落雨声中。
白头学士伤心甚，不见麻衣谒梓宫①。

注释：

①麻衣：丧服。梓宫：皇帝、皇后或重臣的棺材。《晋书》："及魏武薨于洛阳，朝野危惧。帝纲纪丧事，内外肃然。乃奉梓宫还邺。"

点评：

《十不见竹枝词》，顾名思义，十诗均以"不见"结尾，如

"不见骑骡赛二娘"（赛金花）、"不见和戎李合肥"（李鸿章）、"不见当年王大刀"（大刀王五）、"不见亭亭姊妹花"（珍妃、瑾妃）等，看似有意斗巧，实则顿挫沉郁，作者绝非俗手。本篇所"不见"者，盖指广东番禺梁鼎芬（1859—1919）。鼎芬字星海，光绪六年（1880）进士，授编修。中法战争曾因弹劾李鸿章降五级调用。后应张之洞聘，参其幕府甚久，得倚畀甚殷，时人有"鼎芬即小之洞，之洞即大鼎芬"语。光绪二十六年（1900）以之洞荐擢湖北安襄荆郧道、湖北按察使，署布政使。辛亥革命起，顽志保皇，两至梁格庄叩谒光绪帝灵寝，露宿殿旁，瞻仰流涕，并任逊帝溥仪师父。张勋复辟，以老病之身强起周旋，殁谥"文忠"。"白头学士"二语盖指此也。

前二句用梁氏自撰联"零落雨中花，春梦惊回栖凤宅；绸缪天下事，壮心销尽石鱼斋"中语，则另是一事。梁与文廷式交好，遭贬南下时将夫人龚氏托付于文，而龚氏竟随文回乡同居。梁氏闻之并不介怀，仍与文来往如前。此事轰动一时，世人谑称为"三人枕头"。仅二十八字而浓缩如许情事，且句法盘旋铿锵，故曰作者绝非俗手也。

东洲竹枝词①·卖菜

[近现代] 啸匏

啸匏，其人不详。

生事全凭菜一畦，摘来几度浣青泥。

扁舟载向城南卖，厌听人传价渐低。

注释：

①东洲：岛名，位于湖南省衡阳市区东南面的湘江中央，"东洲桃浪"为衡州八景之一。

点评：

本篇载于《寸心》1917年第6期。作者自注云："洲无水田，居民以种菜为业。"末句写菜农心绪最微妙，恐不止当日之东洲如是也。

上海近事竹枝词·选一

[近现代] 孙寄沧

孙寄沧，其人不详。

老谭北去老孙来①，一样名优一样台。

试问知音能有几，个中衰盛亦堪哀。

注释：

①"老谭"句：老谭谓谭鑫培（1847—1917），著名京剧老生演员，"谭派"唱腔代表人物，曾为清"内廷供奉"，有"谭贝勒"

之称。老孙谓孙菊仙（1841—1931），艺名老乡亲，著名京剧老生演员，与谭鑫培、汪桂芬合称老生"新三杰"或"新三鼎甲"。

点评：

诗后有作者自注甚长，略谓谭氏走红而孙氏门庭寥落。晚清民国听戏捧角乃一时风气，其迷狂程度非今日所能想象，竹枝词之咏戏剧者亦为大宗，选入本篇，尝鼎一脔而已。兰陵忧患生《京华百二竹枝词》咏谭鑫培云："供奉内廷恩遇隆，金钱累赐未医穷。就中最有愉心事，确是堂堂四品翁。"诗后自注云："老伶谭鑫培，绰号'小叫天'，老生中称巨擘者。供奉内廷有年，赏四品顶戴，时蒙厚赐。而性喜挥霍，每叹空囊，金钱不能救贫，大是怪事。"附录以见谭氏风头。又：小痴《津门竹枝词·戏园》一首云："幽燕胜地产伶伦，技曲而今色色新。谈到须生谁绝调，大家都重老乡亲。"此为孙菊仙"翻案"矣，二者可以对看。

津门竹枝词·双簧

［近现代］小痴

小痴，其人不详。

莫道双簧是下流，同声相应气相求。
后人高唱前人仿，那识人儿在后头。

点评：

诗不甚佳，然题材可贵。天津乃曲艺之乡，固不可少此一品也。李虹若编《朝市丛载·技艺》中有"穷不怕"一首云："白沙撒字作生涯，欲索钱财谑语赊。弟子更呼贫有本，师徒名色亦堪夸。"冯文洵《丙寅天津竹枝词》有"二福德山名一时，相声今贵改良时。庄谐雅俗俱臻妙，高玉峰同谢瑞芝""今年又弱万人迷，择吉登场岂滑稽。想是张麻思旧侣，相邀堂会赴泥犁"二首，皆相声史珍贵材料，应附于此。

女子解放竹枝词·选一

[现代] 少芹[1]

少芹，应为贡少芹（1879—1923后），名璧，字少芹，以字行，号天忏生，江都（今扬州）人，曾主编《小说新报》。

胭脂队里议纷纷，说到人权气不平。
昔日自由今解放，名词都为女儿新。

点评：

贡少芹为南社成员，亦是"鸳鸯蝴蝶派"之重要成员，著小说多部，其中《女杰麦尼华传》《牧羊缘》《株归声》《天界共

---

[1]《女子解放竹枝词》作者《中华竹枝词全编》第五卷第499页署蔡寄鸥，出自《正义报》副刊"耍货摊"的"耍诗·竹枝词"栏目，发表时间不详，俟考。

和》系与同乡蒋景缄合作。倪澄瀛《扬州竹枝词劫余稿》有诗
吟之："一字千金重璠玙，蒋贡齐名道不孤。小说界中推巨擘，
奈何显晦却殊途。"本篇即载于贡氏主编之《小说新报》1920
年第 3 期，可觇百年前一时风尚。女子解放，百余年来大题目
也，其发轫期尤值得关心。

时事竹枝词·大会

[现代] 张瑸书

张瑸书，黑龙江人，其余事迹不详。

九载虚名建共和，只今好事又多磨。
国民大会成空想，子玉将军竟若何①。

注释：

①子玉将军：谓吴佩孚（1874—1939），字子玉，山东蓬莱
人，直系军阀首领，中国国民革命军一级上将，官至直鲁豫两
湖巡阅使。

点评：

本篇载于《广益杂志》1920 年第 26 期，其时吴佩孚在未
征求曹、张、府院同意的情况下，单独发表解决时局之《国民
大会大纲》，其主要宗旨是"取国民自决主义，凡统一善后及制

定宪法与修正选举法一切重大问题，均由国民公决，地方不得借口破坏"。大会虽迅速流产，然其相关主张"促进了知识界对直接民主浪潮的宣传，加深了国人对民主思想的认识"（张建冬《1920年国民大会问题研究》），自有积极价值在焉。诗亦多致叹慨，为民国时事留一影像。

乡绅竹枝词·选一

[现代] 佚名

禁烟人是嗜烟人，放火由侬莫点灯。
罚款囊中今已满，拱宸桥畔会多情。

点评：

本篇见于《快活》杂志1922年第17期，为四首之三。其一曰："睡起闻敲十点钟，芙蓉一管破朦胧。早航送到新闻纸，先撕些儿揩烟筒。"其二曰"公事私事太纷纷，到处运动最殷勤。自治会与教育会，选举得中倍欢欣。"其四曰："情话三声心花开，麻雀还须个侬陪。十二圈完归去也，四人轿子两人抬。"纯用漫画手法，极讥刺之能事。

圣约翰竹枝词·饭堂

[现代] 萧远

萧远,其人不详。

一只苍蝇菜一盘,应知物力换来艰。

宰夫争向厨头哭,白石如今煮饭难①。

注释:

①"白石"句:旧传神仙、方士烧煮白石为粮。葛洪《神仙传·白石先生》:"(白石先生)常煮白石为粮,因就白石山居。"

点评:

本篇载于《约翰年刊》1923 年,一组六首,均写上海圣约翰大学学生生活,故于原题"竹枝词"前加"圣约翰"三字。上海圣约翰大学乃中国近代最著名大学之一,有"东方哈佛"之誉。1952 年,圣约翰大学被分拆至上海各高校后解散,一代名校就此消弭于历史长河。本篇有自注云:"按校规,菜中寻得有死苍蝇,厨夫须被罚菜一盘。现百物腾贵,执饭业者莫不亏本,校中厨夫至今已易三人矣。"可为彼时大学留一剪影。

民国竹枝词·选一

[现代] 秦文美

秦文美，其人不详。

黑白难分一局棋，阿谁国手竟能医。
将军勇略安天下，十万银钱娶一姨。

点评：

"十万"者，极言其多也，彼时一挥千金娶姨太太者大不乏人，张宗昌甚至有"不知兵，不知财，不知姨太太"之说，亦民国之典型一景也。本篇载《启明女学校校友会杂志》1923年第2期。

壬戌金陵竹枝词集定庵句①·选一

[现代] 吴中伧父

吴中伧父，其人不详。

风云材略已消磨，俭岁高人厌薜萝。
从此不挥闲涕泪，蟾圆十一度无多②。

注释:

①壬戌：民国十一年，公元 1922 年。定庵：龚自珍号。

②本诗四句分别出自龚自珍《己亥杂诗》二百五十二、一百十六、一百七、一百八十二。其中"从此"，《己亥杂诗》作"今日"。

点评:

晚清民国，定庵风劲吹，尤以南社诸子为典型，其标志之一即集定庵句成诗。本篇作者当受此影响，甚至即是南社某子之化身。集句竹枝词，前已选入黄之隽集唐，"集龚"则亦可备一格，况其诗甚苍健乎？诗载《江声》1923 年第 6 期。

燕京老妓竹枝词

[现代] 佚名

老大风尘亦自哀，京华重到逐飞埃。
生张熟魏停车问①，笑道新从青岛来。

注释:

①生张熟魏：泛指认识的或不认识的人。沈括《梦溪笔谈》："北都有妓女，美色而举止生梗，士人谓之'生张八'……（魏）野赠之诗曰：'君为北道生张八，我是西州熟魏三。莫怪尊前无笑语，半生半熟未相谙。'"

点评：

　　本篇见于柴萼《梵天庐丛录》卷二十四，其按语云："民国参政院参政七十人，多为前清遗臣，方彼等联翩入都时，有人作《燕京老妓竹枝词》以嘲之，调侃可谓尽致。"诚然，以老参政为老妓，谑而且虐，蔑以加矣。

银幕竹枝词·选一

[现代] 灯下客

灯下客，其人不详。

　　做假如真岂易工，美人心事太玲珑。
　　谈情最好花阴坐，摄得朱颜默默红。

点评：

　　此组诗载于《大亚画报》1929 年第 191 期，计七首，足为民国影业留一小影，本篇乃其四，稍蕴藉者。

废历年关竹枝词·选一

[现代] 伍匡平

伍匡平，其人不详。

　　侬爱簪花格最多①，临碑前此学曹娥②。

　　书楹旧句嫌陈腐，不写宜春写共和③。

注释：

　　①簪花格：南朝梁袁昂《古今书评》称卫恒书如插花美女，舞笑镜台，后称书法娟秀工整者为簪花格。

　　②"临碑"句：曹娥碑谓东汉孝女曹娥的墓碑，今碑石已不存。后世所传《曹娥碑帖》，一为晋人墨迹摹刻的拓本，或以为王羲之书。另一为北宋蔡卞重书。

　　③宜春：谓宜春帖，旧俗在立春日用来祝贺新春，上有"宜春"二字的帖子。见宗懔《荆楚岁时记》。

点评：

　　"不写宜春写共和"，如此大题目，轻轻隐于闺秀簪花小字之中，情韵绝妙。诗载《侨镜月刊》1931 年第 7 期。

竹枝词·选一

[现代] 王耜良

王耜良，其人不详。

　　煮茗谈心小院东，唧唧细语诉私衷。

　　面庞虽是开通样，其实都归一点红。

点评：

此组诗载于《师亮随刊》1931 年 108 期，计四首，写民国学生行为心态，亦颇新颖。本篇为其三，其二云："卿卿我我乐陶陶，大抵情郎意不挠。君是学生侬是甚，自由见识比人高。"亦佳。

津门消夏竹枝词 · 选一

[现代] 云若

云若，其人不详。

> 历说兴亡四十春，萧萧白发老歌人。
> 念家山破何人会①，哭煞江南柳敬亭②。

注释：

①念家山破：词牌名，南唐后主李煜自度曲。《南唐书·后主纪》："旧曲有《念家山》，王亲演为《念家山破》，其声嘹杀而其名不祥，乃败征也。"此处有双关刘宝全鼓曲之意。

②柳敬亭：见前纪昀《乌鲁木齐杂诗》注释。

点评：

本篇载于《中华画报》1932 年第 177 期，诗后有自注颇长，略谓鼓界大王刘宝全（1869—1942）年逾六旬，鬻歌四十载，其艺老而愈进，炉火纯青，感喟苍凉，一时无两。听其唱《宁武关》一曲，其"从来国难最苦忠良""可恨那朝中宰辅无谋略，带累得边上将军受祸殃"等句，不啻为现时写照，而听者藐藐，令人浩叹。诗当作于"九一八"后不久，忧愤之情，溢于言表。

其时刘宝全名震北地，多得文人咏叹。《顺天时报》1929年8月20日载杨圻《辽东听刘宝全鼓曲》七绝四首最称佳作，前二云："此曲人间定有无，花飞四座万人呼。渔阳三挝齐惊起，争识前朝张野狐。""五月边城闻管弦，熟梅时节老莺天。少陵野老俱头白，流落江湖二十年。"

团阀黑幕竹枝词·选一

[现代] 柳治平

柳治平，其人不详。

会场运动有门包，程度何分矮与高。
只要一朝权在手，男儿到此亦雄豪。

点评：

所谓"团阀"，无非地方之保安团也，而区区之权，亦大足横行非为矣。古今中外，莫不如是。

女学生竹枝词·动物

［现代］子雄

子雄，其人不详。

> 鱼能游泳鸟能翔，校误勘疑镇日忙。
> 底事关心难释手，水禽标本画鸳鸯。

点评：

本篇载于《湘珂画报》1932年第49期，一组五首，分写植物、音乐、国文、历史、动物课程。关心鸳鸯，古今少女皆如此，点缀入"水禽标本"，便生新意。

金兰市目连戏竹枝词①·选一

［现代］一萍

一萍，其人不详。

> 黄昏歌舞暂时休，裙带旖旎各下楼。
> 含笑牵郎忙问讯，今朝谁是女班头②。

注释：

①金兰市：镇名，在今湖南省衡阳市祁东县。目连戏：传

统戏曲剧种，专演"目连救母"戏文。其故事源于《经律异相》《佛说盂兰盆经》等佛教经典。唐五代已有多种目连变文，后历经发展，至近代已遍及全国。

②班头：团体中的领袖、首领。关汉卿《望江亭》："端的是佳人领袖，美女班头。"

点评：

戏剧演罢则牵郎问讯谁为魁首，娇憨争胜，别有风情。本篇载《鸵鸟》1933 年第 55 期。

私塾竹枝词·选一

[现代] 悼苍生

悼苍生，其人不详。

忙中无事且偷闲，常与乡邻作往还。

有时高谈说古记，宋朝好个白香山。

点评：

私塾笑话最多。冯梦龙《古今谭概·谬误部》载，昔有宿儒过村学中，闻其将《论语》"郁郁乎文哉"误作"都都平丈我"，乃校正之，学童皆骇散。时人为之语曰："都都平丈我，学生满堂坐；郁郁乎文哉，学生都不来。"《随园诗话》载诗云：

"漆黑茅柴屋半间，猪窝牛圈浴锅连。牧童八九纵横坐，天地玄黄喊一年。"景状亦极可笑。本篇中私塾先生将白居易误置宋朝，亦其流亚也。组诗刊于《师亮随刊》1933 年 157 期，其另一首云："代人常把祭文编，费尽工夫做几篇。只有呜呼与尚飨，一头一尾恰当然。"同一谐趣。

西康竹枝词①·锅桩②

[现代] 潜

潜，其人不详。

悠扬何处起悲笳，声送锅桩月正斜。
更进一杯蛮冲酒③，寒鸦拍拍乱飞花。

注释:

①西康：中国原省级行政区，省名来自境内的康巴藏区，省会曾设于康定、雅安等，管辖范围包括如今的四川甘孜州、凉山州、攀枝花市、雅安市及西藏昌都市、林芝市。西康省设置于民国二十八年（1939），1955 年被撤销，原所属区之金沙江以东者并入四川省，金沙江以西者并入西藏。

②锅（yú）桩：即"锅庄"，又称为"果卓""歌庄"等，藏语意为圆圈歌舞，是藏族三大民间舞蹈之一。

③蛮冲酒：即青稞酒，藏语称之为"穷"，"蛮冲"乃"穷"之译音。

点评：

组诗六首，载于《康藏先锋》1934 年第 5 期，本篇最显气
韵苍凉。

北京富人竹枝词·选一

[现代] 吴成章

吴成章，女，生卒年不详，字凤湖，浙江嘉兴人，善画。

大名鼎鼎上将军，闻道来京位授勋。
扑克一场钱百万，输赢犹说未曾分。

点评：

本组诗六首，先载于《顺天时报》1920 年 12 月 2 日，复
载于《法治周报》1934 年第 7 期，本篇为第一首。其四云："珠
宝满头香满身，一身装束入时新。谁家眷属风头大，闻嫁当今
卖国人。"其五云："今宵戏馆上新明，大姐娇声唤卫兵。汝要
升官容易事，新姨太太爱逢迎。"其六云："公子狐裘倦目瞋，
呼奴添火室生春。围炉犹道天公冷，门外饥寒有难民。"皆佳。
吴成章另有《北京苦社会竹枝词》，有意与"富人竹枝词"相对
激射，如"西北风吹木叶干，穷人瑟缩泣饥寒。奔驰二足追车
畔，瘦臂交叉说请安"，虽略嫌直白，而描摹如画，令人恻然。

绵竹中山公园竹枝词·选一

[现代] 三峡

三峡，其人不详。

拆毁山门内外墙，独留妙相四金刚。
低眉不语人间事，佛到无灵也受方①。

注释：

①受方：四川方言，受窘（据 1939 年公布之《成都市方言一览表》）。

点评：

佛到无灵，只能受窘，人何以堪！

办款竹枝词①·选一

[现代] 赵石栖

赵石栖，其人不详。

大捆棕绳一面锣，稍迟即以阻挠科②。

可怜最是二三月，牛羊牵尽更拿锅。

注释：

①办款：征缴捐税。

②科：科罪，定罪。

点评：

民命如草，写来哀愤不已。

到乡间去的委员·竹枝体·选一

[现代] 张元埙

张元埙，生卒年不详，字在兹，贵州平坝（今安顺市平坝区）人。有《还读斋诗稿》。

长夫每日洋三角①，短榻终宵油两灯。

红日西斜尚高卧，苞苴恰进月初升②。

注释：

①长夫：长工、民夫。

②苞苴：贿赂。《荀子·大略》："汤旱而祷曰：'……苞苴行与？谗夫兴与？何以不雨至斯极也！'"杨倞注："货贿必以物苞裹，故总谓之苞苴。"

点评：

竹枝词而以现代白话为标题者，似独此一家。张氏以口语咏竹枝，数量既丰，亦通透明白，别具一格。本篇写民国下乡小吏如画，厌恶愤懑俱在不动声色中。

都会女人竹枝词·选一

[现代] 梦秋生

梦秋生，其人不详。

早春天气暖仍寒，斟酌衣裳称体难。
却恐新装穿不得，出门忍使自身单。

点评：

本篇载于《新天津画报》1939 年第 13 期，以诗论不能称佳，然"美丽冻人"之都会习尚如今仍在，且愈演愈烈矣。作者组诗或写"猫奴"之"护侍殷勤点手呼……凉宵卧贴暖罗襦"，或写"减肥一族"之"但求袅娜心足矣，乞藉灵方消瘦囊"，或写玩洋娃娃之"常为皮娃替洗梳，裁缣剪帛作衣裙"，或写穿高跟鞋之"等闲改着高跟履，应与缠纤罪一般"，皆令人有"既视""现场"感。竹枝词未必皆有大意义，能追摄时代气息，即可称道。

程剧竹枝词·一捧雪①

[现代] 佟晶孚

佟晶孚，字心慧，生平不详。

花天酒地乱如麻，把酒看花兴倍赊。
招来烦恼缘由酒，惹起纷争只为花。
劝君莫向花前羡，笑尔曾经酒后夸。
一捧雪中花似雪，剧怜酒汉醉流霞。

注释：

①一捧雪：传奇名，清初李玉作，描写莫怀古友人汤勤为夺莫妾雪艳，撺掇权贵严世蕃向莫索求家藏古玉杯"一捧雪"，致莫家破人亡，后得戚继光襄助，始得雪冤的故事。

点评：

竹枝词以七言平韵四句为正体，而变体颇多，七律亦有以"竹枝词"标目者，前文所引，已经不少。"程剧"，即程砚秋演出之剧目，作者为"程党"可知。诗以"花天酒地"开场，句句关联"花""酒"二字，颠连反复，而风情益甚，所以为佳。本篇载于《立言画刊》1939年第25期。

历下竹枝词①·选一

[现代] 鹊华过客

鹊华过客，其人不详。

肩挑小贩自当家，早起先煎七碗茶②。
篮里红红兼绿绿，抗声却唤好黄芽③。

注释：

①历下：在山东省济南市，因在历山（今千佛山）之下，故名。

②七碗茶：卢仝《走笔谢孟谏议寄新茶》："一碗喉吻润，两碗破孤闷……七碗吃不得也，唯觉两腋习习清风生。"后即以"七碗茶"作为饮茶典实。

③抗声：高声，大声。《魏书·任城王顺传》："纥胁肩而出，顺遂抗声叱之。"

点评：

作者自注："济南卖白菜者每高呼黄芽，初到者不知其卖何物也。"小小剪影，遂极生动。本篇载于《山东省会警察署半年刊》1939 年 12 月。

流线型学生竹枝词·选一

［现代］丽丝

丽丝，其人不详。

红花艳曲口中吟①，乱世佳人向往深。
国事蜩螗何足问②，周严婚变最关心③。

注释：

①红花艳曲：作者自注："电影名"。

②蜩螗（tiáo táng）：蝉的别名，比喻喧闹、纷扰不宁。赵翼《耳聋》："世务纷蜩螗，聆之本何益。"

③周严婚变：作者自注："周璇严华婚变之事"。

点评：

组诗之第一首开宗明义云："雅号新鲜流线型，果然玉立貌亭亭。中西学术寻常事，第一专心恋爱经。"看来所谓"流线型"学生者，大体乃流连光景、不务学业之"官二代""富二代"学生之通称。其不问蜩螗国事、惟狂追明星八卦者，亦彼时大学生之一端也。诗载于《万象》1941年第4期。

新婚竹枝词·选一

[现代] 醒独山人

醒独山人，其人不详。

　　喁喁细语话年华，妾比阿郎一岁差。
　　昧旦休谈风月事①，恐人窃听隔窗纱。

注释：

　　①昧旦：天将亮时。《诗经·郑风·女曰鸡鸣》："女曰鸡鸣，士曰昧旦。"

点评：

　　组诗计二十首，自婚礼写至回门，活色生香，笔致甚佳。本篇可谓尤具风情者。

封条竹枝词①·选一

[现代] 甲峰

甲峰，其人不详。

　　描来封诰贴新春，却与私坊细局邻②。
　　非向门前夸阀阅③，夜深恐误叩门人。

注释:

①封条: 此谓门封诰条, 作者有长篇自注, 略谓清末春节时, 除对联外, 官宦之家尚有"门封""诰条"。门封多悬于大门内照壁上, 以宋体黑字书主人官衔及荣典, 如"某部尚书正月封""赏穿黄马褂正月封"等, 其卑职小员亦张挂"某处笔帖式"等字样, 以示做官人家也。门封以外, 又有诰条, 多书"禁止喧哗""不许作践"等字样, 上盖官府朱印, 威风十足。

②私坊细局: 此指市井小民。

③阀阅: 亦作"伐阅"。《史记·高祖功臣侯者年表》:"古者人臣功有五品, 以德立宗庙定社稷曰勋, 以言曰劳, 用力曰功, 明其等曰伐, 积日曰阅。"功勋世家为标榜功业, 在住宅门外树柱以题记, 在左曰阀, 在右曰阅。

点评:

本组诗四首, 载于《三六九画报》1942 年第 1 期, 其二云:"多多益善是封条, 拉扯官衔宋字描。远代旁支搜括尽, 直将原任溯前朝", 此清代嘉道间得硕亭所撰《都门竹枝词》之一, 早为陆以湉 (1801—1865)《冷庐杂识》卷七所载, 可见本篇亦未必自撰, 或采撷前人、补报刊之白者, 姑识之俟考。本篇反笔讥刺, 不言其虚荣, 但言其为叩门人着想, 讽更入骨。

万古桥竹枝词①·选一

[现代] 邱培豪

邱培豪，生卒年不详，浙江湖州人，1927 年毕业于沪江大学政治系，曾长期担任陈果夫秘书，与陈合著有《中华国民生活历》，并任《湖州月刊》主编。

时局兴亡一瞬真，春花秋月幻空频。
西风漫把竹枝唱，唤醒醉生梦死人。

注释：

①万古桥：在浙江省湖州市南浔区南西街。

点评：

作者自序云，"民国十年夏，余因暑期买棹返浔，书窗无事，正将入南柯之候，忽有声起自案曰：'君亦愿作醉生梦死者乎'……归来灯下，乃挥竹枝词一十九首"，此即本篇末句之由来。竹枝小词，倘能有"唤醒醉生梦死人"之用，其功亦大矣！

清凉山香市竹枝词①·其六

［现代］江逢僧

江逢僧（1901—？），[1] 字味芋，安徽旌德人，1949年后任云南大学教授。有《孟子论文》等。

不惜三千布善缘，但求佑我福绵绵。

乞儿遍地哀鸿告，不肯轻抛一个钱。

注释：

①清凉山香市：此指南京清凉山每年七月所开地藏王香市，见刘声木《苌楚斋随笔》卷六。

点评：

诗载于《同南》1918年第7期，虽未可称含蕴，然单刀直入为之速写，亦佳。

---

[1] 江氏生年自1921年刊布《同南社社友姓氏录》考得，《姓氏录》载其籍贯为江宁，而其发表作品则自署为旌德。

云南昆明散民族竹枝词①·选一

[现代] 杨成志

杨成志（1902—1991），广东海丰人，1927年岭南大学毕业后赴法留学，获巴黎大学民族学博士学位，历任中山大学教授、中央民族学院教授等职。有《云南民族调查报告》等。

鸡冠帽耸覆乌云②，辫发垂垂红线纹③。
多少春情关不住，秋波频转盼郎君。

注释：

①散民族：即彝族支系之一的撒梅人，主要居住在云南省昆明市官渡区阿拉乡，是昆明最古老的原住民族之一。

②鸡冠帽：撒梅人的特色服饰。用硬布剪成鸡冠形状，其上绣各种花卉，是撒梅族姑娘吉祥幸福的象征。在结婚宴请宾朋当天新娘会把鸡冠帽前后颠倒过来佩戴，结婚之后才会脱下鸡冠帽改换已婚妇人的发型和装饰。

③"辫发"句：作者自注："散民女子尚戴黑布而刺绣的鸡冠帽，垂辫而束红丝纱或线，两眼看人，非常动人。"

点评：

杨氏乃著名民族学家，不以诗名，恰恰因此，其发表于

《新亚细亚》1932年第4期的一组十首《云南昆明散民族竹枝词》即显得格外珍贵。尤令人意外者，《更生》1940年第9期发表署名"蝶仙"者《昆明散村竹枝词》十首，与杨氏所作几乎全同，显见为剽窃所得。民国号"蝶仙"者有数人，名最著者乃钱塘陈栩，此"蝶仙"究竟为谁尚待考证，然已可见此类事自古及今缕传不绝也。

紫坭竹枝词十八首①·选一

[现代] 张采庵

张采庵（1904—1991），号建白，广东番禺（今广州市番禺区）人，有《春树人家诗词选》。

烟波双桨赶朝墟，泼剌鲜鳞一尺余。
九月西风芦苇白，鲤鱼涌口卖鲈鱼②。

注释：

①紫坭：村名，在番禺区沙湾镇，因村内有大片紫红色土壤而得名。

②鲤鱼涌：紫坭村小河名。

点评：

采庵足称现当代岭南诗词之名家，其笔下描摹乡里，极多画意，亦极多深情。组诗其七云："羊咩基路野花春，看鸭桥头杨柳新。一自送郎湖海去，绿烟红雾属谁人。"其八云："家住村南第五桥，松风如浪月如潮。隔涌时有蚕桑女，一曲南音百啭娇。"墨浓墨淡，皆追古人。本篇末句天然凑泊，不让王渔洋"好是日斜风定后，半江红树卖鲈鱼"专美于前。

竹枝·选一

[现代] 卢前

卢前（1905—1951），字冀野，自号饮虹，毕业于国立东南大学国文系，历任金陵大学、中央大学等校教授，1949年后任南京通志馆馆长。有《冀野文钞》等。

慷慨从戎尽少年，军人魂各系腰偏。
请君莫奏江南弄，听唱铙歌阵地前[①]。

注释：

①铙歌：军中乐歌。传说黄帝、岐伯所作，汉乐府中属鼓吹曲，马上奏之，用以激励士气。何承天《朱路篇》："三军且莫喧，听我奏铙歌。"

点评：

作者题目后自注云："检箧得铙歌残稿六章，犹是旅居汉口

时作"，本篇为其一。此组诗其六云："词成早付军中唱，亦是
铙歌亦竹枝"，可见本为抗日军歌之用，故意气豪迈。

闽南旧历新年竹枝词·选一

[现代] 谢云声

谢云声（1907—1967），福建南安人。毕业于中山大学研究
院，师从顾颉刚、黄朝琴研究民俗学。"七七事变"后避难新加
坡，历任各中学教职。有《闽南民间歌谣》《来燕楼诗话》等。

猜思人语事荒唐，妇女无知信一场。
不怕巷衢逢犬吠，惊心无奈为听香。

点评：

作者自注称，闽南元宵风俗，妇女多外出街头巷底，听人
言语，以卜吉凶，名曰"听香"。其俗似甚古，亦甚普遍，可发
一笑。本篇载于《论语》1934 年第 35 期。

关西竹枝词·选一

[现代] 今霞

今霞，其人不详。

儒坑书焚祸事平，祖龙高卧阿房宫^①。

谁知思想已同一，翻有夥颐撞丧钟^②。

注释：

①祖龙：特指秦始皇嬴政，见《史记·秦始皇本纪》。裴骃《集解》引苏林曰："祖，始也；龙，人君像。谓始皇也。"

②夥颐：谓陈胜。《史记·陈涉世家》："夥颐，涉之为王沉沉者。"

点评：

本篇载于《人民时代》1947年第4期，诗意或从唐人章碣《焚书坑》"坑灰未冷山东乱，刘项原来不读书"翻出，置之民国时代，便有冷嘲热骂之新意义。

下编

港澳台及海外竹枝词三十首

盂兰竹枝词·选一

[清]彭廷选

彭廷选，生卒年不详，字雅夫，台湾淡水人，道光二十九年（1849）拔贡，任教谕。有《傍榕筑诗文稿》。

金钱縻费万千偿，何不存留备救荒。
生渡方为真普度，舍人渡鬼总茫茫。

点评：

仁人之语，亦通达之语。《倚天屠龙记》中张无忌请教空闻方丈世间可有鬼魂，空闻答曰"不知"。张无忌大惑："既如此，僧人做佛事，超度亡灵，何也？"空闻曰："幽魂不须超度。人死业在，善有善报，恶有恶报。佛家行法，乃在求生人心之所安，超度的乃是活人。"此真一语道破、一针见血语，彭氏诗亦有此意。

台海竹枝词·选一

[清]刘家谋

刘家谋（1814—1853），字芑川，福建侯官（今属福建福州）人。道光十二年（1832）举人，官至台湾府儒学训导。有《揽环集》等。

一封书去太匆匆，隔断横洋路不通。
郎似麦花侬似黍，争教开并月明中。

点评：

作者自注云"一封书，小船名"，此名已甚奇。又注云"南方麦花多开于夜……黍米夜间开花"，因此而有"郎似"二句有情语，亦奇。刘家谋乃谢章铤聚红榭中人，虽无大名，然诗词皆非凡庸，读此可知。

台疆杂咏·选一

[清] 张景祁

张景祁（1827—1900），字蘩甫，号新蘅主人，浙江钱塘（今杭州市）人。同治十三年（1874）进士，官至福建连江知县。有《挈雅堂集》等。

劫夺残伤事可哀，军储百万委蒿莱[①]。
摸金校尉知多少[②]，不斩楼兰一级来[③]。

注释:

①军储: 粮秣等军需物资。《晋书·殷浩传》:"开江西畷田千余顷, 以为军储。"

②摸金校尉: 古代军官职称, 最早为三国曹操所设, 负责发掘坟墓盗取财物以充军饷。陈琳《为袁绍檄豫州》:"操又特置发丘中郎将, 摸金校尉, 所过隳突, 无骸不露。"此处但用字面意, 谓贪污克扣军饷者。按: 陈琳之说或为贬蔑曹操造作之谣言, 未可尽信。

③斩楼兰: 意谓杀敌立功, 典出《汉书》载傅介子设伏斩杀楼兰王事。李白《塞下曲》:"愿将腰下剑, 直为斩楼兰。"

点评:

张景祁光绪十年(1884)、十七年(1891)两任台湾淡水知县, 诸多见闻, 付之于诗, 本篇或为其中最愤懑而婉曲者。张氏词名甚著, 谭献称其渡台诸作"筘吹频惊, 苍凉词史, 穷发一隅, 增成故实", 诗亦可作如是观。

香江竹枝词·选一

[近现代] 陈征文

陈征文, 生卒年不详, 江苏吴县人, 光绪间任潮连巡检、新会县丞, 有《木兰馆诗钞》刻于光绪二十五年(1899), 故次于此。

琵琶一曲老秋娘^①，管领繁华二十霜。

也解随人作惆怅，太平山上说沧桑^②。

注释：

①秋娘：谢秋娘的简称，代指歌妓。段安节《乐府杂录》："（望江南）始自朱崖李太尉（德裕）镇浙西日，为亡姬谢秋娘所撰，本名《谢秋娘》，后改此名。"

②太平山：原名"硬头山"，古称为香炉峰，海拔高度554米，是香港岛的最高峰。

点评：

歌中沧海桑田，最令听者兴叹。陈氏名声不著，诗则无限苍凉。

澳门杂诗·选一

[近现代] 汪兆镛

汪兆镛（1861—1939），字伯序，号憬叟，广东番禺（今广州市）人，光绪十五年（1889）举人，入民国不仕，多居澳门。有《微尚斋诗》等。

世局沧桑一刹那，当年遗老渺山河。

风流文采无人问，搔首斜阳感慨多。

点评：

作者自注："明末诸遗老多为澳门之行。"此诗即咏此辈兼咏自身也，确乎感慨良深。

台湾竹枝词[1]·选一

[近现代] 丘逢甲

丘逢甲（1864—1912），字仙根，别署仓海君，台湾苗栗县人，光绪十五年（1889）进士，授任工部主事，主讲台中衡文书院等，光绪二十一年（1895）任义勇军统领，辛亥后参加临时政府。有《岭云海日楼诗钞》等。

北国荒草几经春，监国不亡国岂沦。
若究祸端肇亡国，九原应怨董夫人①。

注释：

① "九原"句：九原，指墓地。晋卿大夫的墓地集中于九原山，故代称之。董夫人乃郑成功正室，郑经生母。郑经与乳

---

[1] 丘逢甲《台湾竹枝词》传世四十首，有多个版本，《中华竹枝词》与《中华竹枝词全编》所收或非全本，或杂入他诗，应以罗可群《丘逢甲〈台湾竹枝词〉校注》（《岭南文史》1984 年第 2 期）为准。

媪私通生子，郑成功大怒，令杀之，但因董袒护未果，郑成功因此旋即去世。董又杀郑克臧，立郑克塽，终致明郑势力灭亡。

点评：

柳亚子《论诗六绝句》咏丘逢甲云："时流竟说黄公度，英气终输仓海君。战血台澎心未死，寒笳残角海东云。"《台湾竹枝词》亦丘氏"英气"之重要一端。若"竹边竹接屋边屋，花外花连楼外楼。客燕不来泥滑滑，满城风雨正骑秋"[1] "罂粟花开别样鲜，阿芙蓉毒满台天。可怜驵侩皆诗格，耸起一双山字肩""教士都凭器识先，海东旧院剧云连。岱云去作三山雨，灯火荒凉四十年"等，皆感喟深沉，令人动容。《台湾竹枝词》中咏郑成功事者较为集中，本篇最著见地，可作史论读，竹枝词中大文章也。

香江竹枝词

[近现代] 陈洵

陈洵（1871—1942），字述叔，别号海绡，广东新会人，光绪诸生，设馆糊口，晚年任教于中山大学。有《海绡词》。

三年不入琵琶座，江月船灯尽化烟。

---

[1] 本篇《台湾风土杂咏》又作周长庚诗。

犹是天涯未归客，已无闲泪落尊前。

点评:

　　本篇作者《中华竹枝词》《中华竹枝词全编》均署名"陈述叙"，据陈槃《涧庄文录》所附《广东历代诗钞别录》(卷下，上海古籍出版社 2010 年版)，可确认为"陈述叔"之误。陈洵穷老塾师，名不出里门，以慕粤剧名伶李雪芳之故，得词坛盟主朱祖谋之赏识揄扬，不仅为刻《海绡词》，且题《望江南》云，"雕虫手，千古亦才难。新拜海南为上将，试要临桂角中原，来者孰登坛"，称许陈洵与况周颐"并世两雄，无与抗手"，1929 年又荐之教授广州中山大学，自此无人不知述叔词名。彊村逊清名辈、一代词宗，不仅对陈述叔大肆鼓吹于前，且越格荐拔于后。其人其事，足称千古佳话。1930 年秋，陈洵以教职所入较丰，遂能来沪拜谒彊村。此是两人首次见面，上距得彊村赏拔荐举已历多年。两位词老坐思悲阁谈词，流连浃旬。当黯然别去，后期无准，内心会是怎样的苍凉！

　　陈洵词宗梦窗，风格密晦，而亦不乏刚健疏朗，本篇意致凄丽，于其诗词中允称上品。

台湾竹枝词·选一

[近现代] 梁启超

梁启超 (1873—1929)，字卓如，号任公，又号饮冰室主

人，光绪十五年（1889）举人，入民国任司法总长、财政总长、
清华大学教授。有《饮冰室合集》。

蕉叶长大难遮阳，蔗花虽好不禁霜。
蕉肥蔗老有人食，欲寄郎行愁路长。

点评：

梁氏自序云："晚凉步墟落，辄闻男女相从而歌。译其词
意，恻恻然若不胜谷风小弁之怨者。乃掇拾成什，为遗黎写哀
云尔。""为遗黎写哀"，实亦写一己惘怅，"欲寄郎行愁路长"
是也。

澳居杂诗·选一

[近现代] 黄节

黄节（1873—1935），原名晦闻，字玉昆，别署晦翁。广东
顺德人。清诸生，入民国任北京大学教授。有《蒹葭楼诗》。

倚栏树不到檐庭，白月初黄月初青。
楼外是山山后海，人生难得此居停。

点评：

黄节以诗名世，与梁鼎芬、罗瘿公、曾习经合称"岭南四

家"，又与陈洵并称"黄诗陈词"，人称其诗"唐面宋骨"，本篇即大有东坡"惆怅东栏一株雪，人生看得几清明"之概。

香港竹枝词·选一

[现代] 王礼锡

王礼锡（1901—1939），江西安福人，就读于江西心远大学，后赴日、英、法等国考察学习。抗战爆发后回国，不久病逝。

善行无辙虚为车，老子聪明究不差。
不信但看香港报，传神阿堵在××。

点评:

本篇见于《宇宙风乙刊》第六期，为六首之四。作者自注云:"港报'寇''敌'各字均犯禁，而易以××，读者可以意会……老子曰'善行无辙迹'，又曰'当其无，有车之用'，可为××注脚。"抚今追昔，难免叹叹。又:组诗其一曰:"万里归来未是家，港中女女又花花。眼前新界饥民死，手底麻雀竟夜叉。"其三曰:"市场风靡尽谣言，屈膝和戎日日传。将士前方万千死，富商不出一文钱。"亦佳。

外国竹枝词·朝鲜·选一

［清］尤侗

尤侗（1618—1704），字展成，号西堂，苏州府长洲（今江苏苏州市）人，康熙十八年（1679）举博学鸿词，授翰林院检讨，与修《明史》。有《西堂全集》。

杨花渡口杏花红，八道歌谣东国风①。
最忆飞琼女道士②，上梁曾到广寒宫③。

注释：

①八道：朝鲜王朝时期的行政规划，包括咸镜道、平安道、黄海道、京畿道、江原道、忠清道、金罗道、庆尚道。

②飞琼：谓许飞琼，古代神话传说中西王母的侍女。《汉武帝内传》："（王母）又命侍女许飞琼鼓震灵之簧。"此处借指朝鲜女子许景樊。

③上梁：谓上梁文，古代建屋上梁时用以表示颂祝的一种骈文。徐师曾《文体明辨》："按上梁文者，工师上梁之致语也。世俗营宫室，必择吉上梁……其文首尾皆用俪语，而中陈六诗，诗各三句，以按四方上下，盖俗礼也。"

点评:

《外国竹枝词》共百首，系作者参修《明史·外国传》时据文献而作，似为中国历史上最早一次诗体的"全面看世界"。本篇后自注云："国有八道。杨花渡在汉江滨。闺秀许景樊后为女道士，尝作广寒宫玉楼上梁文。"可见所知确非皮相。

朝鲜竹枝词·选一

[清] 徐振

徐振，生卒年不详，字白眉，江苏华亭（今上海）人，康熙四十四年（1705）举人。有《四绘轩诗钞》。

白岳山头草似袍①，杨花渡口絮如毛②。
郎来踏青珠勒马，妾来戏水木兰桡。

注释:

①白岳山：又名北岳山，顾祖禹《读史方舆纪要》："在王京城北。万历中，倭据王城，背岳山面汉水为营，即此。"

②杨花渡：顾祖禹《读史方舆纪要》："杨花渡在王京西南，汉江之滨。朝鲜各道馈饷，皆聚于此。或曰即临津渡也。"

点评:

徐振奉使朝鲜，使命不详，而组诗则记录彼时朝鲜诸多风物文化，甚可宝贵。如"玉峰诗逊石洲工，异国词人此两翁。不道柳枝能贾祸，九原遗恨咏东风"，自注略云，权石洲诗在白玉峰上，因咏新柳语涉讥讽而论死，国人哀之，真希见掌故也。本篇则如马快风疾，一气直下，刻写风情如画。

海外竹枝词·巴黎·选一

[清] 潘乃光

潘乃光（1844—1901），字晟初，广西荔浦人，同治四年（1865）举人，游于幕，官至山东候补道。有《榕阴草堂诗草》。

劫灰飞尽了无痕，英武空怀拿破仑。
贻误皆因王好战①，山河如故愧伦敦。

注释：

①王好战：用《孟子·梁惠王上》"王好战，请以战喻"语。

点评：

光绪二十年（1894）底，潘乃光随湖北布政使王之春从上海启程，由海上至香港，经越南、新加坡、马来西亚、斯里兰卡、埃及、法国、意大利、英国、芬兰、俄国，"历九阅月，往返数万里"，于次年闰五月回到上海，途中撰有《海外竹枝词》

一百一十首（署名"寄所托斋戏编"），亦允称较早"睁眼看世界"之重要代表。本篇谴责拿破仑因好战而有滑铁卢之败，甚具识地。

日本杂事诗·选一

[清] 黄遵宪

黄遵宪（1848—1905），字公度，号人境庐主人，广东嘉应州（今广东梅州市）人，光绪二年（1876）举人，历任驻多国参赞、领事，官至署湖南按察使，有《人境庐诗草》《日本国志》等。

翠华驰道草萧萧，深院无人锁寂寥。
多少荣花留物语①，白头宫女说先朝。

注释：

①"多少"句：《荣花物语》作于11世纪初，正篇三十卷，赤染卫门撰；续篇十卷，周防内侍撰，描述宇多天皇到堀河天皇十五代二百年间的贵族社会，撰写方式与《源氏物语》类似，被称为日本历史小说鼻祖。

点评：

黄遵宪《日本杂事诗》作于其任驻日本使馆参赞期间，原本一百五十四首，1890 年重又改定，增删至二百首。其自序云：
"拟草《日本国志》一书，网罗旧闻，参考新政，辄取其杂事衍
为小注，串之以诗。"可见其诗体《日本国志》属性。本篇属其
中饶有唐音者。

　　黄氏另有《山歌》一组，亦佳，如"第一香橼第二莲，第
三槟榔个个圆。第四夫容五枣子，送郎都要得郎怜"，以物谐音
表情，发端甚古，连类至五种则不多见。此诗尽情极致，颇有
新意。

伦敦竹枝词·选一

[近现代] 张祖翼

　　张祖翼（1849—1917），字逖先，又号梁溪坐观老人，安徽
桐城人，有《伦敦风土记》等。

　　国政全凭议院施，君王行事不便宜。
　　党分工保相攻击，绝似纷争蜀洛时^①。

注释：

　　①"绝似"句：北宋元祐年间，以程颐为首的"洛党"与
苏轼为首的"蜀党"因私怨及政治分歧发起旷日持久之争端，
结果两败俱伤。

点评：

光绪十三年（1887），张祖翼作为官员随从出使英伦，将其见闻写成《伦敦风土记》及竹枝词九十九首，是为中国人较早走出国门、拥抱世界的代表作之一。以诗论，佳者不多，本篇亦无大诗味，将英国宪政制度比作洛蜀党争，亦比拟不伦，然而能睁开眼睛即佳，总胜于夜郎自大、闭关锁国也。

柏林竹枝词·选一

[近现代] 潘飞声

潘飞声（1858—1934），字兰史，号剑士，广东番禺人（今属广州市）。光绪十三年（1887）任德国柏林大学汉文学教授，后赴香港，主《华报》《实报》笔政。晚年在上海卖文为活。有《说剑堂诗集》等。

帖园花木自幽深①，溱洧因缘邂逅寻②。
未把痴情诉天主，先将名字镂同心。

注释：

①帖园："帖尔园"的简称，今译蒂尔加藤公园（Tiergerten Park），坐落于柏林中部米特区，占地210公顷，是德国最大的都市公园之一。

②溱洧：溱水与洧水，皆在今河南省。《诗经·郑风·溱

洧》:"溱与洧,方涣涣兮,士与女,方秉蕳兮。"后常用作青年男女定情的代称。

点评:

潘氏应聘柏林大学讲席,"碧眼细腰,执经问字,亦从来文人未有之奇也"(张尔田语),所作竹枝词描摹德国风物甚悉。本篇自注略谓青年男女邂逅定情于公园,以刀刻心于树,而各书名其中。此景于今则常见矣。

日京竹枝词·选一

[近现代] 陈道华

陈道华(1862—?),字菫堂,广东番禺人。

信州荞麦白无瑕,京市桃花带血赮①。
惟愿年年好颜色,情郎如麦妾如花。

注释:

①赮:"霞"的古字,彩霞。诸多文献作"瑕",与首韵同字,误。

点评:

《日京竹枝词》计得百首,于光绪三十四年(1908)写成,自序称四十五岁时游日,在彼二年,所记见闻,颇具声色。本篇自注云:"信州产面,色白如玉。谣曰:'信州好荞麦,情郎好颜色。不食麦犹可,迟郎愁煞我。'盖亦相思词也。嫋嫋柔情,饶有古意。"作者之演绎实亦不在民谣之下也。

湾城竹枝词①·选一

[近现代] 廖恩焘

廖恩焘(1864—1954),字凤舒,号忏庵,广东惠阳(今广东惠州市惠阳区)人。早年留学美国,历任驻古巴、朝鲜、智利、巴拿马、菲律宾等国领事或总领事,晚年寓居香港。有《新粤讴》《忏庵词》等。

妾住剑茅郎隔河,荒畦十亩种菠萝②。
郎今爱啖菠萝蜜,怪底甜言饵妾多。

注释:

①湾城:即古巴首都哈瓦那。

②"妾住"二句:作者自注:"距城五十里外村落名剑茅,有菠萝园,环居多小户人家。隔河为汽机制酒工厂。"

点评:

本篇作者《中华竹枝词》等署名"忏广",盖不识"厂"为"庵/盦"异写之故,后诸多文献沿其误。廖氏长驻拉美诸国,在古巴时间最久，记其风情亦最详尽，本篇摇曳生奇，又为其中之尤。

又：廖恩焘有粤语七律之作，名为《嬉笑集》，其中亦有大具竹枝词意思者，聊附于此。如《广州即事》："广州唔到十三年，今再嚟番眼鬼冤。马路窿多车打滚，鹅潭水浅艇兜圈。难民纪念堂中住，阔佬迎宾馆里捐。酒店老车俱乐部，隔房醮打万人缘。""姑娘呷饮自由风，想话文明拣老公。唔去学堂销暑假，专嚟旅馆扮春宫。梳成双髻松毛狗，剪到条辫掘尾龙。靴仔洋遮高裤脚，长堤日夜两头春。"

扶桑百八吟·选一

[近现代] 姚鹏图

姚鹏图（1872—1921），字柳屏，江苏镇洋（今江苏太仓）人。光绪十七年（1891）举人，官山东知县，辛亥后任内务部秘书兼礼俗司司长。有《柳坪词》等。

复古维新任主张，当年龙战血玄黄。
一篇幕府衰亡论，信史无人说短长。

点评：

光绪二十九年（1903）三月至七月姚氏奉派日本，参加大阪举行的第五届国内博览会，其《扶桑百八吟》即作于此际。

杨寿枏称组诗"采其谣俗，谱以讴吟；隶事皆新，择言尤雅。考山川，志风俗，纪游同《赤雅》之篇；蒐佚事，摭异闻，载笔仿黄车之录，洵职方之外史，而乐府之新声也"，最可贵者，其中多忧患之心与开放视野。如"满眼河山劫后棋，太平景物又酣嬉。白头乌啄长安屋，如见仓皇出狩时""十年遗憾满山河，天子新闻日出歌。一样楼台画金碧，无人解与哭铜驼""士女如云香渍衣，良宵坐觉翠成围。谁知异域伤心客，负手欢场独自归"，皆是也。

本篇有自注颇长："德川专政久，人知有大将军，不知有王室也。自外人观之，佐幕逆而勤王顺，然幕府恩德已深，诸藩骤闻革政，颇疑新进挟少主以弄威福，人怀反侧。又佐幕者多主开港，而勤王者转主闭关。是非参错，内忧外患，国势危于累卵。赖二三藩士明说利害于诸藩之间，渐致维新之治，厥维艰哉。国人述明治史者，指不胜屈。福地源一郎著《幕府衰亡论》，人以为信史。"既感慨明治维新之艰辛，亦影照中国之运势，思想光芒，自不可掩。

柏林怨·选一

[近现代] 杨圻

杨圻（1875—1941），字云史，江苏常熟人，光绪二十八年（1902）举人，官至驻新加坡总领事，入民国任吴佩孚秘书长。有《江山万里楼诗钞》。

十万长平动地哀[①]，闺中齐上望夫台。

茶花不解封侯怨，犹傍春庭对月开。

注释：

①长平：公元前 260 年，秦国名将白起率军在长平（今山西省晋城高平市西北）击溃赵国军队，并坑杀赵国降兵数十万。

点评：

作者自注云，一战后，"柏林报告寡妇五百三十三万一千人，孤儿四百三十四万人，卡媚梨亚为德妇最贵重之花，今不闻卖花声矣"，故有此沉痛悲悯之诗。哀切之语，何堪使鼓吹战争者闻之！

江户竹枝词·选一

[近现代] 郭则沄

郭则沄（1882—1946），字蛰云，号啸麓，福建侯官（今福建福州市）人，光绪二十九年（1903）进士，官至署理浙江提学使，入民国曾任国务院秘书长。有《龙顾山房全集》等。

漫矜横海盛戈船，铁骑郎当更备边[①]。

记过黑村盘马地，围场一路草芊芊。

注释：

①郎当：颓败，破败。顾起元《客座赘语·方言》："败事曰郎当。"

点评：

郭则沄编《十朝诗乘》，为清诗史可贵文献之一，又发起冰社（后改须社），参加春音词社、聊园词社等，为一时风雅主盟。光绪三十三年（1907），郭氏由学部派往日本早稻田大学留学，旅日期间有《瀛海采风记》二卷、《江户竹枝词》百首，传诵一时。本篇自注云："东京府下目黑村，有陆军骑兵实施学校。"讥刺愤懑在不动声色之间。

东京杂事诗·选一

[近现代]郁华

郁华（1884—1939），字曼陀，浙江富阳人，光绪三十一年（1905）考取官费留学日本，法政大学法科毕业后任职外务部。入民国任大理院推事，兼朝阳大学等院校刑法教授。民国二十八年（1939）在上海被敌伪特务枪击身亡。有《郁曼陀陈碧岑诗抄》等。

半闲宰相老风流①，修得功名到白头。
仙子楼台人富贵，教坊争说牡丹侯②。

注释：

①半闲：南宋末宰相贾似道斋号"半闲堂"，此兼用其典。

②教坊：古代宫廷中掌管俗乐的乐舞机构，自唐代设置，迄清初废止。自明成祖将齐泰等人妻女送至教坊司充军妓，又兼有妓院性质。

点评：

郁华乃郁达夫之长兄，以法学知名，而其诗才亦不在乃弟之下。《东京杂事诗》七十三首异彩灼灼，如"金缕歌残酒未消，迎人更折小蛮腰。朱门十里传笺去，舞袖郎当过柳桥""万家井灶绿杨烟，樱笋初开四月天。十里隅田川上路，春帆细语看花船""白河船内夜迢迢，空唱刀环慰寂寥。忽梦归舟天际去，万山风叶落如潮""汽车欲发两神伤，绝塞深闺各断肠。灯火自流人自远，前村明月铁桥长"等，皆不愧"清艳绮丽，一时称绝"之誉（叶秋原跋语）。

本篇所谓"半闲宰相"指伊藤博文，自注云其"风流放诞，老而益肆，雏伎群苦之，号牡丹侯"，此足补日本史乘之阙也。《杂事诗》中另有一首云："宫禁争传艳事新，掖庭丽市号多春。相公垂老功名重，金印何堪换美人。"自注云：田中宫相惑少女小林某，欲以为妻，朝议非之，乃挂冠去，曰："一宫内大臣，足以吓老夫哉？"与本篇意旨分量略同。

东居杂诗·选一

[近代] 苏曼殊

苏曼殊（1884—1918），学名玄瑛，字子谷，以法号行世，广东香山（今属珠海）人。生于日本横滨，曾就读于早稻田大学。有《曼殊全集》。

六幅潇湘曳画裙①，灯前兰麝自氤氲②。
扁舟容与知无计③，兵火头陀泪满樽。

注释：

①"六幅"句：明代谢士元《无题》："春来玉腕瘦三分，懒曳潇湘六幅裙。"

②兰麝：女子身上的香气。萧衍《江南弄·游女曲》："氤氲兰麝体芳滑，容色玉耀眉如月。"

③容与：徘徊犹豫、踟蹰不前貌。《离骚》："忽吾行此流沙兮，遵赤水而容与。"游国恩《纂义》："容与即犹豫，亦即夷犹，踟蹰不前之意。"

点评：

苏曼殊，世所谓"花和尚"也，然其胸间自有隐痛，于兰麝微闻之际，忽然楔入"兵火"二字，是即"沉郁"也。又：

苏曼殊有七律体《捐官竹枝词》七首（诸多文献如《中华竹枝词全编》等误为七绝十四首），载其小说《断鸿零雁记》，嘲谑间作，辛辣风发，亦才人手段。其三："一麾分省出京华，蓝顶花翎到处夸。直与翰林争俸满，偶兼坐办望厘差。大人两字凭他叫，小考诸童听我枷。莫问出身清白否，有钱再把道员加。"其四："工账捐输价便宜，白银两百得同知。官场逢我称司马，照壁凭他画大狮。家世问来皆票局，大夫买去署门楣。怪他多少功牌顶，混我胸前白鹭鹚。"

南洋竹枝词·选一

[近现代] 莼农

莼农，应为王蕴章（1884—1942）字，号西神残客，江苏金匮（今无锡）人。光绪二十五年（1899）举人，历任沪江大学、南方大学、暨南大学等校国文教授。有《雪蕉吟馆集》《西神小说集》等。

齐云社外小阑干①，宝马香车白裌单②。
人自看花侬看海，怒涛雪涌万星寒。

注释：

①齐云社：宋、元、明民间踢球的社团，也称圆社。周密《武林旧事》："二月八日为桐川张王生辰……百戏竞集，如绯绿

社（杂剧）、齐云社（蹴毬）。"

②白裌（jiá）：白色夹衣。裴启《语林》："周侯……著白裌，凭两人来诣丞相。"

点评：

本篇载《双星》1915 年第 2 期。王蕴章南社才子，笔力过人，此《南洋竹枝词》一组，多奇丽之句。如"名山鹤化自何年，春草池塘忆惠连。十日药炉经卷畔，借他禅榻证初禅""白云飞破粥鱼闲，可有丸泥为闭关。沧海竭来惊几劫，秋风吹梦石钟山"等，皆学定庵能得其神者。本篇之胜，端在"怒涛雪涌万星寒"一句。

美洲度岁竹枝词·选一

[现代] 胡先骕

胡先骕（1894—1968），字步曾，号忏盦，江西南昌人，1912 年进入美国加利福尼亚大学和哈佛大学学习农业和植物学，获博士学位，回国后历任各高校教职并任中正大学首任校长，1948 年入选南京国民政府中央研究院院士。有《植物分类学简编》《胡先骕诗文集》《忏庵诗选注》等。

神话仙翁太渺茫，降从烟突更荒唐①。
儿童悬袜窗楞上，玩物明朝定一囊。

注释:

①烟突:即烟囱。梅尧臣《田家屋上壶》:"收挂烟突近,开充酒具迟。"

点评:

胡先骕为中国植物分类学奠基人,晚年因反对李森科学说遭边缘迫害,节操可风,而又兼擅诗词,通才不可多得也。《美洲度岁竹枝词》十首,为胡氏1912年末抵美留学值圣诞节而作,以诗言未可称佳,然题材可贵。本篇写圣诞老人送玩具糖果习俗,早为人所熟知,而彼时则新鲜事物也。

日本竹枝词·选一

[现代] 郁达夫

郁达夫(1896—1945),浙江富阳人。早年留学日本,1921年与郭沫若等发起成立创造社,主编《创造季刊》等杂志,1945年被日军杀害于苏门答腊。有小说集《沉沦》等。

百首清词句欲仙,小仓妙选世争传。
怜他如玉麻姑爪①,才罢调筝更数钱。

注释:

①"怜他"句:此形容弹筝女子手指纤白。葛洪《神仙

传》："麻姑鸟爪，蔡经见之，心中念言：背大痒时，得此爪以爬背当佳。"杜牧《读韩杜集》："杜诗韩集愁来读，似倩麻姑痒处搔。"

点评：

本篇后作者自注云："百人一首（小仓歌留多）。"注家多不解其意，故全诗解读亦多偏误。所谓"百人一首"，意为由百名诗人作品中每人选出一首的一百首和歌。平安时代末期至镰仓时代初期，藤原定家选取飞鸟时代至镰仓时代百位歌人每人一首作品，编成《小仓百人一首》集，因此集于小仓山编成，故得名《小仓百人一首》。歌留多（かるた），又称"歌牌"，是一种使用印有小仓百人一首的纸牌游戏。故全诗意指日本歌妓依歌牌上和歌而"调筝"，故而广受欢迎，多得赏钱。郁达夫以新文学擅名，其实律绝直登晚唐堂奥，乃现代文人中格律诗之大家，此组诗作于1914年，彼时年未弱冠，在其笔下仅二三流而已，而一种清丽，已迥异俗辈。

暹京竹枝词①·选一

[现代] 俊卿

俊卿，其人不详。

诵经座绕白纱香，闲着袈裟趁晚凉。

未悟法门清净好，僧家亦赶字花忙[2]。

注释：

①暹京：谓泰国首都曼谷。

②字花：亦称花会，是中国民间流行的一种赌博方法。庄家预先列表，内有三十六个名或三十六种物品。开赌时抽出其一覆盖起来，放在当眼处，让赌徒下注。注满则开谜派彩，一般为一赔三十左右。

点评：

本篇载于《南洋研究》1929 年第 6 期。作者自注略云：曼谷盛行请僧人诵经风气，以香花茶果供养，座上绕以白纱。其时赌风盛行，字花为最，僧人亦颇热衷。空门不空，令人兴叹。

岷尼拉竹枝词[1]·选一

[现代] 龚庸

龚庸，其人不详。

轻舠小雨碧丝河[2]，剪剪和风细细波。
子夜柳枝多楚调，徘徊中曲不胜歌。

注释:

　　①岷尼拉:即菲律宾首都马尼拉市。

　　②碧丝河:又作巴石河、帕西格河,连接贝湖与马尼拉湾。

点评:

　　本篇载于《蓝天》1940 年第 1 期,作者自注云:"菲人常驾'蚊甲'浮游河上,抚琴曼歌,声颇哀怨。"诗中所以曰"楚调""徘徊"也。

江南歌①·选一

[日] 祇园南海

　　祇园南海(1677—1751),名瑜,字伯玉,别号铁冠道人,纪伊人,木下顺庵弟子,先为纪伊儒官,坐事贬谪数年,召还复原官,接待朝鲜通信使臣。有《诗学逢源》《南海先生文集》。[1]

　　纺车缫罢理鬟云②,街上踏歌夜纷纷。

　　昨日东家携小女,夸人新制木棉裙。

　　[1] 小传参考胡欣《江户汉诗研究》,上海师范大学 2016 年博士论文。其卒年熊啸定为 1755 年,见《竹枝词在日本诗学定位的转变及与"好色"文艺的关系》,《国际比较文学》2019 年第 3 期。

注释:

①江南：此指纪川河口之南，诗所咏大约为和歌山市一带之风土。

②缲（qiāo）：缝纫方法，做衣服边儿或带子时把布边儿往里头卷进去，然后藏着针脚缝。

点评:

竹枝词自涓然细流衍汇为恣肆汪洋，更自中华濡染而及域外，影响广被东亚与东南亚诸国，所谓"文化输出"者，此当为样板楷模。其中，日本汉诗人之创作最为踊跃，精光异彩，比比皆是，实为江户、明治时期诗风转移一大关捩，尤堪称"广竹枝"突起之异军。本书绪论谈及竹东散史编辑之《日本竹枝词集》收诗两千首上下，虽仅传世之一部，[1]已足觇见其规模价值。祇园南海在江户中期诗坛地位颇高，江村北海《日本诗史》称其为"近世诗坛之雄"，古渔鸥史《鸭东四时杂词序》则以为日本人赋竹枝体者，当以其《江南词》为鼻祖，"犹唐之有刘梦得"。《江南词》十二首，自序明言仿刘禹锡、杨维祯之作，其实亦不少自家面目。如"郎报归期在月前，探得神签整金钿。斜阳淡岛布帆影，不是房船定萨船""晚潮汲来煮牢盆，朝带霜盐入市门。市门多少红粉女，问郎何作坐对尊"，皆移易他处不得。其后原霞裳、池海庄、冷云道人、霞峰山人等群起和之，足见风会之转关。

---

[1] 据有关文献，东京太平书屋于2000年、2015年分别出版《竹枝词集集成》第一卷、第二卷，规模当超过《日本竹枝词》。

本篇以织妇深夜劳作与邻家木棉裙相对映，大有"遍身罗绮者，不是养蚕人"之遗韵。天下辛苦，总是一般，固无分国界也。

鸭东四时杂词①·选一

［日］中岛棕隐

中岛棕隐（1780—1856），名规，字景宽，号棕隐、画饼居士，京都人。有《金罳集》。

纤手鸣刀各惯忙，店头菽乳照红裳②。
轻轻串得稜稜整③，三尺泥炉炙雪香。

注释：

①鸭东：京都东北的鸭川一带。

②菽乳：本篇注引《锦字笺》云："晋人以其名（豆腐）不雅，改曰'菽乳'"。

③稜稜：同"棱棱"，方正的样子。

点评：

继祇园南海后以竹枝词擅名者，应推菊池五山《深川竹枝》与中岛棕隐《鸭东四时杂词》两家，时人以杨铁崖（杨维桢）、余澹心（余怀）视之，"一时才子靡然向风，赋咏百出"。自此竹枝词在日本成为时尚，作者不少于数十百家，"虽潮来铫子穷陬，悉装饰其土风，以作我邦秦淮矣"（古渔鸥史《鸭东四时杂词序》），当与二人推动之功大有关系。《鸭东四时杂词》多至一百二十首，虽多眷连风月之作，亦不少较清新如本篇者。

本篇自注云："两店同卖豆腐串，女奴各著茜布蔽膝，有邀客递杯盘者，有当几斫豆腐或炙之者，割切方正，手逐刀移，几板随鸣，如有击节。咄嗟办出之捷，皆成于女手，两店以之得名。"烟火美食，写来颇为流美奇丽。

主要参考文献

诗词集

中华竹枝词　雷梦水、潘超、孙忠铨等编，北京古籍出版社 1997 年版

历代竹枝词　王利器、王慎之、王子今辑，陕西人民出版社 2003 年版

中华竹枝词全编　丘良任、潘超、孙忠铨等编，北京出版社 2007 年版

清代北京竹枝词（十三种）［清］杨米人等著，路工编，北京古籍出版社 1982 年版

汉口竹枝词校注　［清］叶调元著，徐明庭、马昌松校注，湖北人民出版社 1982 年版

四川竹枝词　林孔翼、沙铭璞辑，四川人民出版社 1989 年版

西安围城诗注　刘迈注，陕西人民出版社 1992 年版

安徽竹枝词　欧阳发、洪钢编著，黄山书社 1993 年版

太原竹枝词注释　李小强编注，北岳文艺出版社 1993 年版

台湾竹枝词　刘经发编注，黄山书社 1993 年版

清代海外竹枝词　王慎之、王子今辑，北京大学出版社 1994 年版

上海洋场竹枝词　顾炳权编著，上海书店出版社 1996 年版

三峡竹枝词　赵贵林编著，中国三峡出版社 2000 年版

姑苏竹枝词　苏州市文化局编，百家出版社 2002 年版

土家族地区竹枝词三百首　沈阳选注，民族出版社 2003 年版

江西竹枝词　孔煜华、孔煜宸编注，学苑出版社 2008 年版

伦敦竹枝词·法京纪事诗·西海纪行卷·柏林竹枝词·天外归槎录　〔清〕张祖翼、〔清〕王以宣、〔清〕潘飞声著，岳麓书社 2016 年版

日京竹枝词·扶桑百八吟　陈道华、姚鹏图著，岳麓书社 2016 年版

汴宋竹枝词校注　开封市地方志办公室编，中州古籍出版社 2018 年版

上海历代竹枝词　顾炳权编著，上海书店出版社 2018 年版

扬州竹枝词　顾一平辑录，扬州市邗江区党史地方志办公室、扬州市邗江区档案馆编，广陵书社 2020 年版

日本竹枝词集　〔日〕竹东散史校辑，日本昭和十四年（1939）刻本

鸭东四时杂词 〔日〕中岛棕隐著，日本文政九年（1826）精写刻本

研究专著

竹枝词研究 王慎之、王子今著，泰山出版社 2009 年版

竹枝词中的清代贵州民族社会 严奇岩著，巴蜀书社 2009 年版

上海竹枝词研究 程洁著，上海社会科学院出版社 2014 年版

晚清海外竹枝词考论 尹德翔著，中国社会科学出版社 2016 年版

武汉竹枝词史话 陈荣华主编，武汉大学出版社 2016 年版

民俗学视角下的竹枝词研究：以京津竹枝词为例 郑艳著，中国社会科学出版社 2017 年版

申报刊载旧体诗研究（1872—1949） 花宏艳著，凤凰出版社 2018 年版

蜀都竹枝：竹枝词中的民俗万象 谢天开著，西南交通大学出版社 2019 年版

竹枝词中的云南少数民族形象书写与建构研究 罗杰著，云南人民出版社 2020 年版

竹枝词及其近代转型研究 朱易安著，上海古籍出版社 2020 年版

学位论文

竹枝词发展史　孙杰著，复旦大学 2012 年博士论文

民族文学视野下的竹枝词研究　周建军著，中央民族大学 2012 年博士论文

近代竹枝词转型与都市文化研究——以 1872 年前后为中心　全亚兰著，上海师范大学 2015 年博士论文

铁雅诗派研究　陈谙哲著，吉林大学 2023 年博士论文

西湖竹枝词之研究　章微微著，浙江工业大学 2009 年硕士论文

土家族竹枝词研究　向彦婷著，中央民族大学 2011 年硕士论文

岭南竹枝词研究　罗俊萍著，暨南大学 2013 年硕士论文

清代东北竹枝词研究　修文强著，东北师范大学 2016 年硕士论文

明清时期的济南竹枝词研究　冯静著，山东大学 2017 年硕士论文

苏州清代竹枝词研究　周恬羽著，苏州大学 2019 年硕士论文

近代海外竹枝词中的"欧美"与"南洋"　郑俊惠著，华东师范大学 2019 年硕士论文

清朝八旗满洲文人竹枝词研究　王玲瑜著，辽宁大学 2020 年硕士论文

（期刊论文随正文注出，此不赘）

编 后 记

　　竹枝词对于我们可谓既熟悉也陌生的一段诗歌史存在。熟悉，是因为若干年来一直兴味浓足；陌生，是因为始终没能有机缘进入系统深入的研究。此次藉由这个编选"三百首"的机会，沉潜于"竹枝词海洋"中数月之久，我们一方面重新认识到竹枝词的魅力与价值，另一方面也强烈感受到从事相关研究工作的乐趣与难度，所以将对竹枝词的有关思考呈现在了前言之中，并应在《编后记》中滕以竹枝词数首，以当结末：

　　　　惯于长夜过春时，缫史读书鬓有丝。
　　　　好将胸间石头垒，块块搬入竹枝词。

　　　　借枝竹枝九州游，终比波特胜一筹。
　　　　敬亭柳放绿盈屋，果子花开红上头。

关西高唱不胜情，缱绻鸳鸯女学生。
恻然依旧贫社会，惊讶新词流线型。

雅俗文史一筐装，怒骂嬉笑真擅场。
七万裁出三百首，选心选眼待评量。

　　由于学养和眼界的关系，尽管我们尽了"洪荒之力"，最终拿出的这个竹枝词选本也还只是一部激情有余而斟酌不足的急就章，有关理论阐述能否站得住脚，也不敢非常自信。那么，上面的这几首小诗只是代表我们工作过程中的一些简单感想与忐忑惶恐的心情，以及对各位方家批评郢正的由衷期待。

　　本书之成，得友人臂助甚多。关邑先生全程给予关注指导，并赐书鼓励提点；傅寒先生亦提出重要的修改意见，并慨然赐下《日本竹枝词》等珍罕文献；潘万山、雷庭军先生联络沟通，颇费心力，更于夔州历史地理诸多赐教；三峡本土学者姚克强、赵贵林、谭宗派等先生提供宝贵资料，赵先生并提供夔州三峡竹枝词部分初稿；张兵、冉耀斌先生以《甘肃竹枝词辑注》未刊稿慷慨赐示；郭建鹏先生在作者身份考证方面给予大力帮助，应一并致谢。当然还要感谢重庆市奉节县有关部门及原时代文艺出版社陈琛社长以下诸君，他们为本书的编选工作提供了极为重要的支持与保障。

马大勇　赵郁飞

壬寅兰月之末